BASTEI LÜBBE

© Ernest Hauer

*Über die Autorin:*

Eva Rossmann, geboren in Graz, lebt heute im niederösterreichischen Weinviertel. Zuerst war sie Verfassungsjuristin, dann arbeitete sie als Journalistin u. a. beim ORF und bei der NZZ. Seit 1994 ist sie Autorin und freie Journalistin.

Von Eva Rossmann sind außerdem als Bastei Lübbe Taschenbücher erschienen:
Ausgejodelt (14815)
Freudsche Verbrechen (15049)
Kaltes Fleisch (15227)
Ausgekocht (15447)
Mörderisches Idyll (15621)
Wein & Tod (15791)

»Die Mira-Valensky-Romane von Eva Rossmann gehören zur Subspezies der Unbefugten-Krimis. Darin pfuscht eine Frau, eben Mira Valensky, der Polizei ins Ermittlungshandwerk, sehr zu deren Groll …«
*Sigrid Löffler, Literaturen*

EVA ROSSMANN

# verschieden

Ein
Mira
Valensky
Krimi

BASTEI LÜBBE

BASTEI LÜBBE TASCHENBUCH
Band 15 947

Erste Auflage: Januar 2009
Zweite Auflage: März 2009

Vollständige Taschenbuchausgabe

Bastei Lübbe Taschenbücher in der Verlagsgruppe Lübbe

Lizenzausgabe mit Genehmigung des FOLIO Verlag, Wien Bozen.

Für die Taschenbuchausgabe wurden einige
geringfügige Änderungen vorgenommen.
Lizenzausgabe 2009 by Verlagsgruppe Lübbe GmbH & Co. KG,
Bergisch Gladbach
Titelabbildung: mauritius images/Nonstock
Umschlaggestaltung: Tanja Østlyngen
Satz: hanseatenSatz-bremen, Bremen
Gesetzt aus der Adobe Garamond
Druck und Verarbeitung: GGP Media GmbH, Pößneck
Printed in Germany
ISBN 978-3-404-15947-5

*Gewidmet meiner Schwester Elisabeth*

# [ 1 ]

»So viele Muskeln«, sage ich zu Gerda. Vor uns müht sich ein lächelnder Fleischberg damit ab, gleichzeitig mit den Beinen Gewichte zu heben und mit den Armen irgendein folterwerkzeugartiges Gerät nach außen zu drücken. Gerda knurrt Unverständliches und fotografiert.

»Wenn das Gerät zuschnappt, ist der Kopf Matsch«, versuche ich sie aufzuheitern.

»Das ist sein unempfindlichster Teil«, murmelt sie zurück.

Hans Hiller, der Besitzer des get.moving, steht neben zwei durchgestylten Frauen in Pink, redet flüsternd auf sie ein und deutet dabei immer wieder auf uns. Offenbar protzt er damit, dass Leute vom »Magazin« bei ihm eine Reportage über den Fitnessboom machen.

»Sie müssen den Kopf etwas höher halten«, sagt Gerda zum Fleischberg. »Das Ganze noch einmal bitte.«

Ihm stehen Schweißperlen auf der Oberlippe, der gewaltige Brustkorb hebt und senkt sich wie vor einem Hustenanfall. Macht meine Fotografin das absichtlich? Er hebt den Kopf, lächelt und macht noch einmal die Übung, von der ich mir nicht gemerkt habe, wie sie heißt. Ich finde, dass es für meine Fitness ausreicht, wenn ich jeden Tag die Stiegen zu meiner Altbauwohnung in den fünften Stock hinaufsteige.

»Na ja, ich denke, wir haben es«, sagt Gerda muffig. Üblicherweise ist sie gut aufgelegt, quirlig. Sie ist die aus unserem Fotografenteam, mit der ich in letzter Zeit am liebsten arbeite, nicht nur, weil sie ein gutes Auge für Reportagebilder hat. Aber wahrscheinlich geht ihr diese Fleischaufbereitungsanlage genauso auf den Geist wie mir. Ich mache eine entsprechende Bemerkung. Gerda schüttelt den Kopf. »Nein«, erwidert sie, »finde ich ganz okay, einmal abgesehen von unserem Monstermodel, eigentlich sollte ich mich einschreiben, regelmäßige Bewegung täte mir gut.«

»Welche Laus ist dir denn heute über die Leber gelaufen?«, frage ich.

»Könntest du eigentlich auch machen.« – Ein kritischer Blick fällt auf meine Hüften. Ich sollte längere Jacken zu den Jeans tragen.

»Das ist nichts für mich.«

»Wie willst du das wissen? Es gibt hier auch einen Laufklub und einen für Nordic Walking.«

»Oskar nennt das ›bewaffneten Wandertag‹«, erwidere ich. Was Sport angeht, sind Oskar und ich einer Meinung: Selbstbestätigung kann man sich auch woanders holen.

»Ja, ich werde mich einschreiben, das wird mir gut tun«, ignoriert Gerda meine Bemerkung und sieht beinahe wieder fröhlich aus.

»Ärgern sie dich in der Redaktion?«, versuche ich abzulenken. Nicht alle unsere Fotografen sind feinfühlende Gentlemen.

»In der Redaktion? Ach so, nein, da läuft alles wunderbar.« Gerda seufzt. »Daheim. Da ist es schön langsam nicht mehr auszuhalten.«

Hans Hiller kommt lächelnd auf uns zu und reibt sich die Hände, offenbar überschlägt er im Geist schon, wie viel ihm unser Bericht als Gratiswerbung einbringen wird. Immerhin ist das »Magazin« die auflagenstärkste Wochenzeitung im Land. »Kann ich noch etwas tun für Sie?«

Gerda ist am Zusammenpacken, ich danke.

»Wenigstens einen unserer neuen Fitnessdrinks an der Bar. Hochwertige biologische Frucht- und Gemüsesäfte, auf Wunsch auch mit entsprechenden Vitamin- und Aufbaustoffzusätzen.«

»Fällt das nicht unter Doping?«, spöttle ich.

»Wo denken Sie hin?«, lächelt er breit. »Die besten Stärkungsmittel liefert uns die Natur.«

»Plus Vitaminzusatz«, lästere ich weiter.

»Ich möchte beitreten«, sagt Gerda, »für ein halbes Jahr.«

»Gerne, sehr gerne«, erwidert Hiller und reibt sich erneut die Hände, vielleicht war er früher Friseur. »Und was ist mit Ihnen?«, meint er eilfertig in meine Richtung.

Ich schüttle bloß den Kopf, das ist nichts für mich.

»Ich gebe Ihnen einen Monat gratis – gilt natürlich für beide.«

Wir sind an der Health-Bar angelangt, ein schicker Junge in Weiß reicht Hiller ein Schnurlostelefon, der deutet, man möge uns servieren, was unser Herz begehre, und taucht in einen Raum hinter der Bar ab.

»Komm schon«, nervt Gerda, »täte dir gar nicht schlecht, etwas Fitnesstraining.«

»Ich passe da nicht herein.«

»Sieh dich doch um, die sind doch auch nicht alle perfekt gebaut.«

Herzlichen Dank.

»In unserem Alter sollte man etwas mehr für sich tun.«

Darunter verstehe ich: gut essen, auf Urlaub fahren, lesen, kochen.

»Du wirst sehen, etwas regelmäßige Bewegung, und du nimmst automatisch ein paar Kilo ab – und kannst essen, so viel du willst.«

Das ist schon eher ein Argument, das bei mir zieht. So viel essen, wie ich will. Und es stimmt schon, ab und zu habe ich diese Rückenschmerzen, vielleicht kommt das aber auch vom Herzen. Ich bin dreiundvierzig, irgendein Arzt hat mir vor geraumer Zeit gesagt, dass mein Blutdruck zu hoch sei. Ich habe das Problem gelöst, indem ich nicht mehr zu ihm gegangen bin. Als Jugendliche habe ich eine Menge Sport getrieben, ich war in so gut wie allen Leistungsgruppen unseres Gymnasiums – natürlich auch, um durch das Training dem restlichen Unterricht zu entkommen. Aber das ist – ich rechne nach und kann es nicht glauben – fünfundzwanzig und mehr Jahre her. Ein Vierteljahrhundert. Im Radio haben sie neulich eine der Vorzeigemanagerinnen interviewt. Es ging ums Alter und ums Altern und wie sie damit umgehe. Die Managerin war gerade ein Jahr älter als ich. Muss man da schon ans Alter denken? Das Fitnessstudio ist ganz schön teuer. Wenn ich eine Halbjahreskarte nehme, bringt mich vielleicht der Geiz zum Trainieren. Andererseits: Ich habe auch Skiliftkarten nie wirklich ausgenutzt, bin niemals schon um acht auf der Piste gestanden und gefahren, bis die Sonne längst hinter den Bergen verschwunden ist und man nur noch weiß, dass dieses Stück Eis im Gesicht die Nase ist, weil es beim Auftauen weh tut.

Noch immer telefonierend, schiebt uns Hiller zwei Anmeldeformulare herüber. Der rote Stempelaufdruck ist nicht zu übersehen: »1 Monat gratis + umsonst, aber nicht vergebens!« Offenbar hat er auch Sprachkünstler in seinem Team.

Ich nuckle an meinem Ananas-Maracuja-Shake, der ist wirklich gut. Karibische Erinnerungen werden wach. Schwimmen im warmen Meer, das wäre etwas. Und wie aufs Stichwort sagt er: »Sie haben sich unsere Pool-Landschaft im Keller noch nicht angesehen.«

Ich habe genug Material, aber bevor ich das sagen kann, ist Hiller samt Telefon schon wieder unterwegs, diesmal zu einem, den ich von irgendwoher kenne. Sieh an, Thomas Neuber, Burgtheaterschauspieler, hat in ein paar wirklich guten Filmen mitgespielt.

Gerda füllt ihr Formular aus, und plötzlich kommen mir die 1.200 Euro für ein halbes Jahr nicht mehr so viel vor – noch dazu, wo wir einen Monat gratis haben. Oder doch nicht? Reste meiner juristischen Ausbildung, vielleicht auch bloß übrig gebliebener Instinkt, raten mir, genauer hinzusehen: Wir zahlen sechs Monate voll – und bekommen einen siebenten als Draufgabe. Was soll's. Vielleicht wirst du schlank und schön und fit, Mira, hier trainieren nicht nur Fleischberge.

»Mein Mann ... Es ist mit ihm nicht mehr auszuhalten, immer wenn ich in der Früh wegwill, geht es los«, sagt Gerda unvermittelt, als wir die Formulare abgegeben und vom Jüngling in Weiß neben der Kopie einen Überweisungsschein bekommen haben.

»Wie?«

»Er sagt dann, er könne sich schon vorstellen, wohin ich gehe, er müsse mit mir reden, und das sofort, über unsere Beziehung und wie ich mir die Zukunft vorstelle und dass ich doch das Wichtigste in seinem Leben sei und so weiter.«

»Und wie kommt er darauf?« Angestrengt überlege ich, ob ich ihren Mann kenne.

»Es war alles in Ordnung, mehr oder weniger. Aber seit ich regelmäßig arbeite, gibt es nur noch Probleme.«

Gerda ist erst vor einigen Monaten zum »Magazin« gekommen. »Warum?«, frage ich.

»Ich war bis vor zwei Jahren daheim bei den Kindern, gerne übrigens, ganz ehrlich. Dann habe ich die letzte Prüfung auf der Hochschule gemacht, und ich bin zu einem Fotografen gegangen – Mattei, der ist wirklich gut. Zuerst hat mein Mann nicht viel gesagt, außer, dass ich das nicht notwendig hätte und doch weiter Bilder malen oder Familienfotos machen könne. Ich hab an der Hochschule Malerei und Fotografie studiert. Aber Familienfotos … das ist nicht gerade das, was ich will. Und Malerei – ehrlich gesagt glaube ich, ich hab kein herausragendes Talent. Als Hobbymalerin will ich mich aber auch nicht sehen.«

»Du bist eine super Reportagefotografin, das weißt du.«

»Na ja, jedenfalls ist er immer eifersüchtiger geworden, hat behauptet, ich hätte mit Andre Mattei ein Verhältnis, was wirklich absoluter Schwachsinn war. Aber natürlich habe ich eine Menge neuer Leute kennengelernt, und mit denen bin ich auch ausgegangen. Mein Mann bleibt lieber daheim, diese Szene interessiert ihn nicht. Er hat mich zu nächtelangen Gesprächen über unsere Beziehung gezwungen, die Kinder haben natürlich auch etwas mitgekriegt, sie sind sechzehn und achtzehn. Es war lähmend. Ich hab immer wieder gesagt, dass ich eben gerne Fotografin sei und gerne ab und zu mit meinen Freundinnen und Freunden ausgehe, das sei alles. Was gab es da viel zu reden? Aber dann wurde mir alles zu viel, und ich bin von Mattei weggegangen und zum ›Magazin‹ gewechselt, damit er endlich aufhört mit seiner Eifersucht und diesem Druck, er liebe mich und ich sei der Mittelpunkt seines Lebens und er wolle dasselbe von mir hören. Ich bring's nicht mehr raus, ich bin nicht besonders gut im Lügen – ich kann so was nicht sagen, wenn ich Zweifel habe, ob es noch stimmt.«

»Was ist dein Mann von Beruf?«

»Praktischer Arzt, ich dachte, du weißt das, er hat eine Praxis im fünften Bezirk.«

»Dann hat er doch ohnehin auch eine Menge zu tun.«

»Natürlich, noch dazu, wo er einer der wenigen ist, die täglich Hausbesuche machen. Das Problem ist: Ihn interessieren nur seine Arbeit und seine Familie und sonst nichts.«

»Familien verändern sich eben, schon dadurch, dass die Kinder größer werden.«

Gerda seufzt. »Allein das jährliche Trara, wenn er sie zwingt, mit auf Urlaub zu fahren. Er sieht es als Liebesbeweis, für mich ist es Erpressung, aber ich habe, solang es ging, halbwegs mitgespielt.«

»Und jetzt?«

»Ich weiß nicht mehr, was ich tun soll. Ich wollte unserer Beziehung noch eine Chance geben, indem ich von Mattei wegging und zum ›Magazin‹ gewechselt habe. Philipp ist ja erst sechzehn und sowieso in einer extrem schwierigen Phase. Zum Glück ist er in der Früh meistens schon fort.«

Für mich klingt es, als hätte diese Beziehung keine große Zukunft mehr, aber vielleicht gehe ich auch zu sehr von meinem eigenen Freiheitsdrang aus. Mir vorzustellen, dass mich einer in der Früh mit existenziellen Fragen volllabert, wo ich doch noch nicht einmal richtig weiß, wie ich heiße … Jedenfalls habe ich nicht vor, mich da einzumischen. »Wenn du wen zum Reden brauchst oder sonst etwas – du kannst jederzeit zu mir kommen«, sage ich und rühre mit dem orangefarbigen Strohhalm im Bodensatz meines Drinks.

Sie nickt. »Danke. Es ist ja vor allem wegen der Kinder. Dabei ist Claudia kaum noch daheim, sie übernachtet meistens bei ihrem Freund, das ist auch so ein Streitpunkt zwischen uns. Ich denke, dass so etwas heute ganz normal ist, auch wenn ich mich noch immer nicht ganz daran gewöhnt habe. Sie findet unsere Auseinandersetzungen in erster Linie peinlich, hab ich den Eindruck, sie will damit nichts zu tun haben. Und Philipp … ich weiß nicht, er tut so, als würde er seinen Vater hassen – was ich natürlich gar nicht will. Vor kurzem hat mein Mann einen ›Familienrat‹ einberufen, wie er das nannte. Er wollte die Kinder dazu bringen, dass sie sich über mein jetziges Leben beschweren, sie sollten sagen, dass es ihnen nicht passt, wie sich alles verändert hat. Haben sie aber nicht gemacht. Und Philipp hat eine unserer wilderen Streitereien mitbekommen. Seither ist er zu tausend Prozent auf meiner Seite, aber ich kann trotzdem nicht froh darüber sein. Na ja. Vielleicht wird ja alles wieder besser. Auf alle Fälle wird es mir gut tun, hier zu trainieren. Als Fotografin ist es ziemlich wichtig, dass man in Form bleibt. Nächstes Jahr werde ich vierzig …«

Schwer bepackt steige ich einige Stunden später die steile Treppe zu meiner Wohnung hinauf, heute keuche ich schon ab dem dritten Stock, aber jetzt habe ich ja diese Halbjahreskarte, und diesem rapiden Verfall wird endlich Einhalt geboten. Ganz sicher. Außer den Taschen mit Zeug aus dem Supermarkt habe ich auch noch einen prall gefüllten Sack von einem großen Sportgeschäft. In den engen Workout-Hosen habe ich wie eine Kreuzung aus Knackwurst und Michelin-Männchen ausgesehen, allerdings war das Licht in der Umkleidekabine auch brutal. Ich habe mich schließlich für einen lässigen Trainingsanzug mit kurzer und langer Hose entschieden. Seit ich Chefreporterin beim »Magazin« geworden bin, verdiene ich zwar deutlich besser, trotzdem hat mein persönlicher Fitnessboom heute ein gewaltiges Loch ins Budget gerissen.

Gismo erwartet mich mit lautem Gemaunze – man könnte es fast schon Gebrüll nennen – hinter der Tür, während ich keuchend in meiner Umhängetasche nach dem Wohnungsschlüssel krame. Sie schert sich einen Teufel um Fitness und ist trotzdem noch immer sehr beweglich, auch wenn sie jetzt schon … ich rechne nach … mehr als acht Jahre auf dem Buckel hat.

Ich parke meine Einkaufstaschen im Vorzimmer und streichle meine Schildpattkatze, freundlich beginnt sie zu schnurren und schießt dann Richtung Kühlschrank. »Ich hab dir etwas Besonderes mitgebracht, Hühnerherzen.«

Gismo umtanzt mich, als ich die Klarsichtfolie von der blauen Tasse ziehe, ich stelle sie auf den Boden, Gismo schmatzt und schlingt und schnurrt, und ihre Schwanzspitze vibriert dabei. In aller Ruhe verstaue ich die Lebensmittel im Kühlschrank, lege den neuen Trainingsanzug aufs Bett, genieße die Idylle und das Alleinsein. Kein Ehemann, der mich an irgendetwas hindern will, keine Auseinandersetzungen und keine Notwendigkeit zur Rücksichtnahme auf Kinder, bloß Gismo – und Oskar, der irgendwann einmal zum Essen kommen wird. Ich sehe auf meine Küchenuhr. Ich habe ganz schön viel Zeit vertrödelt. Aber wer verlangt, dass das Essen pünktlich auf dem Tisch steht? Ganz abgesehen davon, weiß man ohnehin nie, ob er nicht in der Kanzlei aufgehalten wird. Es wird Spaghettini mit Feigen und danach Makrelenfilets mit Zwetschken-Ingwer-Sauce geben. Ein leichtes Sommeressen.

Ich gieße mir einen kleinen irischen Whiskey ein, ein bisschen sollte man sich schon abgrenzen gegenüber dem Fitness- und Gesundheitswahn, und was kann schon gegen einen Schluck Whiskey sprechen, wenn er warm den Magen hinuntergeht und einen genüsslich in den Abend gleiten lässt?

Dann lese ich noch zwei, drei interessante Zeitungsartikel, blättere einen Berg Prospekte durch, räume meinen neuen Trainingsanzug in den Schrank, suche nach den Turnschuhen – und plötzlich läutet es auf die unvergleichliche Oskar-Art, und ich weiß, dass er mit ruhiger Ausdauer die Stiegen zu mir heraufsteigen wird. Dafür, dass er genauso wenig Sport treibt wie ich, ist er ganz gut in Form. Wenngleich nicht übertrieben schlank, momentan schrammt er gerade wieder an der Hundert-Kilo-Grenze, aber das ist bei eins dreiundneunzig kaum Übergewicht.

Ich filetiere die große frische Makrele, zum Glück ist das Fischangebot in den letzten Jahren in Wien deutlich besser geworden. Oskar sitzt mit einem Glas Riesling aus dem Weinviertel am Küchentisch. Er kocht gut, lieber aber noch sieht er mir beim Kochen zu. Ich erzähle ihm von Gerdas Problemen, schneide eine große Zwiebel in feine Würfel und röste sie in wenig Butter und Olivenöl an.

»Zum Glück ist unsere Anwaltskanzlei nicht auf Familienrecht spezialisiert«, meint Oskar, »das wäre nichts für mich.«

»Von Scheidung hat Gerda kein Wort gesagt, eigentlich seltsam«, murmle ich und gebe die geviertelten entkernten Zwetschken und viel fein geschnittenen frischen Ingwer zu den Zwiebeln.

»Ich hoffe, du hast ihr auch nicht dazu geraten?«

»Hab ich nicht, ich will mich bei so etwas nicht einmischen.«

»Sieh an, eine neue Mira, eine, die sich einmal nicht einmischen will«, spöttelt Oskar.

»Tja, bei mir musst du eben immer auf etwas Neues gefasst sein.« Salz dazu, einen Spritzer vom Riesling, kurz aufkochen lassen. »Gerdas Mann scheint keine Veränderungen zu mögen.«

»Da gibt es viele, denke ich. Wie lang sind die beiden schon verheiratet?«, fragt Oskar.

»Seit neunzehn Jahren, die Tochter ist achtzehn, Gerda hat mit zwanzig geheiratet.«

»Siehst du, darum kann uns nichts passieren: Wenn man sich später kennenlernt, ist man ans eigene Leben gewöhnt und gesteht dem anderen auch mehr Freiheit zu.«

»Ich weiß nicht …« Ich konzentriere mich darauf, die Zwetschken-Ingwer-Sauce mit ein wenig 3:1 Gelierzucker zu süßen und gleichzeitig zu binden. Wenn sie beim Servieren lauwarm ist, hat das Geliermittel schon etwas angezogen. »Das mit der Freiheit ist eben relativ. Die eine braucht mehr davon, die andere weniger.« Ich brauche ziemlich viel davon, füge ich in Gedanken hinzu, aber ich spreche es nicht aus, Oskar weiß es ohnehin. Er steht auf und geht ins Wohnzimmer, um den Tisch zu decken.

Das Wasser kocht bereits, und die dünnen Spaghettini haben bloß drei Minuten Garzeit. Ich lasse Olivenöl heiß werden, gebe zwei frische Peperoncini dazu – Oskar mag es gerne scharf, genauso wie ich, zwischen uns gibt es eine Menge Gleichklang. Wunderschöne Feigen habe ich bekommen, ich schneide sie in kleine Würfel, gebe sie in die Ölmischung, zwei Minuten, dann drücke ich vier Knoblauchzehen ins Öl, weg von der Flamme, damit der Knoblauch nicht braun und bitter wird, und fertig ist diese ganz besondere Pasta-Sauce. Ich habe sie, so wie viele andere Köstlichkeiten auch, im Veneto kennengelernt.

Oskar kommt zurück und holt die Weingläser.

»Gerda kocht nicht gerne«, erzähle ich. »Seit sie arbeitet, kocht ihr Mann häufig für die Kinder, das geht sich mit den Öffnungszeiten der Arztpraxis ganz gut aus.«

»Scheint doch gar nicht so übel zu sein, der Typ«, meint Oskar.

»Laut Gerda geht er jetzt damit hausieren, dass er sich allein um Kinder und Haushalt kümmert, weil sie ja keine Lust dazu habe.«

»Ja, laut deiner Gerda … Ein paar Scheidungen hab ich doch verhandelt, und eines sage ich dir: Wenn du beide unabhängig voneinander erzählen lässt, dann glaubst du nicht, dass sie über dieselbe Beziehung reden.«

»Warum das alles so kompliziert ist …«

»Muss es nicht sein«, er küsst mich leicht auf die Wange. »Findest du es kompliziert mit mir?«

Ich grinse verliebt. »Kann mich nicht erinnern.«

»Auch eine Möglichkeit. Alzheimer.«

## [ 2 ]

Nach Vesna, meiner bosnischen Putzfrau und Freundin, kann ich die Uhr stellen. Oskar ist bereits Richtung Gericht abgedampft. Drei Minuten vor neun drücke ich den Knopf meiner Espressomaschine, lasse zwei extrastarke Kaffees herunter und schäume die Milch auf. Vesna nimmt ihren Cappuccino ohne Zucker, ich mit einem Löffelchen voll. Ich stelle die beiden Tassen auf den Tisch, es läutet, und gleichzeitig wird der Schlüssel im Schloss herumgedreht. Mein Leben hat auch seine Ordnung und seine Rituale, würde ich mir da gerne welche nehmen lassen? Andererseits: Veränderungen habe ich immer spannend gefunden, und wenn Vesna einmal nicht um neun, sondern um fünf nach neun käme, würde das meine Welt auch nicht erschüttern. Ich wäre bloß neugierig, warum sie später dran ist.

Nach der Begrüßung marschiert Vesna wie immer mit kritischem Blick durch meine Wohnung. Inzwischen kann ich damit umgehen, zu Beginn hatte ich immer das Gefühl, ich sollte putzen, bevor sie kommt. Sie inspiziert den Wohn- und Arbeitsraum, das Schlafzimmer, Badezimmer, Vorzimmer und zuletzt die Küche, bevor sie entscheidet, was sie heute vorrangig säubern wird.

»Heute kommt das Badezimmer dran. Ich habe Neuigkeiten«, sagt sie, als wir uns zum Kaffee setzen. Sie macht eine lange Kunstpause, trinkt zwei Schluck Kaffee.

»Also?«, erinnere ich sie.

»Ab jetzt bin ich Privatdetektivanwärterin. Klingt gut, oder?«

»Und was ist das?« Insgeheim überlege ich selbstsüchtig, dass sie womöglich die Putzerei aufgeben könnte.

»Du weißt, ich wollte eigenes Büro aufmachen, aber das geht nicht. Es gibt einen Verband der Privatdetektive und eine Ausbildung, und erst nach Jahren mit Praxis kann man zu Prüfung antreten und wird dann quasi vom Staat bestätigter Privatdetektiv. Leider. Ich habe bei uns im Haus schon ein Zimmer gehabt, nachdem der Sohn von Nachbarin ausgezogen ist. Aber so: Ich arbeite bei Zwerzl & Co.«

Noch nie gehört. Klingt nicht eben aufregend.

»Bezahlung ist nicht gut, nicht besser als bei Putzen, eher etwas schlechter, versichern muss ich mich auch selbst. Aber ich kann lernen und Praxis sammeln.« Sie strahlt mich zufrieden an.

Vesna hat letztes Jahr nach langem, zähem Kampf die österreichische Staatsbürgerschaft bekommen, und natürlich will ich nicht, dass meine Freundin ihr Leben lang als Putzfrau arbeitet, aber …

»Bei dir putze ich weiter und bei dem Notar auch«, ergänzt sie. »Du erstickst mir sonst in Schmutz, und Notar ist so ein lieber alter Herr. Ohne ihn hätte ich Staatsbürgerschaft wahrscheinlich immer noch nicht – und ohne dir, nein, ohne dich.«

Ich gebe zu, ich bin beruhigt.

»Hast du heute Zeit?«, fragt sie mich.

»Ich muss in die Redaktion, Sitzung, und an der Reportagenserie über den Fitnessboom arbeiten.«

»Ich brauche Auto, das war Bedingung von Herr Zwerzl, dass ich eigenes Auto habe. Und ich will schon lange eines. Aber es muss billig sein. Und unauffällig. Aber schnell.«

Eh klar, am besten mit James-Bond-Ausstattung. »Wer ist eigentlich das ›Co.‹ bei Zwerzl?«

»Habe ich auch gefragt, aber er hat gesagt, ›Co.‹ klingt immer gut und vertrauenswürdig. Gibt es nur ihn, und seine Frau kommt hin und wieder und macht Bürokram. Und ab und zu zwei junge Männer, die machen aber fast nur Personenschutz.«

»Und ist er auch vertrauenswürdig, oder klingt er nur so?«

»Ganz in Ordnung, denke ich, bloß nicht so romantisch wie in Büchern. Ich habe ersten Auftrag noch nicht, man wird sehen.«

»Morgen gegen Mittag habe ich Zeit, aber ich warne dich, ich bin nicht eben eine Expertin, was Autos angeht.«

»Weiß ich, Mira Valensky, aber es gibt Dinge, die soll man nicht alleine machen.«

»Weißt du schon, wo? Und was du willst?«

»Ich kenne Teilhaber bei einer Werkstätte plus Gebrauchtwagenverkauf. Der kann mich nicht betrügen, weil er ist Freund von unserem Nachbarn, und unser Nachbar ist guter Freund von meinem Mann und von mir auch. Wir werden sehen, was er hat. Ich habe 4.000 Euro gespart, extra gelegt, weil sonst geht alles in das normale Budget. Nicht dass mein Mann Geld vertrinkt oder so, aber von allem muss er nicht wissen.«

»Und wenn du jetzt plötzlich mit einem Auto nach Hause kommst?«

»Werde mir schon eine Geschichte einfallen lassen.«

Die Redaktionssitzung ist eine unnötige Geduldübung wie beinahe immer. Bühne frei für unseren Chefredakteur, und die meisten meiner Kolleginnen und Kollegen wissen nichts Besseres, als über seine Späßchen auch noch zu lachen. Nur mein Freund Droch sitzt regelmäßig da, als würde ihn das alles nichts angehen. Anwesend abwesend. Ob ich ihm von Gerdas Problemen erzählen soll? Er mag sie ganz gern, das weiß ich. Oder ist das schon Tratschen? Außerdem: Seine Kompetenz bei Eheproblemen ist lange nicht so hoch wie jene in politischen Zusammenhängen. Er ist das Aushängeschild des »Magazins«, wenn es um seriösen politischen Journalismus geht. Und von Politikern aller Parteien gefürchtet. Jetzt witzelt der Chefredakteur auch noch darüber, dass ausgerechnet ich eine Reportage über den Fitnessboom mache, der scharfe Blick von außen, haha. Und dann starrt er tatsächlich auf meine Oberschenkel. Man sollte ihm eines über die Rübe ziehen, aber inzwischen ist er schon bei der Erzählung über den Halbmarathon, den er schneller gelaufen sei als der Wirtschaftsminister. Ich lächle und schlage zurück: »Der arme Minister hat wahrscheinlich weniger Zeit zu trainieren. Und: Ist er nicht schon an die sechzig?«

Ich habe versprochen, Gerda abzuholen. Wir haben einen Termin bei einer Sportwissenschaftlerin, sie wohnt im Weinviertel. Vielleicht geht es sich danach noch aus, etwas Wein einzukaufen, überlege ich, während ich mich durch den Wiener Frühverkehr staue. Fast ein Glück, dass ich um diese Zeit noch so benommen bin und mein Aktivitätspegel für Ärger oder Stress einfach noch nicht ausreicht. Ich gähne und bin zufrieden, dass ich die Straße auf Anhieb gefunden habe. Und als dann auch noch genau vor Gerdas Haustür ein Parkplatz frei wird, wache ich vor Freude beinahe auf. Schöner Altbau. »Dr. Hofer«, lese ich am Klingelbrett, ich läute – keine Reaktion. Ich läute noch einmal. Wieder nichts. Eine ältere Frau mit einem Dalmatiner stößt die Eingangstür auf, ich sage ein freundlich-verwaschenes »Guten Morgen« und husche ins Haus. Nein, nicht den Lift, Mira, du weißt nicht, in welchem Stock Gerda wohnt. Sicher in einem der oberen. Also doch Lift, ich kann die Treppe ja von oben nach unten gehen. Der Lift ist eindeutig frisch renoviert, sauber. Das ganze Haus strahlt großbürgerliche Wohnqualität aus. Viel Platz, viel Licht, gediegen.

Im vierten Stock ist nur eine Eingangstür: »Professor Winternitz«. Okay, dann nach unten. Zwei hohe zweiflügelige Wohnungstüren im dritten Stock. Ich lese »Hofmann«, gehe auf die andere Seite, lese gerade »Dr. Hofer«, als ich es höre:

»Es reicht jetzt!«, schreit ein Mann. »Ich befehle dir, hier zu bleiben. Du verlässt das Haus nicht, bis ich es sage!«

Ich merke, dass die Tür nur angelehnt ist. Davon, dass er sie anbrüllt, hat Gerda nichts gesagt. Soll ich reingehen? Was, wenn er gewalttätig wird? Die Stimme hört sich so an, als sei alles möglich, am Kippen.

»Lass mich gehen, sofort«, kreischt Gerda. Es klingt kaum besser.

»Glaubst du, ich weiß nicht, mit wem du dich triffst? Glaubst du, ich bin ein Idiot?«

Ich atme flach, kann keine Entscheidung treffen, lausche wie gelähmt.

»Ich werde von einer Redakteurin abgeholt, wir machen eine Reportage. Eine Reportage, wenn das in dein Hirn geht.«

Ein Poltern.

»Ahhh«, schreit Gerda, »fass mich nicht an. Wenn du mich anfasst …«

»Dann was? Ha, dann was? Alle anderen können dich antatschen, glaub ja nicht, dass ich so blöd bin, ich bin dein Mann, und ich befehle dir …«

»Einen Dreck hast du mir zu befehlen, du bist ja übergeschnappt.«

Wieder Poltern, Keuchen, ich muss rein, da wird immer wieder über Zivilcourage geredet und darüber, dass man nicht zusehen darf, wie Frauen und Kinder verprügelt werden, aber wenn es dann einmal so weit ist ... Ich atme durch, öffne vorsichtig die Tür. Ein langer Vorzimmergang, dominiert von einem riesigen Barockspiegel. Und im Spiegel sehe ich, dass die beiden in einem anderen Raum stehen, es könnte das Esszimmer sein. Er hat die Arme in den Türrahmen zum Vorzimmer gestemmt, er ist einen guten Kopf größer als Gerda. Eine Holzstatue liegt am Boden. Hat er versucht, sie damit zu schlagen? Gerda steht vor ihm, funkelt ihn an und wirkt jedenfalls unverletzt.

»Lass mich durch!«

»Schlag mich, wenn du durchwillst, dann schlag mich!«

»Hör auf damit!«

»Du kommst hier nicht raus. Nie mehr, ich war lange genug blöd.«

Ich gehe zurück, durch den Gang, durch die Tür, läute lang.

»Sie läutet schon wieder«, schreit Gerda, jetzt an der Grenze zum Weinen. »Lass mich!«

»Sie? Das ist keine Sie, da bin ich mir sicher.«

»Bin ich doch«, sage ich zum Rücken des Herrn Doktor. Er nimmt die Hände aus dem Türstock, dreht sich erschrocken um, für einen Moment glaube ich, er will auf mich losgehen, ich ducke mich.

»Mira Valensky vom ›Magazin‹«, sage ich. »Ich komme, um meine Fotografin abzuholen.«

Gerda geht in die Knie und beginnt zu weinen. Ihr Mann drängt mich zur Seite, mit großen Schritten verschwindet er in den Hausflur, die Tür fällt zu. Ein Durchschnittstyp, braune Haare mit etwas Grau, Brille mit dünnem Metallrahmen, kurzärmliges blaues Hemd, nicht dick, nicht dünn, so einer, dem man als Arzt wohl vertraut. Dann bücke ich mich zu Gerda.

»Hat er dich ...«

Sie schüttelt nur den Kopf und weint weiter. »Er wollte mich nicht gehen lassen. Ich war auf dem Weg zur Tür, hab gesagt, ich habe genug von seinen Anschuldigungen, ich muss gehen, da hat er sich in den Weg gestellt und mich zurückgedrängt ins Esszimmer und ...« – sie flüstert es – »ich hatte Angst, dass er es tut. Und ... ich war so wütend, beinahe hätte ich ihn angegriffen. Kannst du dir das vorstellen?« Sie heult auf. »Dann hätte er ... Dass es so weit kommen kann.«

Ich versuche sie hochzuziehen, stütze sie, sie setzt sich auf einen der hellen Designerstühle am großen Esstisch. Unter anderen Umständen hätte ich mir die Wohnung gern näher angesehen. Viel Geschmack, allerdings auch nicht gerade billig.

»War das das erste Mal?«

»Dass er mich nicht rauslassen will?« Gerda sucht nach einem Taschentuch, findet eines in ihrer Jeans, schnäuzt sich. »Davon geredet hat er schon oft, aber es getan ... bisher noch nicht. Ich hatte richtig Angst vor ihm, er hat mich hier hereingestoßen, ich bin gestolpert ...«

»Hat er dich schon einmal angegriffen?«

Gerda schüttelt langsam den Kopf. »Das ... ist auch nicht seine Art, auch wenn du es nicht glaubst, er ist sonst eher ein ruhiger Typ. Aber wenn er verbal so ausgezuckt ist in den letzten Monaten, hab ich mich immer wieder gefragt: Wie weit wird er gehen? Wie werde ich reagieren? Er kommt aus ganz kleinen Verhältnissen, hat daheim eine Menge Streit erlebt. Sein Vater war bei der Wiener Müllabfuhr, seine Mutter hat Heimarbeiten gemacht. Ich glaube, ihr Mann hat sie nicht arbeiten gehen lassen. Er hat keinen Kontakt mehr zu ihnen.« Gerda steht auf, seufzt, ich folge ihr ins Vorzimmer. Sie steht vor dem prachtvollen Barockspiegel und begutachtet ihr Gesicht. »Helmut hat immer gesagt, dass er über den Mundl und die Serie ›Ein echter Wiener geht nicht unter‹ nicht lachen kann, das hat es live bei ihnen daheim gegeben, und dann sind solche Sprüche und Aktionen nicht mehr so witzig.« Sie öffnet eine Schublade – roter Designerschrank, Puderdose – und betupft sich die rote Nase.

»Er hat sich also hinaufgearbeitet«, sage ich.

»Ja, er war immer tüchtig. Und klug. Und strebsam. Und er hat dabei soziales Engagement, das ist noch immer so. Meine Schwester – sie ist Psychologin – meint aber, es sei schwer, sich aus einem gewalttätigen Elternhaus ganz zu lösen. Sie ist nicht sicher, ob er nicht doch einmal zuschlägt, vor allem wenn ich ihn provoziere. Oder wenn er mich so provoziert, dass ich ihm wirklich einmal eine reinknalle.«

Auf der Fahrt zur Sportwissenschaftlerin reden wir wenig. Ich erzähle Gerda von den Monaten, die ich letztes Jahr im Weinviertel verbracht habe, weil es in meine Wohnung geregnet hatte. Sie kann sich an den Fall des beim Joggen erschossenen Winzers erinnern.

Nur einmal, ganz unvermittelt, sagt sie: »Wir haben eine Gästewohnung, ich werde in die Gästewohnung ziehen. Sie hat einen eigenen Eingang.«

Die Sportwissenschaftlerin wohnt in einer Siedlung, die wenig mit der Weinviertler Idylle zu tun hat. Fünfhundert-Quadratmeter-Parzellen, ein Haus neben dem anderen, gebaut oder gekauft von denen aus Wien, die nicht so viel Geld haben, aber trotzdem ihren Traum vom Eigenheim leben wollen.

»Ich habe es von meinem Vater übernommen«, erklärt sie. »Er war bei der Finanz, und jetzt ist er im Altersheim. Man kann hier sehr schön joggen.«

Gerda fotografiert, ohne viel zu sagen, ich versuche mich auf meine Fragen zu konzentrieren. Die Sportwissenschaftlerin plädiert für Mittelmaß, auch beim Sport, ist nett und ein wenig langweilig.

Ich fahre mit Gerda zurück zur Redaktion, im Lift murmle ich: »Wenn du was brauchst …«

Gerda sieht mich an. »Mir ist das fast peinlich, sorry. Es ist alles okay – oder so.« Sie versucht ein Grinsen. »Life goes on. Ich schau mal, ob die Bilder brauchbar sind.«

Ich sehe auf die Uhr. Genug Zeit, um noch meine Mails zu checken, bevor ich Vesna beim Türken am Eck aufgable.

Der Gebrauchtwagenhandel Drago Kelvac sieht nicht so aus, als dass ich hier freiwillig stehen bleiben und ein Auto kaufen würde. Ich wusste gar nicht, wie weit Wien nach Süden reicht: staubige Landstraßen mit kleinen Fabriken, Hallen, dazwischen graue Wohnhäuser, geduckte Einfamilienhäuser. Und weil momentan so viel von der Feinstaubbelastung geredet wird – hier hat man das Gefühl, er ist so dicht, dass man ihn schneiden kann. Was für ein Unterschied selbst zur langweiligen Siedlung am Ortsrand im Weinviertel, gar nicht zu reden von dem hohen Bürgerhaus, in dem Gerda wohnt. Ganz vorne, gleich am Stacheldrahtzaun, stehen vier Mercedes unterschiedlichen Baujahrs, in großen Lettern steht geschrieben, zu welch günstigen Monatsraten sie zu haben sind.

Vesna wirft bloß einen kurzen Blick darauf. Auf dem Weg habe ich ihr erzählt, was heute Früh bei Gerda los war. »Manchmal ist Schlagen nicht das Schlimmste«, hat sie gemeint. »Schlimm schon, aber die Angst ist noch schlimmer.« Wie viel weiß ich von ihr?

»Mercedes ist nichts für mich«, meint sie jetzt. »Ich zahle lieber bar, und solche Mercedes-Autos sind entweder alt und langsam oder zu teuer.«

Ich bin beruhigt.

Ein schwarzhaariger Mann, der mir gerade einmal bis zum Kinn reicht, kommt heraus, klopft Vesna freudestrahlend auf die Schulter und beginnt sofort, in seiner Muttersprache auf sie einzureden.

Vesna schüttelt freundlich lächelnd den Kopf. »Du musst deutsch reden, Drago, ist unhöflich vor Mira Valensky, sie kann kein Bosnisch.«

Drago wechselt mitten im Satz ins Deutsche, ohne deshalb die Anzahl der Silben pro Minute zu reduzieren. »Schönes Damenauto, wie gesagt, Vesna, mein Schatz, hat sie viel Freude damit, ganz gelb und von echter Dame gefahren, nicht viel und vorsichtig, ist er kleiner Opel, alles perfekt in Schuss, gepflegt, in Garage.«

Vesna schüttelt den Kopf. »Ich will kein Damenauto, weiß auch nicht, was das ist. Mein Auto muss schnell sein und nicht auffällig, und viel kosten darf es nicht.«

Drago klatscht in die Hände. »Dann ist der genau richtig für dich. Da hinten. Golf GTI, ohne Probleme. Was meinst du?«

Vesna sieht sich den schwarzen Wagen interessiert an. »Ist ziemlich alt, oder?«

»Aber ganz gut in Schuss, Ehrenwort!«

»Besser, wenn meine Brüder da wären, die kennen sich aus«, flüstert sie mir unschlüssig zu.

»Und so ein GTI ist unauffällig genug?«, gebe ich zu bedenken.

»Weiß nicht, aber schnell, wenn er wirklich noch in Ordnung ist.«

»Und was ist mit dem dort hinten?« Ich deute auf einen kleinen Mitsubishi in Hellblau. »Der ist unauffällig.«

Vesna rümpft die Nase. »Das ist schon zu unauffällig.«

Drago fällt noch etwas ein: »110 PS, Renault, nicht groß, 3.000 Euro – ist das Deal?«

Vesna runzelt die Stirn: »Was hat er für Fehler?«

»Er ist achtzehn Jahre alt, Pickerl neu, top, bei meine Ehre! Ich Freunden von Freunden nie Schlechtes verkaufen.«

Ich bin dezent genug, um nicht zu fragen, wie er das mit Käufern handhabt, die er nicht kennt.

Jedenfalls hat Vesna eine halbe Stunde später einen knallroten R5, und ich hoffe, sie nutzt die 240 km/h, die er angeblich fährt, nie aus.

»Was der für Beschleunigung hat«, schwärmt Vesna, »und ist er dabei klein und unauffällig.«

»Und was machst du, wenn er übermorgen eingeht?«

»Dann rede ich mit Nachbarn. Aber der geht nicht ein, das habe ich in Gefühl.«

Am nächsten Nachmittag raffe ich mich tatsächlich auf und gehe ins get. moving. Wie mir dieser Punkt zwischen Wörtern inzwischen auf die Nerven geht. Selbst in einem Haubenlokal hab ich das vor kurzem gesehen: eine Speisekarte, auf der »vor.speise« und »haupt.speise« stand, mich wundert fast, dass sie sich nicht über »s.uppe« getraut haben. Internet-Abfallprodukte.

Ich ziehe mich um, um diese Zeit sind zum Glück noch nicht viele Menschen da, gehe ins Studio und werde von einer weiß gekleideten blonden Fitnesstrainerin mit Idealfigur gefragt, ob ich rechtzeitig meinen »personal trainer« gebucht hätte, der sei inbegriffen und müsse mir zuerst einmal ein Programm zusammenstellen.

»Nein, aber wenn Sie mir zeigen, wie die Dinger funktionieren, dann setze ich mich einfach an eines der Geräte.«

Sie schüttelt ihre Blondmähne. »Wir arbeiten seriös, das geht nicht, oder wollen Sie sich Muskelverspannungen, Einrisse oder noch Schlimmeres zuziehen?«

Ich frage mich, was »noch Schlimmeres« sein könnte, schüttle dann aber brav den Kopf. Sie überredet mich zum Aufbaukurs Bauch, Bein, Po. Wenn ich schon einmal da sei … Das Ganze entpuppt sich als Gymnastikstunde mit Musik, allerdings ziemlich schweißtreibend. Das Mädel, das uns vorturnt, ist maximal achtzehn und wiegt keine fünfzig Kilo. Dafür sind lange nicht alle der hopsenden Bäuche, Beine und Pos in guter Form. Verglichen mit ein paar von denen, fühle ich mich jung und fit und schlank. Nur dass ich am Ende den linken Oberschenkel kaum noch heben kann. Pfffft.

Als ich erledigt unter die Dusche kriechen will und mir überlege, wie viele Kalorien ich wohl gerade abgearbeitet habe und was ich mir daher zusätzlich zum Abendessen gönnen kann, begegnet mir Gerda.

Sie sieht in ihrem hautengen Fitnessdress deutlich jünger aus als neununddreißig. Was will die an ihrer Figur noch verbessern? Gerda lächelt zufrieden. »Natürlich sind auch ein paar Tussis da, aber alles in allem ist das ein Superstudio.«

»Na ja«, lautet meine vorsichtige Antwort. »Wie geht es dir?«

»Du meinst … Ich bin in die Gästewohnung gezogen. Als ich meine Sachen zusammengepackt habe, hat er herumgeschrien, aber ich bin hinüber und hab zugesperrt und den Schlüssel quergedreht, sodass er mit seinem nicht rein kann. Ich werde das Schloss austauschen lassen.«

»Und wie geht es weiter?«

»Ich habe gesagt, ich komm erst wieder zurück, wenn er sich beruhigt hat.«

Gerda jedenfalls klingt heute ziemlich beruhigt und ausgeglichen.

»Wofür willst du eigentlich trainieren?«, frage ich sie. »Bei deiner Figur …«

»Ich will fit bleiben, und außerdem könnte ich mehr Oberarm- und Bauchmuskeln brauchen.«

Klingt so, als könnte man sich die kaufen.

»Und was meint dein Mann dazu?«

»Interessiert mich ehrlich gesagt nicht. Es ist schließlich mein Leben. Das Fitnesszeug ist gut für mein Selbstwertgefühl.« Sie sieht auf die Uhr. »Ich muss mich beeilen, ich muss Philipp vom Schlagzeugunterricht abholen, der Lehrer wohnt leider ziemlich weit außerhalb.«

»Du vergisst nicht? Morgen, elf Uhr, Interview mit Jan Winter.«

Gerda nickt und verzieht das Gesicht.

Ich verstehe sie, der ewig lächelnde Laufguru ist auch nicht mein Fall.

Mit dem schlimmsten Muskelkater meines Lebens sitze ich ihm dann gegenüber. Jan Winter, der lächelnd bis zu irgendeinem Camp auf dem Mount Everest gelaufen ist, der Vorträge vor tausenden Anhängern hält, Stadthallen füllt, von Plakaten strahlt und mit seinem knochigen Zeigefinger in die Luft sticht.

»Auch du kannst es schaffen, Du hast es in dir!«, ruft er und reißt mich aus meinen Gedanken. Hat er mich gemeint? Nein, er redet weiter, und das Aufnahmegerät läuft sowieso. »Jeder kann es schaffen, das versuche ich den Menschen zu vermitteln, jeder kann wieder in Bewegung kommen, über sich hinauswachsen.«

»Lächelnd«, ergänze ich.

Er sieht mich ohne jeden Sinn für Humor an. »Natürlich. Weil es so leichter geht, Ihre innere Perspektive verschiebt sich hin zum Positiven, wenn Sie verstehen, was ich meine.«

Verstehe ich nicht ganz, was soll ein bisschen Gesichtsgymnastik an meiner »inneren Perspektive« ändern? Aber ich lasse ihn weiterreden. Wo bleibt Gerda? Ich brauche Fotos, der Typ ist ein Superpromi, er muss in unserer Reportage auch zu sehen sein, vielleicht könnte ich ihn lächelnd und mit ausgebreiteten Armen auf einem Stuhl stehend präsentieren? Das würde ich dann zum Lächeln finden, eher sogar schon zum Kichern.

»Ich muss sehen, wo meine Fotografin bleibt«, murmle ich und mache mir Sorgen. Was, wenn ihr Mann doch irgendwie in die Gästewohnung eingedrungen ist? Oder wenn er den Ausgang verbarrikadiert hat? Allerdings: Gestern hat Gerda nicht so gewirkt, als hätte sie Angst. Vielleicht bin ich es, die das alles viel zu dramatisch sieht. Ich kenne so etwas eben nicht. Zum Glück.

Er sieht mich für einen Moment verunsichert an: »Haben Sie genug Informationen? Haben Sie mein neues Buch gelesen? ›Lächelnd zum Gipfel‹?«

Klingt irgendwie nach einem Kamasutra-Verschnitt, aber ich nicke brav, und tatsächlich liegt das Buch bei mir auf dem Schreibtisch, ich werde das Cover abdrucken, das war die Bedingung für das Interview. Er sieht auf die Uhr. »In einer Viertelstunde darf ich in die Stadthalle. Ich darf mich mental auf mein abendliches Seminar vorbereiten. Wir sind wie immer ausverkauft.«

Massenhysterie, ich schüttle mich. Und dann sein »darf«. Er hat mir erklärt, dass er das Wort »müssen« abgeschafft und durch »dürfen« ersetzt hat. Ob er den Schmarren wirklich glaubt, oder ob er uns alle zum Narren hält?

Ich suche am Mobiltelefon Gerdas Nummer, rufe sie an. Fünf-, sechs-, siebenmal Freizeichen, dann sehr leise: »Gerda Hofer.«

»Mira da, was ist los? Ich warte seit einer Stunde auf dich, der Jan-Winter-Termin!«

»Du liebe Güte. Aber du ahnst nicht, was passiert ist.«

»Hat er dich verprügelt?«

»Was? Nein, sozusagen schlimmer. Er hat seit Wochen einen Detektiv hinter mir hergeschickt. Ich brauche einen guten Anwalt. Dein Freund ist doch Anwalt, oder?«

»Wirtschaftsanwalt in erster Linie.«

»Trotzdem, bitte, kannst du ihn anrufen?«

Ich organisiere, dass die Fotoredaktion jemanden in die Stadthalle schickt, es habe ein Terminmissverständnis gegeben. Dann rufe ich Oskar an, der meint, Gerda solle gleich zu ihm kommen, er werde den Fall nicht übernehmen, aber er könne ihr vielleicht ein paar Ratschläge geben.

Gerda fleht mich an, auch hinzukommen. Wo ist die selbstbewusste Frau von gestern Nachmittag?

Wir treffen uns in Oskars Kanzlei.

»Dass es so etwas gibt, da bist du mit einem Mann mehr als zwanzig

Jahre zusammen, und dann lässt er dich beschatten. Ich habe geglaubt, das gibt es nur in schlechten Filmen«, meint Gerda.

Oskar schüttelt den Kopf. »Und«, kommt er auf den Punkt, »hat es etwas zu beschatten gegeben?«

Gerda starrt auf die Tischplatte. »Das hat doch viel später angefangen, er hat mich schon monatelang mit seiner unbegründeten Eifersucht gequält, mir vorgehalten, ich würde mich von ihm entfernen, dauernd Liebesschwüre verlangt. Und irgendwann einmal hab ich jemanden kennengelernt. Aber das war eben viel später. Und jetzt will er sich scheiden lassen.«

»Plötzlich?«, sage ich. Offenbar hat mir Gerda nur einen Teil der Wahrheit erzählt.

»Ja. Wenn ich in den letzten Monaten auch nur von einer probeweisen Trennung gesprochen habe, ist er ausgeflippt. Mich zu verlieren, die Kinder zu verlieren würde heißen, alles zu verlieren, hat er herumgeschrien.«

»Und gleichzeitig hat er dir nachspionieren lassen«, sage ich.

Gerda senkt den Kopf. »Ich kapier es nicht, ich kapier es einfach nicht.«

»So selten ist so etwas auch wieder nicht«, meint Oskar, der Anwalt, »er wollte Gewissheit und …«

»Heißt das, du findest das in Ordnung?«, fauche ich ihn an. Ich weiß nicht, auf wen ich mehr wütend bin: auf Oskar, der diesen Typen verteidigt, oder auf Gerda, die kein Wort über ihren Seitensprung verloren hat.

»Heißt es nicht, ich analysiere nur. Er konnte mit seiner Eifersucht wohl nicht umgehen.«

»Ich habe ihm gesagt, er soll eine Psychotherapie machen, aber er hat nur gesagt, er sei es ja nicht, der verrückt geworden sei. Dabei ist er Arzt, er muss doch wissen, dass eine Psychotherapie …«

Oskar räuspert sich. »Tatsache ist, dass Sie ein Verhältnis haben, dass er es herausbekommen hat und sich jetzt scheiden lassen will. Was hat er für Beweise?«

»Fotos«, antwortet Gerda leise, »nicht solche, wie Sie vielleicht denken, aber eindeutig genug. Wir gehen Händchen haltend spazieren, küssen uns, ich betrete seine Wohnung, all so was. Übrigens – wenn es nicht so unangenehm wäre, wäre es zum Lachen: Es gibt auch zwei Fotos, auf denen ich in der Umarmung unseres Chefredakteurs zu sehen bin.«

Ich kann mir gut vorstellen, dass er versucht hat, sich an die neue Fotografin heranzumachen, aber dass sie ... Vielleicht war ihr Mann ja doch nicht nur wegen ihres Berufs eifersüchtig.

»Ist kompletter Unsinn, es war bei der Zehnjahresfeier des ›Magazins‹, er ist ziemlich ... zutraulich geworden, und ich hab ihn wohl nicht schnell genug abgewehrt, ich hätte ihn zwischen die Beine treten sollen.«

»Hätte mir gefallen«, knurre ich. Ich war auch auf der Feier, sehr lange kann er es nicht bei Gerda probiert haben, sonst wäre es mir aufgefallen. »Und wer ist dein Lover?«

»Er ist ... für alles offen, wir können miteinander lachen, wir sind auf derselben Wellenlänge. Es ist einfach schön mit ihm. Unbeschwert. Ohne Verpflichtung. Du kennst ihn: Peter Königsberger.«

Der Drehbuchautor. Sie hat fotografiert und ich habe die Reportage gemacht: Menschen, die hinter den erfolgreichsten TV-Serien stehen. Da ist er vorgekommen, sympathisch, ich kann mich erinnern. »Weiß er schon von den Fotos?«

»Nein.«

»Was wird er sagen?«

»Ich weiß nicht – er ist verheiratet. Aber er sagt, es sei eine völlig offene Beziehung. Ich wollte nie so genau wissen, ob das stimmt. Ich wollte einfach ... endlich wieder eine schöne Zeit. Verstehen, Anerkennung für meine Arbeit.«

Mir ist das alles etwas zu viel Rosamunde Pilcher. »Und Sex«, füge ich trocken hinzu.

Gerda blickt zu Boden. »Ja, und guten Sex«, sagt sie dann beinahe trotzig.

Oskar sieht mich etwas irritiert an. Dann meint er: »Alles sollte sein wie früher, war es das?«

Man nennt es Midlifecrisis, will ich schon einwerfen, lasse es aber bleiben.

Gerda schüttelt den Kopf. »Vielleicht habe ich zu jung geheiratet, so unbeschwert war es bei uns nie, es hat eine Menge aufzubauen gegeben und dann die kleinen Kinder. Wir haben so viele Pläne und Träume gehabt, ich habe auch schöne Zeiten mit Helmut erlebt, aber ganz anders.«

»Und jetzt will er sich scheiden lassen«, komme ich wieder auf das Thema zurück.

»Ja. Vielleicht ist es ohnehin das Beste, insgeheim hab ich immer wieder darüber nachgedacht. Aber die Kinder ... Und vielleicht will ich mich auch nicht von so viel Gewohntem trennen. Da ist die schöne Wohnung und all das, was wir gemeinsam aufgebaut haben. Was ist, wenn ich plötzlich allein dastehe?«

Oskar räuspert sich. »Er hat einen Scheidungsgrund, der im Gesetz steht: Untreue.«

»Glaubst du nicht, dass eine einvernehmliche Scheidung möglich ist?«, werfe ich ein.

Beide schütteln den Kopf.

»Kann ich Sie engagieren?«, fragt Gerda beinahe flehentlich.

»Ich bin auf Wirtschaftsrecht spezialisiert, und dabei sollte ich bleiben. Ich überlege ... Ich kenne eine junge Kollegin ...« Er wirft mir einen eigenartigen Blick zu. »Geben Sie mir bis morgen Zeit, wenn in der Zwischenzeit etwas passiert oder Sie Rat brauchen, rufen Sie mich ruhig an.«

Am selben Abend lädt er mich ins pur ein. Wenn man den Gourmetführern glauben darf, eines der neuen Toplokale Österreichs. Ich kenne allerdings auch Menschen, die darüber schimpfen. Zu teuer, zu lange Wartezeiten, die Menügänge würden zu schnell hintereinander serviert, das Essen sei auch nicht besser als anderswo, der Besitzer bevorzuge Promi-Gäste, das Service sei von oben herab. Aber wer jemals auch nur eine Spur mit der Gastronomieszene zu tun hatte, weiß, dass so etwas üblich ist. Je bekannter und je besser bewertet ein Lokal, desto mehr wird genörgelt. Ich will mir mein eigenes Bild machen, ich will schon seit Wochen ins pur.

Gestylte Fassade in einer Seitenstraße nahe der Inneren Stadt. Glasfenster von der Decke bis zum Boden, der Eingang eine schlichte Doppelglastür, aber mit grünem und orangefarbigem Neonlicht so geschickt ausgeleuchtet, dass man meint, in einen Hollywood-Tempel zu treten. Orangerotes Neonlicht umkränzt auch die ewig lange Bar im ersten Raum, ich zähle mindestens sechzig Sitzplätze an der Bar, davor einige kleinere Tische. Chillout-Musik, dezent. Wände aus schwarzem hochglänzendem Material, Spiegelglasdecke. Geschäftige Ober und Barkeeper, keiner älter als dreißig, alle in schwarzem Hemd. Man könnte sagen, das ist alles etwas zu viel, zu sehr gestylt, wo bleibt da die Wiener Gemütlichkeit? Aber mir gefällt es, gebe ich zu. Und etwas mehr internationales Styling kann Wien nicht schaden.

Ich weiß, dass Oskar hier schon einige Male mit Klienten zum Mittagessen war. Der Oberkellner erkennt ihn wieder, führt uns weiter in den Restaurantteil. Quadratische Tische aus dunklem poliertem Holz, Tischläufer aus weißem Leinen, schlicht und elegant, Ledersessel mit hoher Lehne. Einige Nischen, die meisten Tische aber stehen entlang der Glasfront zur Straße hin. Nicht dass diese Nebenstraße etwas Besonderes böte, aber durch Licht, Glas und Spiegel gelingt die Illusion, dass diese Straße Teil des Schauspiels sei, gelungener Teil einer Inszenierung.

Die Ober sind mir ein wenig zu beflissen, aber das mediterrane Menü ist ein Gedicht. Vielleicht hätte ich die klare Seeteufelsuppe mit Safran etwas mehr gewürzt und die Fasanmedaillons noch etwas weniger gebraten, aber es ist eben ein Unterschied, ob man für zwei oder für hundert Leute kocht. Jeder Tisch ist besetzt.

Erst beim Limetten-Chili-Sorbet kommt Oskar zum Thema.

»Angelika Beer ist seit kurzem in Wien.« Er sieht mich bedeutungsvoll an, senkt dann den Blick. Der Name sagt mir nichts. Es ist sein Gehabe, das mich auf die richtige Spur führt. Seine Affäre in Frankfurt. Anwältin Anfang dreißig, schlank, schick, erfolgreich. Sieht selbst in Unterwäsche aus wie ein Model. Ich will mich nicht daran erinnern. Und warum hat er mir nicht erzählt, dass sie da ist? Dass er offenkundig Kontakt zu ihr hat?

»Ah?«, sage ich bloß.

»Sie hat in der Frankfurter Kanzlei gekündigt, der Liebe wegen.« Er räuspert sich. »Sie arbeitet jetzt mit Irene zusammen, du weißt schon, meiner früheren Kanzleipartnerin.«

Das kann wohl nur er eingefädelt haben. Der Liebe wegen also, welcher Liebe wegen?

»Sie ist mit Jacques Lang zusammen, ihm gehört das pur«, fährt er rasch fort. »Sie muss hier erst Fuß fassen und macht Scheidungen ganz gerne, vor allem, wenn sie die Frau vertreten kann.« Deswegen also hat er mich hierher ausgeführt. Mir geht so einiges durch den Kopf, aber eifersüchtig zu wirken ist das Letzte, was ich möchte.

»Wo ist Jacques Lang eigentlich? Weißt du, dass er in Wirklichkeit Jakob heißt?«, bemühe ich mich um einen beiläufigen Gesprächston.

»Wusste ich nicht, aber er ist ein ganz netter Typ.«

»Schön für sie.« Warum sollte sie sich nicht um Gerdas Scheidung kümmern? Kann sie das überhaupt? Sie ist Deutsche, hat deutsches Recht studiert. Aber jedenfalls ist ihre Partnerin Fischer-Kalnik gut, und wenn Oskar meint … Ich kann mit vergangenen Affären umgehen, ich werde das beweisen.

»Wir könnten ja einmal gemeinsam hier essen«, schlägt Oskar vor.

»Gemeinsam? Tun wir das nicht?«

»Schon. Ich meine: wir beide – und Angelika. Ich glaube, du wirst sie mögen.«

Bei aller Großzügigkeit, da bin ich mir nicht so sicher.

# [ 3 ]

Als Mädchen sind mir die Straßen hier viel breiter vorgekommen. Ich kurve mit meinem kleinen Fiat durch die Stadt meiner Eltern, versuche mich an Einbahnregelungen zu erinnern und daran, wo die Abkürzung zum Altstadtparkplatz war. Fünfundzwanzigjähriges Maturatreffen. Ich bin nicht besonders gerne zur Schule gegangen, obwohl ich ganz gut war – einmal abgesehen von Mathematik. Vielleicht hat es auch an diesem Typ von Gymnasium gelegen: ausschließlich Mädchen. Ich erinnere mich noch an eine Lehrerin, die uns zu »jungen Damen« erziehen wollte, ich hatte damit gar nichts am Hut, entsprechend schlecht waren meine Betragensnoten. Warum bin ich überhaupt zu diesem Treffen unterwegs? Die meisten meiner Mitschülerinnen habe ich zum letzten Mal bei der zehnjährigen Maturafeier gesehen, und sie sind mir seither nicht abgegangen.

Mist, die Abkürzung zum Parkplatz gibt es nicht mehr, oder habe ich sie übersehen? Ich wende und bin wieder am Altstadtring.

Damals haben die meisten mit ihrem Mann und kleinen Kindern geprotzt, ich erinnere mich noch, dass hunderte Fotos die Runde machten, und ich konnte weder die Männer noch die Kinder den früheren Schulkameradinnen zuordnen. Mich haben sie reichlich mitleidig angesehen. »Waaaaas, freie Journalistin???«, hat eine der Streberinnen vergangener Zeiten gesagt. Sie hatte sich auf der Uni einen Professor geangelt, ein paar Kinder bekommen und bearbeitete nun – »wenn mir die Kleinen Zeit lassen« – seine wissenschaftlichen Publikationen. Wahrscheinlich hat sie sie getippt.

Trotzdem. Ich bin eben neugierig, und so lande ich im Extrazimmer eines Altstadtlokals, das es immer schon gegeben hat. Mehr als zehn, zwölf Frauen sind es nicht, die um den zu großen Tisch sitzen. Einige von ihnen erkenne ich sofort wieder, bei anderen habe ich nicht die leiseste Ahnung. Man schüttelt einander die Hand und küsst Wangen und macht freundliche Bemerkungen über Aussehen, Alter und Wetter. Zum Glück sind auch zwei, drei von denen da, mit denen ich mich ganz gut verstanden habe. Ich bin in der Redaktion aufgehalten worden, zu spät weggefahren und daher erst eine halbe Stunde nach dem vereinbarten Termin erschienen.

Birgit – sie hat übrigens ziemlich viele Falten – erzählt gerade, dass es sie mit ihrem Mann, einem Geologen, in die Berge Tirols verschlagen habe. Sie ist Lehrerin, erinnere ich mich. »Viel zu viele Steine rund um mich«, stellt sie mit einem nicht besonders fröhlichen Lachen fest.

Ich frage Monika, die ein Jahr neben mir in der Schulbank gesessen ist, nach der schicken Boutique, die sie gemeinsam mit ihrem Mann betrieben hat. »Kann mich schon kaum mehr daran erinnern«, erwidert sie, ihre laute Stimme hat sich seit der Schulzeit fast nicht verändert, »der Typ hat noch ein paar aufgemacht, und dann ist er pleitegegangen.« Es dauert eine Zeit lang, bis ich dahinterkomme, dass sie mit »der Typ« ihren damaligen Mann meint.

Verena dafür ist schwanger und lässt sich von denen, die ich immer schon für die größten Gänse gehalten habe, hofieren. Von »tapfer« ist da die Rede und von »diesem schönen Optimismus« und natürlich von einer Menge Schwangerschaftserlebnissen zwischen schwerem Leiden für das künftige Leben und »der wirklich wunderbarsten Zeit, die eine Frau nur haben kann«. Ich kann da nicht mitreden. Petra auch nicht, wir sehen einander an und verstehen uns. Sie war einige Jahre Model und hat danach in die PR-Branche gewechselt. Verheiratet ist sie auch nicht.

»Waruuum???«, flötet Sigrid, als die Rede darauf kommt. »Du siehst doch noch immer sooo attraktiv aus!«

»Weil mir meine Männer alle paar Jahre irgendwie abhandenkommen«, murmelt Petra und grinst mir dann zu.

»Ohnehin besser«, mischt sich Karin ein. He, das ist doch die mit dem tollen Uni-Professor. »Bei mir ist es viel zu lange gegangen.« Und sie erzählt, dass ihr göttlicher Gatte auch nach ihrer Hochzeit sein Faible für Studentinnen nicht verloren hat.

Irgendwie seltsam, dass wir nur über Männer reden. »Und was machst du jetzt?«, frage ich sie.

»Ich habe die Scheidung durchgezogen, das war das Mindeste, was ich tun konnte, ihm ist noch immer viel zu viel geblieben.«

»Ich meine, was arbeitest du?«

»Na ja. Ich habe ein Germanistikstudium angefangen, damals. Ich arbeite in einer Buchhandlung. Halbtags.«

»Verkäuferin«, ruft Eva spitz, »das wär wirklich nichts für mich.«

Petra sieht sie einigermaßen spöttisch an. »Du arbeitest als Sprechstundenhilfe bei deinem Mann, nicht wahr?«

Eva beißt zurück: »Wir führen die Praxis gemeinsam, übrigens geht sie sehr gut, und wir haben vor, zu erweitern. Er hat in den USA eine Spezialausbildung in plastischer Chirurgie gemacht.«

Ich grinse. Ein Schönheitschirurg. Er sollte an Eva etwas üben.

»Mein Kind hat sich bewegt«, ruft Verena, gerade als das Essen kommt. Die Aufregung ist groß, und Eva muss ihr tatsächlich die Hand auf den Bauch legen. Ich denke mir, mit dreiundvierzig ein Kind zu kriegen ist irgendwie jenseitig. Vor allem für das Kind. Aber was weiß ich schon.

Nachdem wir einige Flaschen Wein – Verena natürlich Saft, das betont sie auch bei jedem Schluck – getrunken haben, werden die Gespräche direkter, und die Fassaden bröckeln immer mehr.

Birgit erkundigt sich bei mir, was man tun muss, um sich möglichst schmerzlos scheiden zu lassen. Ihr »Alter« hocke nur auf den Bergen bei seinen Steinen und bei Schlechtwetter vor dem Fernseher, und sie habe endgültig genug. Evas Tochter dürfte ein Drogenproblem haben, während Sigrid eindeutig viel zu viel trinkt. Sie ist Apothekerin, wenn ich mich richtig erinnere.

Jedenfalls hat die rosa Mädchenwelt in den vergangenen Jahrzehnten so einige Schatten bekommen.

Noch vor Mitternacht steige ich ins Auto und fahre wieder Richtung Wien. Mit Petra werde ich mich in den nächsten Wochen einmal treffen, das haben wir zumindest vereinbart. Und Verena hat versprochen, via Mail viiiiele Fotos von der kleinen Johanna-Charlotte zu verschicken – sobald sie auf der Welt sei. Kein Problem, ich muss sie mir ja nicht ansehen. Erst jetzt wird mir bewusst: Diesmal sind keine Bilder von attraktiven, erfolgreichen Männern und süßen Kindern herumgegangen. Ich habe das Gefühl, das liegt nicht nur daran, dass in der Zwischenzeit digital fotografiert wird.

Als ich am nächsten Vormittag, irgendwie noch immer mitgenommen von dem eigenartigen Maturatreffen, auf den Lift zu meinem Büro im »Magazin« warte, nähert sich der Chefredakteur. Niemand mag mit ihm Lift fahren, und das hat gar nichts mit seiner Position zu tun. Er schafft es nicht, die Mitfahrer, so wie jeder normale Liftbenutzer, entweder einfach zu ignorieren oder mit ihnen ein selbstverständliches Gespräch anzufangen. Er grüßt und sieht dann ganz offenkundig weg, sucht Decke und Wände ab, starrt auf den Boden, beginnt beinahe lautlos zu pfeifen, richtet sich mit einem kleinen Räuspern die Krawatte, er tut also ganz auffällig so, als sei außer ihm niemand da. Nur, dass ich mir sicher bin: Wenn er wirklich allein im Lift ist, dann bohrt er in der Nase oder furzt.

Ich steige also mit ihm in den Lift, wappne mich für das seltsame Schauspiel – heute scheint er den Text zur Liftwartung auswendig lernen zu wollen, bevor er dann etwas Interessantes an seinem rechten Ärmel findet. Plötzlich aber, knapp vor der Ankunft, spricht er mich an: »Sie kommen in mein Büro.« Bevor ich noch etwas sagen kann, ist er entflohen.

»Wann?«, wollte ich fragen, aber so folge ich ihm einfach, nicke seiner Sekretärin 2 zu und sage zu seiner Sekretärin 1: »Er will mich sprechen.«

Sie winkt mich weiter.

Ich klopfe an, trete gleichzeitig ein und sehe, dass sein ewig laufender Fiat-TV nicht auf Teletext oder CNN gestellt ist. Es läuft einer jener Privatsender, auf denen man den ganzen Tag Soaps sehen kann.

»Die Putzfrau«, ruft er und fummelt an der Fernbedienung.

Jetzt ist CNN da, Chefredakteur-Sender.

»Sie wollten mich sprechen?«

Er bleibt neben dem Schreibtisch stehen, üblicherweise sitzt er in seinem ausladenden ledernen Schreibtischsessel, so weit wie möglich nach hinten gekippt, lässig. Was ist los, dass er heute gleich mit zwei seiner typischen Verhaltensweisen bricht? Ich werde nervös.

»Es geht um die Fotografin, Gerda Hofer.«

Wahrscheinlich, weil sie den Termin mit Jan Winter verschwitzt hat. Aber warum will er mit mir darüber reden? Vielleicht hat sich der grinsende Laufguru beschwert, der Chefredakteur kennt ihn sicher persönlich.

»Ich muss Sie bitten, sich nicht in diese ungustiöse Sache einzumischen.«

Ich stehe auf der Leitung.

»Na diese Scheidung. Ich weiß zufällig, dass Sie diese Gerda Hofer unterstützen. Wissen Sie eigentlich, was sie ihrem Mann angetan hat?«

»Wie bitte?« Ich stelle mich nicht dumm, mir fällt momentan wirklich nichts ein.

»Ich kenne Dr. Hofer gut, er ist ein hervorragender Arzt und ein äußerst liebenswerter Mensch. Er ist am Ende, am Boden zerstört durch die Eskapaden seiner Frau.«

»Er hat Sie angerufen …«

»Wir sind einander zufällig begegnet, er war wohl auf Hausbesuch, gleich bei dem Kaffeehaus, in dem ich verkehre.«

Verkehre! Gleich wird mir schlecht. »So ein Zufall«, sage ich spöttisch.

»Ich überlege ernsthaft, sie nicht mehr zu beschäftigen – aus moralischen Gründen.«

Was nur hat ihm der Arzt erzählt?

»Warum?«

»Warum?« Er redet sich in Rage. »Sie vernachlässigt Mann und Kinder, und nicht nur das, auch die Praxis leidet, da sich Dr. Hofer nun ja auch um den Haushalt kümmern muss, sie treibt sich nächtelang herum, fängt mit jedem ein Verhältnis an, den sie für uns fotografieren darf …«

»Und Sie glauben das?«

»Ich wüsste nicht, warum Dr. Hofer lügen sollte.«

»Vielleicht weil es um die Vorbereitung einer Scheidung geht? Oder um Rache? Um gekränkte Eitelkeit?«

»Unsinn.«

Mir kommt eine Idee: »Gibt es nicht auch Fotos von Ihnen und Gerda?«

Er zuckt zusammen. »Ach was. Das ist doch ein einziges Missverständnis, das habe ich ihrem Mann auch schon gesagt, ich habe nach etwas gegriffen, das hinter ihr, am anderen Ende des Tisches lag, und das hat dann ausgesehen wie eine Umarmung – an der an sich ja auch noch nichts Schlimmes wäre. Eine väterliche Umarmung.«

»Gerda ist exakt zwei Jahre jünger als Sie. Und ihr Mann hat diese Erklärung akzeptiert?«

»Ich denke schon. Zuerst war er naturgemäß etwas misstrauisch, aber dann ... Ich muss ihm eben beweisen, dass an der Sache überhaupt nichts dran ist und dass ich ihr Verhalten aufs Äußerste missbillige.«

Daher weht also der Wind. Der eifersüchtige Dr. Hofer ist auf den Chefredakteur sauer, und dieser fürchtet jetzt, in die Scheidung hineingezogen zu werden. Also versucht er Gerda loszuwerden. So nicht.

Ich lächle ihn freundlich an, Gesichtsgymnastik à la Jan Winter, doch mein Inneres verändert sich dadurch überhaupt nicht zum Positiven. »Es ist eine üble Sache mit missverständlichen Fotos. Wenn ich nur an die denke, die Sie mit dem Weinstock bei Sonnenaufgang zeigen ...«

Er reißt die Augen auf. »Sie haben versprochen, die zu vernichten.«

»Es ist doch nichts Schlimmes daran, oder? Warum sollten Sie nicht einen Weinstock umarmen und küssen? Es war doch bloß Teil eines Selbstfindungsseminars und ...«

»Hören Sie auf, wo sind die Bilder?«

»Auf meiner Festplatte. Ich muss sie ja nicht ausdrucken oder verschicken ...«

»Das ist Erpressung«, ruft er.

»Ja«, antworte ich und gehe lächelnd ab. Und für einen Moment scheint es mir, als würde diese Dauerlächlerei doch einen fröhlicheren Gemütszustand bewirken.

»Was grinst du so glücklich?«, fragt Droch hinter mir, als ich auf meinen Schreibtisch in einer abgetrennten Ecke des Großraumbüros zustrebe. Dass Rollstühle auch so lautlos sind.

»Was hältst du von Gerda?«, frage ich zurück.

»Von wem?«

»Gerda Hofer, unserer Fotografin.«

»Ein nettes Mädchen.«

»Sie ist neununddreißig.«

»Ja und? Willst du mich verkuppeln?«

»Das hätte gerade noch gefehlt. Die hat schon genug damit zu tun, dass sich ihr Mann scheiden lassen will.«

Droch folgt mir zum Schreibtisch, und ich erzähle ihm flüsternd die Geschichte, unter besonderer Berücksichtigung der Position des Chefredakteurs.

»Sieht ihm ähnlich«, ist sein kurzer Kommentar. »Aber ganz abgesehen davon: Ich kann mir schon vorstellen, dass ihr Mann Probleme mit dem Selbstverwirklichungstrip hat.«

Ich ächze. »Du lebst wirklich noch im vorigen Jahrtausend. Schon mal etwas davon gehört, dass Frauen das gleiche Recht auf einen Beruf und eigenes Geld haben wie Männer?«

»Ja, schon einmal etwas davon gehört, und ich bin sogar einverstanden, Miss Feministin. Aber nur, wenn die Familie nicht darunter leidet.«

»Die ist ja nicht nur ihre Angelegenheit, und die leidet ja auch gar nicht – nur ihr Mann mag keine Veränderung. Du hättest sehen sollen, wie er sie hysterisch am Weggehen hindern wollte.«

»Er leidet. Das mit der Selbstverwirklichung hätte sich deine Gerda überlegen sollen, bevor sie geheiratet und Kinder gekriegt hat. Es gibt eben auch so etwas wie Verantwortung.«

»Mit zwanzig? Sie hat sich eben weiterentwickelt.«

»Und ihr Mann soll ihre Midlifecrisis büßen?«

»Du hältst wirklich zu dem Typen, der Liebesschwüre erpresst und sie gleichzeitig von einem Detektiv beschatten lässt?«

»Immerhin war sein Verdacht berechtigt. Und wenn du schon so fragst: Ich halte nicht zu ihm, ich halte zu niemandem, sondern versuche dir nur wieder einmal zu erklären, dass nicht alles schwarzweiß ist.«

Als ob ich das nicht selber wüsste. »Hast du nie an Scheidung gedacht?«, frage ich ihn nach einer kurzen Pause.

Droch kratzt mit seinen langen, schmalen Fingern an der Armlehne seines Rollstuhls herum. »Vielleicht. Ganz selten.« Dann sieht er mir voll ins Gesicht und lächelt wehmütig. »In ein paar verrückten Momenten …«

Es gab eine Zeit, da wären wir uns beinahe näher als nah gekommen. Ich lächle zurück, und das hat gar nichts mit Jan Winter'scher Gesichtsgymnastik zu tun.

Droch räuspert sich und wird wieder ruppig. »Aber praktisch gedacht: Wer will schon mit einem querschnittgelähmten alten Egoisten zusammenleben – außer meiner Frau, und die hat sich eben daran gewöhnt. Und ich hab mich an sie gewöhnt. Was auch nicht ganz einfach war. Mir ist es recht, wenn daheim alles seinen gewohnten Gang geht. Und noch etwas, das ich im Laufe meines langen Lebens herausgefunden habe: Man kann weder mit noch ohne Frauen glücklich leben.«

»Also sind in jedem Fall die Frauen schuld, dass du nicht glücklich leben kannst?«, spöttle ich.

»Nein. Ich bin daran schuld, dass ich nicht mit einer Frau leben, aber genauso wenig ohne Frau sein kann. Ende des philosophischen Exkurses.«

»Und«, hake ich nach, »das gilt für alle Frauen? Dabei ist es völlig egal, um welche Frau es sich handelt?«

»Völlig.«

Ich grinse und überlege gleichzeitig, ob er es nicht doch ernst meint.

»Nicht völlig«, fährt er weicher fort. »Zufrieden?«

Ich nicke.

Die nächsten Tage gehören zu jenen, die von Alltag und Kleinkram aufgefressen werden. Einmal habe ich eine Reisekostenabrechnung schlampig gemacht, dann muss ich meinen kleinen Fiat vom Service abholen. Die Fitnessreportage wird in drei Teilen erscheinen und soll – vor allem für unsere Anzeigenkunden – vorab beworben werden.

Danach folgen eineinhalb Tage Klausur des »Führungsteams« des »Magazins«. Ich weiß gar nicht, ob ich da dazugehören will. Völlig unnötiger Aufenthalt in einem Fünfsternethermenhotel, die ganze Zeit über laufen durchschaubare gruppendynamische Spielchen. Wir kennen einander ohnehin zur Genüge. Und so viel lässt sich an den Mustern in der alltäglichen Zusammenarbeit auch nicht ändern. Der ich weiß nicht wievielte Relaunch des »Magazins« wird von zwei Typen betreut, deren Firma »Betriebsanalysen und Kommunikationsstrategien« verkauft. Was heute so alles Geld bringen kann. Der eine ist Mitte zwanzig, hat »bereits zwei Studien abgeschlossen« und tut so, als wüsste er alles. Der andere ist rund zehn Jahre älter, lehnt sich die meiste Zeit bloß zurück und erklärt dann Dinge, die ohnehin alle wissen.

»Moderne Hochstapler«, sage ich zu Droch.

»Du magst sie nur nicht, weil sie jünger sind«, erwidert er und gleitet dann wieder in seinen genialen Zustand der anwesenden Abwesenheit hinüber. Am meisten Zeit frisst die Diskussion darüber, ob das »Magazin« in Hinkunft »magazin« heißen soll. Der Kleinbuchstabe stehe für Modernität, meint der Mittzwanziger. Ich schlage vor, es dann doch gleich »mag.azin« zu nennen, gäbe doch einen zusätzlichen akademischen Touch, der unserem Blatt, das gemeinhin eher als etwas seicht gilt, nicht schaden könne. Bei gewissen Zielgruppen jedenfalls. Das verwirrt ihn einigermaßen, aber bevor er zu einem längeren Exkurs über diesen »interessanten Diskussionsbeitrag« ansetzen kann, stoppt ihn der Chefredakteur.

»Sie meint das nicht ernst«, sagt er.

Manchmal unterschätze ich ihn.

Unsere Reportage über den Fitnessboom wird Blatt-Aufmacher. Auf der Titelseite des »Magazins« prangt der schwitzende Muskelberg. Auf der Klausur hatten wir uns übrigens auf »magazin« geeinigt. Dem Herausgeber und seinen Geldgebern war jedoch »Magazin« lieber. Jedenfalls: ein Superfoto. Und der Text eine Mischung aus Information, den obligatorischen Promi-Statements und ein klein wenig Verarschung der Wellness-, Gesundheits- und Sportszene. Ein Gutes hat mein Halbjahresticket für das get.moving: Jedem, der sagt, ich sei eben eine militante Fitnessgegnerin, kann ich etwas entgegenhalten.

Ich soll einer Praktikantin bei ihrer Reportage über Millionäre unter dreißig helfen. Auch das ist bei unserer Klausur festgelegt worden: »Direct Mentoring« wird es genannt, als ob wir bisher Neulinge im Regen hätten stehen lassen. Eigentlich sollte ich es ja inzwischen besser wissen, dennoch bin ich verwundert, dass sich die ach so erfolgreichen Geschäftsleute, Erben und Ideenakrobaten ohne jeden Widerspruch, eingekleidet von einer Billigtextilkette – ganz zufällig einem unserer größten Anzeigenkunden –, ablichten lassen. Beinahe rührend, wie acht Männer und zwei Frauen versuchen, wie Models zu wirken. Etwas peinlich, dass es nicht allen gelingt.

Auf dem Weg zum Grafiker des »Magazins« treffe ich Gerda. Sieht nicht so aus, also ob sie der Chefredakteur in der Zwischenzeit hinausgeworfen hätte. Dabei wird mir bewusst, dass ich nicht einmal weiß, ob sie angestellt ist oder nur einen freien Vertrag hat.

»Du musst Oskar ganz herzlich von mir danken«, flüstert sie mir zu, »diese Anwältin macht einen sehr guten Eindruck, wirklich. Kompetent, obwohl sie so jung und schick ist.«

Heilige Vorurteile – abgesehen davon, dass ich das mit dem »jung und schick« gar nicht hören will.

»Sie hat allerdings bestätigt, was Oskar schon gesagt hat: Beweise für ein außereheliches Verhältnis sind ein verdammt guter Scheidungsgrund. Sie meint, ich hätte besser aufpassen sollen.«

Ausgerechnet. Ich kann mich noch gut daran erinnern, wie ich sie durch einen dummen Zufall mit Oskar in seinem Hotelappartement in Frankfurt ertappt habe. Schnee von gestern, vergiss es, Mira.

»Und sie hat mir geraten, mehr Zeit mit den Kindern zu verbringen. Jetzt haben wir die absurde Situation, dass wir uns beinahe darum streiten, wer ihnen Mittagessen kocht. Dabei war Claudia in den letzten Wochen ohnehin ständig bei ihrem Freund, und Philipp reißt sich auch nicht gerade um gemeinsames Essen. Früher hätte Helmut Claudia einfach befohlen heimzukommen, aber nun traut er sich nicht, er will sie ja nicht gegen sich aufbringen.« Sie seufzt. »Eigentlich ein total unwürdiges Schauspiel, ich will da nicht mittun.«

»Und gibt es schon einen Scheidungstermin?«

»Nein, momentan gibt es erst Schriftsätze, du kannst dir nicht vorstellen, was er mir alles vorwirft und wie er sich als leidenden, aber immer verzeihenden Engel darstellt. Der gute Doktor und das Biest. Ich wollte es ja trotz allem mit einer einvernehmlichen Scheidung versuchen, aber Dr. Beer meint, da hätte ich keine Chance, und das glaube ich inzwischen auch. Er muss die Scheidung insgeheim länger vorbereitet haben, so schnell läuft das jetzt. Ich will da nur noch raus. Ich hab einem vorgezogenen Scheidungstermin zugestimmt, auf irgendwelche Fristen verzichtet, ich kann einfach nicht mehr. Jetzt stellt sich heraus, dass er faktisch alles will. Und was das Dumme ist: So gut wie unser ganzes Geld steckt in der Ordination, auch das große Sparbuch lautet auf die Arztpraxis, das Geld gilt als Betriebsvermögen, und der Betrieb läuft nur auf ihn. Wenn ich denke, wie viel Zeit ich dort, natürlich ohne Bezahlung und Anmeldung, gearbeitet habe … Betriebsvermögen wird bei einer Scheidung nicht geteilt, es bleibt ihm, wenn ich nicht nachweisen kann, dass ich erheblich dazu beigetragen habe. Er wiederum hat tatsächlich den Antrag auf die Hälfte meines Sparbuchs und der Wohnung gestellt. Es ist zum Kotzen. Meine Eltern haben die Wohnung finanziert, und sie haben auch gar nicht wenig in die Praxis hineingesteckt.«

»Und was sagen deine Eltern zu alldem?«

»Sie finden, ich hätte eben nicht mit dieser Arbeit anfangen sollen, das hätte alles provoziert. Über meinen … Seitensprung reden sie nicht. Aber sie halten zu mir. – Übrigens habe ich dich gar nicht mehr im Fitnessstudio gesehen, was ist los?«

Ich suche nach Ausflüchten, murmle etwas von »keine Zeit« und dass man nicht jeder Mode hinterherrennen müsse.

»Aber wenn du schon einmal so viel bezahlt hast … Wie wär's mit morgen in der Früh? So um sieben, halb acht?«

Mir schaudert. Sport, und dann noch in der Früh. Ich will in Würde altern – ich kann diesen Unsinn gerade noch für mich behalten. Was soll das in diesem Zusammenhang schon heißen? Dass ich lieber alt und fett als halbwegs gut in Schuss sein möchte?

Vesna hat sich ihren Job als Privatdetektivanwärterin anders vorgestellt, ich mir übrigens auch. Zurzeit arbeitet sie als Undercover-Putzfrau in einer Wiener Privatklinik und soll Medikamentendiebstähle aufdecken. »Geht um Bande von Bosniern«, hat sie mir erzählt. »Das ist mir egal, weiß ich, dass es unter Bosniern wie unter Österreicher Gauner gibt, aber wieder putzen? Habe ich nichts gegen Putzen, aber wenn ich Detektivin bin, will ich ermitteln.« Ich habe sie daran erinnert, wie sie sich vor Jahren als Putzfrau in eine Wahlkampfzentrale eingeschlichen hat, sie hat gelächelt und gesagt: »War etwas anderes, war meine Idee – und hat funktioniert.« Ich habe den Verdacht, dass Vesna Probleme mit Chefs und ihren Anordnungen hat. Ich bin ihr da recht ähnlich.

Jedenfalls bin ich zufällig in der Nähe der Klinik und beschließe, sie abzuholen. Um 21.30 Uhr hat sie Dienstschluss. Der offizielle Besucherparkplatz ist ganz schön weit vom Haupthaus entfernt, aber ich kenne eine andere Parkmöglichkeit. Ich habe hier vor geraumer Zeit für eine Story über die Götter in Weiß recherchiert. Ich lasse meinen Wagen in einer Seitenstraße am Rand des Krankenhausparkes stehen, suche nach einem Durchlass zwischen den Büschen, und eine halbe Minute später bin ich auf einem der gepflegten Kieswege Richtung Klinik unterwegs. Es dämmert bereits, es ist die Zeit, in der Bäume Arme und Gesichter bekommen und Büsche wirken, als hätten sich Bäume bloß für einen Moment geduckt. Ich gehe schneller und atme flach. Was soll schon sein, Mira? Du hast einfach zu viel Fantasie. Und was, wenn ein Irrer hier herumläuft, der mir an die Wäsche will? Das ist kein Irrenhaus – im Übrigen heißt das heute anders –, sondern eine Privatklinik für solche, die sich das Kranksein noch etwas kosten lassen können.

Ich höre es. Sinnlos, so zu tun, als wäre da nichts. Schritte, Menschen, die keuchend rennen. Jogger? Jetzt? Unsinn. Der Park ist für die Öffentlichkeit gesperrt. Und Kranke rennen nicht. Die Schritte kommen näher, ich verlasse den Weg und drücke mich an einen großen Baum, zwei, nein, drei Personen sind es. Was wollen sie von mir? Unsinn, niemand weiß, dass ich da bin, und außerdem: Wenn sie mir etwas anhaben wollten, warum sollten sie auf mich zulaufen, anstatt sich anzuschleichen? Trotzdem bleibe ich eng am Baum stehen.

Dann sehe ich sie besser: ein schmaler Schatten vorne weg, jemand, der zu fliehen scheint. Dahinter zwei deutlich größere und breitere Figuren. Was soll ich tun? Ich bleibe, mit der Dämmerung verschmolzen, stehen, als die Schatten nur drei, vier Meter von mir entfernt auf dem Kiesweg vorbeirennen. Vesna. Verfolgt von zwei Männern. Ich muss hinterher, sie sind schon an mir vorbei, rennen schneller, als ich es kann, sind kaum mehr zu sehen, als ich noch immer an den Baum gepresst dastehe, verschwinden hinter einer Biegung. Ich muss ihr helfen, verdammt noch mal.

Polizei. Das Nächstliegende. Ich muss die Polizei rufen, dann werde ich ihnen nachlaufen. Ich löse mich vom Baum, merke, dass ich schweißnass bin, mein Herz rast, ich hasse mich für meine Feigheit, mit zitternden Fingern wähle ich den Notruf, schleiche dabei den Weg entlang, was ist, wenn sie sie längst eingeholt haben?

»Ja«, keuche ich, als ob ich doch gerannt wäre, »ich brauche einen Streifenwagen. Mira Valensky hier, ich bin im Park des …« Ich schreie auf, jemand ist hinter mir, fasst mir an die Schulter. Vesna. Allein. Sie schüttelt vehement den Kopf, flüstert: »Keine Polizei!« Ich huste, stottere, sage dann: »Tut mir sehr leid, ich bin joggen im … Stadtpark, und ich dachte, jemand wäre hinter mir her. Es war nur ein anderer Jogger – mit Hund.«

»Gehen Sie lieber am Tag joggen, bevor noch was passiert.«

»Ja, mache ich.«

»Ich müsste eigentlich Ihre Personalien …«

»Danke für Ihr Verständnis«, flüstere ich rasch und drücke die Aus-Taste. Die Rufnummernanzeige meines Mobiltelefons ist unterdrückt, das ist in meinem Job besser so, aber wenn sie wollen, können sie die Nummer wohl trotzdem identifizieren. Dann muss ich eben bei der Geschichte bleiben.

Vesna ist unterdessen ins Gebüsch abgetaucht, ich gehe ihr nach. »Was ist los?«, frage ich sie.

»War ich zu nahe dran an der Sache mit den Medikamentendiebstählen, sie haben zwei geschickt, um mich einzuschüchtern, wahrscheinlich hätten sie mir nicht viel getan, vielleicht auch geprügelt. Ich habe sie im letzten Moment gemerkt, sie waren zu laut und bin ich davon, sie hinter mir her, zum Glück keine guten Läufer. Nach der Kurve habe ich mich in Büsche geworfen, sie haben nicht mehr gewusst, wo ich hin bin, weil schon zu dunkel. – Was machst du da?«

»Ich wollte dich abholen.«

»Durch den Park?«

»Dahinter gibt es Parkplätze.«

»So dumm, dass sie mich enttarnt haben, der eine ist mir irgendwie bekannt vorgekommen, den habe ich schon gesehen.«

»Bosnier?«

»Meinst du, das erkennt man im Finsteren mit einen kurzen Blick? Aber kann schon sein. Ich weiß jedenfalls, wer klaut und wie sie klauen. Eine Krankenschwester ist mit dabei, übrigens Österreicherin. Ich müsste nur mehr Fotos haben, bessere Beweise.«

»Indizien reichen der Polizei nicht?«

»Keine Polizei, Klinikleitung will das nicht, von Polizei geht viel an Öffentlichkeit, das macht ein schlechtes Image für Privatklinik. Man will Ruhe. Ich soll aufklären, und dann fliegen die Beteiligten. Morgen erzähle ich, was ich weiß.«

»Ich kann ja sagen, dass ich die beiden beschreiben kann.«

»Die waren nur Einschüchterungskommando, die arbeiten nicht in Klinik.« Vesna schüttelt sich und späht langsam aus dem Gebüsch. »Die sind weg.«

Ich hoffe es. Zum Glück brauchen wir nicht mehr zum Klinikgebäude zurück, wir schlagen uns durchs Unterholz und kommen fast exakt beim Auto wieder auf die Seitenstraße. »Vielleicht wäre ich als Privatdetektivin auch gar nicht so schlecht«, sage ich und keuche etwas. Gleichzeitig fällt mir ein, dass ich Vesna feige im Stich gelassen habe. Aber hätte ich ihr helfen können, wenn ich ihnen nachgerannt wäre? Ich werde es wohl nie erfahren.

Eine Stunde und eine rasche Pizza später komme ich heim. Vesna hat nicht viel Zeit gehabt, sie muss ihren Bericht noch heute Nacht schreiben und morgen abgeben. Wenn sie bloß dahinterkäme, woher sie einen der beiden Angreifer kennt. Wie viel Bürokram rund um solche Ermittlungen anfällt. Gismo bekommt heute nur Dosenfutter, aber ich esse ja auch nicht täglich im Gourmetlokal. Zuerst versucht sie, es beleidigt zu ignorieren, dann ist sie wohl doch zu hungrig, und als ich meine Jeans gegen eine bequeme Leinenhose mit Gummizug getauscht habe und zurück in die Küche komme, ist ihr Futternapf bereits sauber geschleckt.

Ich schenke mir ein Glas Cabernet ein, will mich noch ein Weilchen auf meinen Minibalkon setzen und dann früh schlafen gehen. Die Szene im Klinikpark hat sich mir offenbar mehr aufs Gemüt geschlagen als Vesna. Als ich bei der Pizza noch einmal davon angefangen habe, hat sie bloß gemeint: »Ist eben Berufsrisiko, bin gute Läuferin. Kommt übrigens ganz selten vor, so etwas.« Und das hat beinahe bedauernd geklungen.

Ich sehe, dass mein Anrufbeantworter blinkt, seufze, lasse dann doch Neugier über Faulheit siegen und höre die Nachricht ab. Sie stammt von Gerda.

»Hallo Mira, ich erreiche weder dich noch Oskar, noch Dr. Beer. Er will die Kinder! Er hat mir einen Brief geschickt, der gleichzeitig auch an das Gericht geht, und darin behauptet er, Claudia sei wegen meines Lebenswandels – das steht wörtlich so drin – ausgezogen und Philipp habe wegen mir in psychologische Betreuung müssen. So eine Sauerei. Claudia wohnt seit Monaten kaum mehr daheim, und das sicher nicht wegen mir, vielleicht ein bisschen wegen unserer Auseinandersetzungen, aber vor allem, weil Andis Eltern ein großes Haus mit Swimmingpool haben, und das ist noch dazu nahe bei der Schule, und ihre Freunde sind fast alle in der Nähe. Soll ich sie, wie Helmut das früher versucht hat, mit Zwang daheimhalten? Und das mit Philipp, das ist die größte Frechheit. Ich hab dir ja erzählt, er ist in einer schwierigen Phase, und meine Schwester, die Psychologin ist, hat gemeint, sie kennt einen sehr guten Jugendpsychologen. Und bei dem ist Philipp jetzt einige Male gewesen, wir haben ihn dorthin geschickt, damit er seine Wut auf den Vater loswird, und dann schreibt der so etwas. Ich halte das nicht mehr aus. Wenn er mir die Kinder nimmt … Wer war denn bei ihnen daheim, während er die Praxis aufbauen konnte, die jetzt ja allein seine Sache und sein Betriebsvermögen sein soll. Ich wollte die Kinder nie reinziehen, nur das nicht, ich wäre sogar mit ihm zusammengeblieben, wenn ich das dadurch hätte verhindern können. Und dann hat er noch einen Brief an die Praxisbelegschaft geschrieben und mir eine Kopie zur Kenntnis hingelegt. Wir sehen uns zu Hause ja nicht mehr, ich bin ja in der Gästewohnung. Ich muss endlich das Schloss austauschen, wer weiß, wie oft er schon bei mir herumgeschnüffelt hat. Dieser Brief, ich muss ihn dir vorlesen, sonst platze ich.

›Sehr geehrte Praxismitarbeiter‹ – als würden bei ihm nur Männer arbeiten –, ›ich muss Ihnen leider mitteilen, dass ich ab sofort meine Ehe für beendet betrachte. Dementsprechend weise ich Sie an‹ – das musst du dir vorstellen, weise ich Sie an! – ›meiner Exfrau‹ – so als ob wir schon geschieden wären! – ›den Zutritt zu den Betriebsräumlichkeiten zu verwehren. Es tut mir sehr leid, dass es zu diesem Schritt kommen hat müssen. Aber obwohl ich mich monatelang langmütig, verzeihend und immer wieder um das Gespräch bemüht verhalten habe‹ – du hast ja gesehen, wie er sich aufführt – ›hat sie mutwillig unsere Ehe ruiniert, die Kinder vernachlässigt und mich mit ihren zahlreichen Affären zum Gespött der Leute gemacht. Ich bin psychisch und physisch am Ende und bitte Sie alle, mir in den nächsten Tagen und Wochen meine Verfassung nachzusehen. Ich werde alles Menschenmögliche tun, um mir meinen Patienten gegenüber nichts anmerken zu lassen. Ihnen danke ich für Ihr Verständnis und Ihre Solidarität, es ist das Einzige, was mir nach Jahrzehnten harter Arbeit und Fürsorge für das, was ich für meine Familie gehalten habe, geblieben ist.‹ – Ist das nicht irre? Das ist doch nicht zu glauben, oder? Ich kann nicht einmal mehr in die Praxis, er hat das Schloss ausgewechselt. Wer ist dort gesessen, als er sich noch keine Sprechstundenhilfe hat leisten können? Ich war das, nebenher die beiden kleinen Kinder. Und die Kinder lasse ich mir nicht nehmen, das schwöre ich, und wenn er mir alles nimmt. Ich sollte wegen Verleumdung und Rufschädigung klagen, oder was es da alles gibt, er kann doch nicht öffentlich behaupten, ich hätte zahlreiche Affären gehabt! Und er sei langmütig und immer verzeihend, das ist wirklich das Letzte. Und wie er mich Nacht für Nacht mit Aussprachen gequält hat, bei denen es immer um das Gleiche gegangen ist. Bitte ruf mich zurück, sobald du das hörst. Danke, ciao.« Aufgelegt.

Ich atme durch. Liebe Güte, ihr Mann ist offenbar wirklich nicht ganz dicht. Aber bevor ich sie zurückrufe, möchte ich mit Oskar reden. Ich erreiche ihn weder am Mobiltelefon noch in der Kanzlei. Was hat er gesagt? Irgendein Termin mit einem Klienten, der länger dauern könnte. Leider habe ich nicht gut genug aufgepasst. Gerda hat sehr aufgeregt geklungen, kein Wunder. Okay, Mira, beweise jetzt, dass du ganz anders bist als dieser Doktor, Eifersucht kann kein Thema sein, ruf diese Angelika Beer an. Oskar hat mir vor ein paar Tagen für alle Fälle auch ihre private Telefonnummer gegeben. Ob sie weiß, mit wem sie spricht, wenn ich mich mit Mira Valensky melde? Oder soll ich gar nicht sagen, wer ich bin, sondern nur, dass sie Gerda zurückrufen soll, dass es sich um einen Notfall handelt? Sei nicht kindisch, es würde herauskommen. Extrem peinlich, so etwas. Aber auch Angelika Beer hebt nicht ab. Oskar hebt nicht ab, sie hebt nicht ab ... Würde man doch zur Eifersucht neigen, könnte man aufgrund einer gewissen Vorgeschichte auf Ideen kommen ...

Unsinn, Angelika Beer wird bei ihrer großen Liebe im pur sitzen. Eigentlich habe ich noch Hunger. Die Pizza war nicht besonders groß, und aus ernährungstechnischen Gründen habe ich mich für die mit Ruccola und Paradeisern entschieden. Dass da gar kein Käse drauf ist, habe ich ja nicht ahnen können. Halb elf, wo bekommt man noch etwas zu essen? Im pur sicher, zumindest an der mondänen Bar gibt es Küche bis zwei, drei in der Früh. Und so weit ist das Lokal auch nicht entfernt, mit dem Auto beinahe ein Katzensprung. Ja, ich habe Lust auf eine köstliche, gestylte Kleinigkeit. Warum soll ich allein daheim versauern, nur weil Oskar etwas Besseres zu tun hat? Außerdem ist es vielleicht wirklich an der Zeit, mit dieser Anwältin zu plaudern – vorausgesetzt, sie ist überhaupt im Lokal ihres Freundes, wo sie hingehört, und hat nicht auch anderweitig Besseres zu tun.

Ich fahre durch die halb leeren Straßen Wiens, alle, die es sich leisten können, sind im Juli und August anderswo, am Meer, in den Bergen, was weiß ich. Ich mag Wien im Sommer, wenn es vor Hitze bäckt, was dieses Jahr jedoch entschieden nicht der Fall ist. Die letzten Tage waren wolkenverhangen und so kühl, dass Pessimisten schon vom Herbst reden. Vor mir schiebt sich ein dicker Geländewagen aus einer Parklücke. Wer braucht in Wien schon einen Geländewagen? Angeber, aber Glück gehabt, Mira Valensky, von da sind es nur noch zwei, drei Minuten zu Fuß bis zum pur.

Etwas Herzklopfen habe ich doch, als ich alleine das Szenelokal betrete und mich umsehe. Aber die meisten Menschen haben ohnehin genug mit sich selbst und ihrer Begleitung und dem Essen zu tun. Niemand achtet auf mich, und so arbeite ich mich von der ewig langen neonbeleuchteten Bar vor zum Restaurant, einmal an allen Tischen und Nischen vorbei und wieder zurück. Keine Angelika Beer. Jacques Lang hingegen steht an einem Tisch und spricht mit Gästen. Mir ist lieber, er sieht mich nicht. Eigentlich habe ich gar keinen Hunger mehr. Andererseits, wenn ich schon einmal da bin … – Wo ist Oskar? Wo ist diese Anwältin? Ich wähle erneut Oskars Nummer, wieder nur die Stimme, die mir mitteilt, dass der Teilnehmer momentan nicht zu erreichen ist.

Ein Ober führt mich währenddessen stumm, aber bestimmt zu einem der kleinen Tische hinter der Bar und legt mir die Speisekarte hin. Offenbar ist man hier dauertelefonierende Single-Gäste gewohnt. Okay, entschieden. Ich bestelle das Steinbuttfilet auf Apfel-Galgant-Chili mit Kartoffelstroh und werde nicht enttäuscht – einfach köstlich. Zwei Gläser trockenen Riesling dazu, und der Abend wird doch noch ein Fest, mein Fest eben, basta.

Als ich nach Mitternacht erneut die Stufen zu meiner Wohnung nach oben klettere, denke ich schon kaum mehr daran, wo sich Oskar und die Anwältin herumtreiben könnten. Ich sperre auf, stelle irritiert fest, dass jemand in der Wohnung ist. Oskar. Vor dem Fernseher eingeschlafen. Und jetzt plötzlich weiß ich wieder, was wir vereinbart haben. Wenn es mit seinem Klienten nicht allzu lange dauern würde, käme er einfach noch bei mir vorbei.

Er wacht auf, bevor ich überlegen kann, was ich tun soll. Er gähnt, lächelt mich an, meint, er habe mich nicht erreicht, wo ich denn gesteckt hätte?

»Mit Vesna in einem kleinen italienischen Restaurant.« Und noch bevor ich ihm von Gerdas Anruf berichte, erzähle ich ihm von der Verfolgungsjagd im Park.

Als wir schließlich Gerda zurückrufen, ist es halb zwei, und einmal mehr lande ich auf einem Anrufbeantworter.

# [ 4 ]

Vesna spioniert einem untreuen Ehemann nach, ausgerechnet! Den Fall mit den Medikamentendiebstählen hat sie übrigens gelöst, und sie weiß jetzt auch, wer der eine der beiden Verfolger war. Er hat vor einigen Jahren in derselben Firma wie ihr Mann gearbeitet, danach hat er mit einem Partner eine kleine Drogerie eröffnet, die nicht allzu gut ging. Also betrieb man Nebengeschäfte und mit Hilfe von einem Bekannten und dessen Freundin, die Krankenschwester ist, wurde der Medikamentendiebstahl aufgezogen. Im Hinterzimmer der Drogerie gab es Beruhigungsmittel und hin und wieder auch Drogen zu erwerben. Die Polizei hat von der Sache nichts erfahren, auch wenn laut irgendwelchen Privatdetektivvorschriften die Exekutive von bekannt gewordenen strafbaren Handlungen in Kenntnis gesetzt werden muss.

»Haben die Klinikbetreiber Glück gehabt«, hat Vesna gemeint, »denn erstens waren Medikamente sehr schlampig verwahrt, und zweitens hätte auffallen müssen, welche großen Mengen an Beruhigungs- und Schmerzmittel dort verbraucht werden.«

Jetzt jedenfalls ist sie nicht hinter Beweisen für eine strafbare Handlung her, sondern darum bemüht, einer Ehefrau Material gegen ihren Mann zu liefern. Allerdings sei der Fall ganz anders gelagert als bei Gerda, erzählt sie mir. »Der Mann nimmt alles Geld und verprasst es mit seltsamen Weibern, um es vornehm zu sagen. Bilder kannst du machen, da wirst du rot.«

»Und so etwas gefällt dir?«

»Gefällt mir nicht, aber gehört eben dazu. Ich will mich eher auf Wirtschaftsverbrechen spezialisieren, wenn ich eigene Detektei habe. Aber Zwerzl sagt, das Kleinvieh macht den Mist, und Scheidungen gibt es eben mehr als Betriebsspionage oder so etwas. Andere Detektivbüros sind auch nicht besser, eher im Gegenteil.«

Ich sitze momentan in Berlin, das »Magazin« hat mich zu einem europäischen Terrorbekämpfungsseminar geschickt. Droch hat gespottet und gemeint, ich würde wohl die Terroristen der ganzen Welt das Fürchten lehren, nachdem ich zwei Wochen die Schulbank gedrückt hätte. Nur drei österreichische Medien haben Einladungen bekommen, dabei zu sein und – nach Absprache mit den Stabsstellen, man könnte es auch Zensur nennen – darüber zu berichten.

Federführend sind irgendwelche US-Experten aus dem Verteidigungsministerium und dem Ministerium für Heimatschutz. Der Name erinnert mich irgendwie an die Nazizeit, aber ich gebe zu, ich mag die amerikanische Regierung nicht besonders.

Jedenfalls sind wir dreißig Teilnehmerinnen und Teilnehmer aus der EU und Russland – Printmedien, Radio und Fernsehen bunt zusammengewürfelt. Wahrscheinlich hat der Chefredakteur mich ausgewählt, weil ich wegen meiner Jahre in New York ganz gut Englisch kann.

Wir sitzen in wenig attraktiven Seminarräumen herum, und ich weiß wieder einmal, warum ich mit achtzehn so froh war, die Schule hinter mir zu lassen. Allein die engen Tische und Bänke und der Zwang, immer wieder eine Stunde durchzuhalten, bevor es endlich in die Pause – mit genehmigten Tätigkeiten – ging.

Ein Teil der Vortragenden bringt ganz Interessantes: Interne Entwicklungen und Strömungen im Islam, das fasziniert mich schon, auch wenn das Thema für General Mayer, den Chef des Unternehmens, unter den Begriff »Feindbeobachtung« fällt.

Peinlicher ist jedoch der Militärstratege, der uns permanent einreden will, dass alle Terroraktionen auf der Welt zusammenhängen und von dieser Al-Kaida-Saddam-Hussein-Iran-Irak-bin-Laden-Afghanistan-Partie gelenkt würden. Ab und zu nennt er noch Tschetschenien dazu, das freut unsere beiden regierungsnahen russischen Teilnehmer.

Ich persönlich glaube ja mehr an Chaos als an Verschwörung, entspricht einfach meiner Lebenserfahrung. Aber Hass und Verblendung und geschickte Methoden, beides zu schüren, die gibt es allerdings. Jedoch auf beiden Seiten. Ab und zu versuche ich, von der Terrorbekämpfung abzulenken und nach den Ursachen des Terrors zu fragen, aber unser Lehrer für politische und militärische Strategie ist leider – ich kann es nicht anders ausdrücken – ein Vollidiot. Vielleicht sagt auch das einiges aus über das Geflecht aus Terror, Terrorbekämpfung, Weltmachtgehabe und den Einschränkungen persönlicher Freiheit. Ich bin schon sehr gespannt, was ich schreiben darf.

Mit Gerda bin ich vor allem über SMS in Kontakt. Sie hat das getan, wovor sie sich am meisten gefürchtet hat: Sie hat die Kinder gefragt, bei wem sie leben wollen. Es ging nicht mehr anders. Und sie haben sich beide ganz klar für sie entschieden, waren irritiert, dass sie überhaupt an etwas anderes gedacht hatte.

»Es ist seltsam, plötzlich so viele enge Beziehungen hinterfragen zu müssen, da beginnst du an allem zu zweifeln«, hat sie mir geschrieben.

Die Reaktion der Belegschaft der Praxis auf den offenen Brief wollte sie lieber nicht überprüfen, sie hat die Praxis seither nicht mehr betreten, auch wenn Dr. Beer meint, das könnte für sie ein Nachteil bei der Vermögensaufteilung sein, denn da gelte es, ein möglichst enges faktisches Naheverhältnis zum Betrieb vorzuweisen, wenn sie schon nicht an der Firma beteiligt sei.

Und dann geht alles ganz schnell: Während ich mich, wieder in Wien, mit dem Chefredakteur, dem auf abgebrüht und Pro-USA machendem Droch – ich bin mir sicher, diese Position nimmt er nur ein, um mich zu ärgern – und den Terrorbekämpfungsmedien-Stabsstellen herumstreite, gibt es einen Verhandlungstermin für Gerdas Scheidung.

»Mir ist es recht, ich will, dass es endlich vorbei ist«, meint sie.

Oskar macht mir von vornherein klar, wie die Scheidungsverhandlung ausgehen wird: Gerda wird schuldig geschieden werden, entweder aus alleinigem oder aus überwiegendem Verschulden. Da Ehebruch – dort nichts, was sich so handfest darlegen ließe. Die Richterin, bei der der Fall gelandet ist, sei in Ordnung, meint Oskar, aber auch sie habe sich eben an die ständige Judikatur zu halten.

»Warum?«, frage ich in Erinnerung an mein Studium.

»Weil es eben so üblich ist bei Fällen, die es schon hundert- und tausendmal gegeben hat.«

»Es ist ungerecht. Er war es, der die Ehe mit seiner Engstirnigkeit zerstört hat«, argumentiere ich.

»Mag sein«, sagt er, seufzt und streichelt Gismo, »aber wie das Scheidungsverfahren ausgeht, sagt noch nichts über die Vermögensaufteilung aus. Das wird der wirkliche Kampf, fürchte ich.«

Sehr beruhigend. Mir war gar nicht bewusst, dass das separat abgewickelt wird.

Am Tag der Scheidung bin ich in Brüssel, ich mache ein Interview mit dem neuen EU-Verantwortlichen für Terrorbekämpfung. Er hält sich derartig bedeckt, dass ich eigentlich auch die Europa-Fahne hinter ihm hätte interviewen können. Wenigstens entlocke ich ihm, dass in der EU mit Nachdruck auf die Einhaltung der Menschen- und Freiheitsrechte geachtet werden müsse.

»Und wenn es da zu Konflikten mit gängigen Methoden der so genannten Terrorbekämpfung kommt?«

»Dann gilt es eben, beide Rechtsgüter sorgsam abzuwägen.« – Was immer das bedeuten mag.

Ich gehe ganz allein in eines der besten Lokale Brüssels und tröste mich mit seinen Muschelspezialitäten.

Bevor ich mich in den Billigflieger zurück nach Wien setze, rufe ich Gerda an. »Wie ist es gelaufen?«

»Es ist vorbei«, sagt sie beinahe tonlos.

»Was?«

»Ich bin geschieden.«

»Wie?«

»Alleiniges Verschulden. Ich habe alles unterschrieben, was der Anwalt meines … meines Ex diktiert hat. Auch, dass ich durch meine außerehelichen Beziehungen mutwillig eine intakte Ehe zerstört habe und dass ich trotz der wiederholten Versöhnungsversuche vonseiten meines Mannes nicht zum Einlenken bereit war. Ich fühle mich miserabel.«

»Warum hast du das unterschrieben? Ist doch überhaupt nicht wahr.«

»Meine Anwältin hat mir dazu geraten. Klar hätten wir noch ein paar Verhandlungstermine durchsetzen können, und mit etwas Glück entscheidet die Richterin dann auch nicht auf mein alleiniges, sondern auf überwiegendes Verschulden, aber mehr wäre auf keinen Fall drin gewesen. Und an den Folgen hätte das nichts geändert. Weißt du, was das Beste ist? Ich bin ihm Unterhalt schuldig, wenn er einmal nicht so viel verdienen sollte. Ich ihm! Dass ich ewig lang daheim bei den Kindern war, zählt gar nicht, zumindest nicht, was das betrifft. Dass ich Jahre versäumt habe, in denen ich Karriere hätte machen können und Pensionszeiten ansparen …« Sie flüstert es nur noch: »Ich wollte endlich raus, aber jetzt … Ich fühle mich über den Tisch gezogen und einfach nur mies.«

»Es ist vorüber, wer fragt schon danach, was in dem idiotischen Urteil steht«, versuche ich sie zu trösten.

»Er ist übrigens ausgezogen. Die ganze Zeit über hat er gesagt, dass er die Wohnung behalten will, und plötzlich ist er weg. Er muss schon länger nach einer anderen Wohnung gesucht haben. Über die Kinder weiß ich, dass sie alles andere als bescheiden ist. Gleich in der Nähe seiner Ordination, Dachgeschoss, Terrasse, Neubau, laut Claudia mit jeweils einem Zimmer für die Kinder, was kein Problem ist, bei fast zweihundert Quadratmetern. Nur für den Fall, dass es sich die Kinder anders überlegen. Ich hätte kämpfen sollen, aber ich hatte nicht die Kraft dazu.«

»Und was hätte es gebracht? Feiere, dass du ihn los bist. Ewig schade, dass ich nicht da bin.«

»Es ist … eine seltsame Leere. Ich trauere ihm nicht nach, nicht dass du das glaubst, nicht dem, der er in den letzten Jahren geworden ist, aber … wir waren mehr als zwanzig Jahre zusammen, und ich frage mich, ob ich mehr als zwanzig Jahre lang eine komplette Idiotin war.«

»Warst du nicht, ihr habt euch verändert, das heißt, du hast dich verändert und er hat das nicht akzeptieren können und da sind Seiten an ihm zum Vorschein gekommen …«

»… die er immer schon gehabt hat. Entweder jemand ist Freund oder Feind für ihn, und Feinde werden mit totalem Einsatz verfolgt. Jetzt bin ich der Feind. Er hat zwei Jahre als junger Arzt in einer Praxis gearbeitet, und dann hat ihn sein Chef gekündigt, nicht weil er Helmut etwas vorgeworfen hätte, sondern schlicht und einfach weil er aus Altersgründen die Praxis verkleinern wollte. Helmut hat ihn dann nicht einmal mehr gegrüßt und überall herumerzählt, sein Lehrmeister habe ihn finanziell betrogen. Was ich mir schon damals nicht vorstellen konnte. Auch ich musste jeden Kontakt zu ihm und seiner Frau abbrechen. Als ich einmal gesagt habe, dass er eigentlich doch ein netter Mensch und sie eine großartige Frauenärztin sei, hat er mich angebrüllt. Dabei war das Jahre später.«

»Eben. Also sei froh, dass es vorbei ist, genieße es, du hast zwei großartige Kinder, einen netten Freund, einen interessanten Job, eine Menge Freundinnen.«

»Ja.«

Das klingt, als sei sie sich trotz allem nicht sicher.

Zwei Wochen später erhält Gerda das rechtskräftige Scheidungsurteil zugestellt. Ich bereite gerade den zweiten Teil der Fitnessserie vor und freue mich über eine einigermaßen geglückte Terrorreportage – erstaunlicherweise war der Chefredakteur weitgehend auf meiner Seite, als es um die so genannte Zusammenarbeit mit den Stabsstellen ging. Aber ein gewisser Antiamerikanismus ist bei uns momentan durchaus angesagt. Einige böse Bemerkungen über das Terrorseminar und das dahinter stehende Weltbild haben mir die zuständigen US-Medienstellen zwar gestrichen, aber sie konnten nicht verhindern, dass in meinem Artikel auch kritische Stimmen zu Wort kommen. Und überdies gibt es eine Menge ganz wertfreier interessanter Details darüber, wie Behörden zusammenarbeiten. Auch eine aufschlussreiche Studie über den Zusammenhang zwischen Terror, Krieg und wirtschaftlicher Lage konnte ich unterbringen – und das im »Magazin«.

»In gewisser Weise kannst du sehr gut in politischen Zusammenhängen denken«, sagt Droch, nachdem er die Reportage gelesen hat, »du hast eine Menge gut miteinander verknüpft.« Das klingt überhaupt nicht gönnerhaft. Und ein Lob von ihm ist mir einiges wert.

Oskar ist für drei Tage in Frankfurt in seiner Partnerkanzlei. Leider war ich kleinlich genug, um nachzuprüfen, ob es Angelika Beer zur selben Zeit nach Frankfurt gezogen hat. Hat es aber nicht. Besonders sympathisch ist sie mir noch immer nicht, aber das ist ihr sicher egal. Und mir eigentlich auch. Wir waren vor kurzem tatsächlich gemeinsam essen. Oskar und sie haben über Fälle geredet, ich habe einige Male versucht mitzureden, doch wenn man in der Juristerei nicht auf dem Laufenden und mitten drin in einem Fall ist ... Aber zum Glück hat sich dann Jacques Lang zu uns gesetzt, und wir beide sind glücklich in kulinarische Gefilde abgeglitten. Dass aus Jakob Jacques wurde, hat übrigens gar nichts mit Hochstapelei zu tun, das war der Spitzname, den man ihm als Lehrling verpasst hat, er war der Einzige, der sich für die französische Küche interessiert hat, dem Rest der Belegschaft war das Wiener Schnitzel Herausforderung genug.

Ich bin gerade auf dem Weg von der Redaktion nach Hause, als Gerda anruft.

»Ich bin mit ein paar Freundinnen unterwegs, du solltest unbedingt auch kommen, du hast doch gesagt, ich solle meine Scheidung feiern. Heute ist sie rechtskräftig, wir feiern, auch wenn mir speiübel wird, wenn ich lese, was da alles schwarz auf weiß steht. Wir feiern eben die Lüge und meine Freiheit oder so was.«

Hört sich nur mittellustig an.

»Wenigstens kurz, schau vorbei, bist du daheim?«, redet sie weiter. »Wir sind ganz in deiner Nähe, es gibt da eine sehr nette neue Bar.«

Sie beschreibt mir, wie ich hinkomme, ich kenne die Bar, sie ist tatsächlich nicht weit von mir entfernt. Ich habe einen sportlichen Anfall, parke den Wagen in einer Seitengasse bei meiner Wohnung und gehe zehn Minuten Richtung Innenstadt.

Gerda hat mit ihrer Truppe das winzige Hinterzimmer der Bar in Beschlag genommen, Heidi, eine andere Fotografin des »Magazins«, hält gerade eine Brandrede gegen das Fernsehprogramm, die anderen drei Frauen werden mir als Lisi, Dagmar und Lisi zwei vorgestellt.

»Nur zwei Themen sind heute verboten«, ruft Gerda mit nicht mehr ganz sicherer Stimme, »mein Ex und Scheidungen.«

»Ha, du hast es ausgesprochen! Wer ›Scheidung‹ oder ›Ex‹ sagt, muss ein Glas Wein ex trinken«, ruft Lisi zwei.

»Du hast es auch gesagt«, kichert Dagmar.

»Eine gute Idee, heute weder über deinen Ex noch über Scheidungen zu reden«, grinse ich und trinke mit den anderen beiden ein Glas mittelguten Weißburgunder in einem Zug leer. Ist ja mein erstes.

Es wird ein feuchter und im Großen und Ganzen recht fröhlicher Abend, man versichert einander immer wieder, wie gut man ohne Männer feiern könne. Bei der Frage, ob man auch gut ohne sie leben könne, sind die Meinungen geteilt. Aber irgendwie hängt es doch dauernd in der Luft: eine langjährige Beziehung, die gescheitert ist.

»Eigentlich scheitert nicht die Beziehung, sondern wir sind es, die an Beziehungen scheitern«, stellt Lisi irgendwann einmal nach Mitternacht fest. Sie ist Architektin und ihr Mann auch, nur baut er seit zwei Jahren in Dubai.

»Das muss ich mir merken«, lalle ich, »man kann ja alles besser machen, irgendwie haben wir es ja doch selbst in der Hand.« Ich will schon zu einer längeren Rede darüber ausholen, wie ich mir das so vorstelle, werde aber rechtzeitig von Heidi gebremst, die auf einen Stuhl gestiegen ist und uns auffordert, das Gleiche zu tun und gemeinsam auf die Liebe zu trinken. Ich weiß nicht, ob solche Kletterübungen um diese Zeit ganz ungefährlich sind, aber für die Liebe sollte man schon etwas riskieren, also stehen wir alle auf unseren Stühlen und trinken noch ein Glas auf die Liebe, wir Romantikerinnen.

Wir klettern wieder herunter, und niemand stürzt ab, Gerda erklärt sentimental, ihre Liebe seien ihre Kinder, und ich habe das Gefühl, ich muss Oskar ganz dringend eine SMS schicken, er ist meine Liebe, die große Liebe, wie war das mit Beziehungen? Sie scheitern nicht, sondern wir scheitern an ihnen, also können sie uns doch auch gelingen. Mir und Oskar. Yeah.

»Hallo mein Oskar, ich möchte dich heiraten!«, tippe ich. Das mit den Beziehungen will ich auch noch unterbringen, aber irgendwie vertippe ich mich zu oft und lasse es bleiben und denke mir, mit dem einen Satz ist ohnehin alles gesagt. Und: Senden! Gesendet.

Die Nachtluft ist kühl, viel zu kühl für Mitte August, aber das stört uns nicht weiter, wir haben Gerdas neues Leben festlich eingeleitet, jawohl. Hoppla, der Randstein. Vielleicht doch ein Glück, dass ich das Auto daheimgelassen habe. Wir küssen uns schwesterlich, Schwestern im Geiste und in der Liebe – und in elf Flaschen mittelgutem Weißburgunder. Keine Ahnung, wie ich die Treppen zu meiner Wohnung hinaufgekommen bin, ich kann mich nicht einmal daran erinnern, sie überhaupt hinaufgestiegen zu sein.

Gismo verzieht sich angewidert vom Bett, mieselsüchtige Alte. Ich schenke mir noch einen klitzekleinen Whiskey ein und falle dann in Tiefschlaf.

Als ich aufwache, ist es elf Uhr. Irgendetwas summt an meinem Ohr, vielleicht ist es auch bloß mein Kopf, er fühlt sich irgendwie seltsam an, leicht und schwer zugleich. Ich klappe die Augen auf, klappe sie wieder zu. Heute ist ausnahmsweise einmal ein strahlender Tag, endlich, aber momentan ist es viel zu hell da draußen. Wir haben Gerdas Ehe die letzte Ehre erwiesen, ja, genau. Kopfweh? Nein. Seltsames Gefühl im Kopf? Und ob. Aber das, was summt, ist mein Mobiltelefon. Ich sollte längst in der Redaktion sein. Jemand hat mir eine SMS geschickt. SMS. Da war doch was.

Ich schnappe mir das Telefon und schaue nach, da ist nicht eine, da sind fünf SMS. Alle von Oskar.

Nummer eins, gesendet um 2:54: »ICH DICH AUCH! Gel. Mira, wo bist du? Will sofort zu dir!«

Nummer zwei, gesendet um 3:14: »Liebling, gute Nacht, ich küsse dich, bis morgen.«

Nummer drei, gesendet um 7:32: »Müssen heute ausgehen und groß feiern, bin ganzen Tag im Gericht, melde dich, geht es dir gut?«

Nummer vier, gesendet um 9:47: »Alles in Ordnung??? Dein Oskar«

Nummer fünf, gesendet um 10:58: »Bitte ruf mich an!!!«

Ich weiß es wieder. Ich habe Oskar per SMS einen Heiratsantrag gemacht. Es hatte irgendwie mit der Stimmung von gestern Nacht zu tun und mit dem vielen Weißburgunder. Ich schwöre mir, nie wieder betrunken SMS zu verschicken, auf keinen Fall, nie!

Will ich ihn heiraten? Vielleicht habe ich die Nacht und die Stimmung und den Alkohol gebraucht, um mich zu trauen. Ich liebe ihn. Sicher. Und wenn ich mir so anhöre, wie es anderen Frauen in meiner Umgebung geht ... Also, warum sollte ich ihn nicht heiraten, er will es schon lange. Hat nur nichts mehr gesagt, weil ich immer wieder ausgewichen bin.

Heiratsantrag per SMS, er muss mich wirklich gern haben, wenn er das ernst nimmt. Und er macht sich eindeutig Sorgen, weil ich mich so lange nicht gemeldet habe. Ich hasse es, wenn er schreibt, dass er sich Sorgen macht, deshalb schreibt er es nicht mehr. Irgendwie bin ich mit seinen Gefühlen ganz schön terroristisch umgesprungen. Statt hier herumzuliegen und herumzuüberlegen, sollte ich ihn anrufen. Sonst ist er wieder in der nächsten Verhandlung. Andererseits: Ich könnte ihm noch eine SMS schreiben und erklären, wie das gestern Nacht war, vielleicht kommt er dann selbst auf die Idee, dass es sich bei meinem Heiratsantrag eher um eine liebevoll-sentimentale Anwandlung gehandelt hat. Wir haben es doch auch so sehr schön.

Eine SMS mit Heiratsantrag und die nächste mit dem Rückzug, das ist einfach nicht in Ordnung. Also: anrufen. Nein, doch besser: SMS, er ist sicher gerade in einer Verhandlung. Aber kein Rückzug, eher unverbindliches Liebes. »Habe verschlafen und liebe dich, war lange Nacht und ...« – da fällt mir nichts mehr ein, ich lösche das »und« wieder, setze »deine Mira« hinzu, lösche das »deine« wieder. Senden.

Ich gehe duschen, keine Antwort. Ich mache mir Kaffee, keine Antwort. Ich hetze zur U-Bahn Richtung Redaktion, keine Antwort. Er ist sauer. Oder mein Mobiltelefon hat etwas. Ich schicke mir selbst eine SMS, das geht ganz normal weg und kommt umgehend an. Funktioniert also. Vielleicht findet er nun doch, dass ein Heiratsantrag per SMS bei Menschen über achtzehn eine Frechheit ist – und für Menschen unter achtzehn sollte Derartiges ohnehin verboten werden.

Ich drücke die Tür zum Glas- und Betonpalast des »Magazins« auf, überlege, ob ich ihm noch eine SMS schicken soll, vielleicht war sie zu wenig liebevoll, aber das mit den Hochzeitsglocken ist eben nicht so meins. Ich lese meine SMS an ihn erneut, denke mir, das war gar nicht so übel, und ich habe sogar, wie sonst nur ganz selten, »liebe dich« geschrieben, wenn auch in einem Zug mit »habe verschlafen«, aber sonst hat er ja auch etwas übrig für Wortwitz und ist kein Sentimentaler. Ist er doch. Er kann ganz schön gefühlsbetont sein, ich ja auch, sonst hätte ich gestern Nacht nie ... Diese Scheidungssache und auch das Klassentreffen haben sich mir irgendwie aufs Gemüt geschlagen.

Er hat mir fünf SMS geschickt, also kann ich ihm noch eins schicken, ein scherzhaftes, so was wie: »Hat Justitia dich verschleppt?« Haha.

Beinahe hätte ich über meinen Überlegereien das SMS-Signal überhört. Öffnen, klopfendes Herz wie ein Schulmädchen.

»Sorry, war in langer Verhandlung, liebe dich auch, und wie, heute 20 h, habe zum Feiern – nur für uns beide – einen Tisch im pur reserviert, gibt so viel zu bereden, dein eiliger Oskar.«

Er ist nicht sauer, denke ich mir glücklich, und dann: Warum im pur? Und: Er will mit mir über die Details der Hochzeit reden! Du liebe Güte.

Ich habe in der Redaktion eine Menge zu tun, und trotzdem: zwischendurch denke ich immer wieder an den Abend und wie er wohl werden wird. Ich will Oskar nicht enttäuschen. Wenn ich ihn nicht enttäuschen will, brauche ich ihn nur zu heiraten. Nur? Und: Nur heiraten reicht auch nicht aus auf Dauer, wie man ja sieht. Andererseits: Nie habe ich Heiraten für besonders wichtig gehalten, was ändert sich schon, wenn wir heiraten? Also, warum nicht? Andererseits: also warum?

In der nächsten Ausgabe des »Magazins« soll zum ersten Mal ein Leitartikel von mir erscheinen, üblicherweise ist er von Droch oder vom Außenpolitik-Chef, manchmal auch vom Chefredakteur. Droch hat das eingefädelt, ich schreibe über die Zusammenhänge zwischen Terror, Terrorismusbekämpfung und der Verteilung von Geld und Macht. Er ist an sich fertig, aber ich sollte ihn noch einmal lesen. Mira Valensky, von der Lifestyletante zur seriösen Journalistin. Alles ist möglich. Also.

Was Droch zur Hochzeit sagen wird? Den Gedanken schiebe ich lieber sofort ganz weit zurück in den Hinterkopf. Der Kopf fühlt sich noch immer seltsam an, übergroß, ein nicht fassbarer Ballon.

Gerade als ich gehen will, um schnell heimzufahren und mich umzuziehen – allzu Festliches habe ich ohnehin nicht, aber irgendwie möchte ich Oskars Feierstimmung gerne entsprechen, der schwarze Leinenanzug wäre richtig –, ereilt mich noch ein Auftrag, den ich schwer ablehnen kann: Ich soll fotografiert werden, mein bisheriges Foto für das »Magazin« sei zu alt, meint unsere Bildredakteurin, und den Leitartikel soll mein Kopf zieren. Im Keller haben wir ein Studio, ich hetze hinunter. Gerda sehe ich nirgendwo. Das mit dem Umziehen wird sich nun doch nicht mehr ausgehen, muss mich Oskar eben in Jeans und T-Shirt ausführen, vielleicht hängt an meinem Kleiderständer im Büro noch die beige Seidenjacke, sicher bin ich mir nicht. Sie ist das Stück für alle Überraschungsfälle, ich habe sie sicher mehr als ein Jahr nicht mehr gebraucht.

Otto setzt mich vor den Schminkspiegel, ich soll mich etwas zurechtmachen. Gerda? Nein, die habe sich heute freigenommen. Neugierig sieht er mich an: »Die dürfte ihren Mann ganz schön betrogen haben, was? Und hier macht sie auf unnahbar.«

»So ein Quatsch.«

»Man hört eben so einiges.«

Arme Gerda, und als »unnahbar« habe ich sie noch nie empfunden – hängt eben davon ab, was man von ihr will. »Bei dir wäre ich auch unnahbar«, sage ich und grinse.

»Pass bloß auf, sonst finde ich deine Schokoladenseite nicht.«

»Ich habe nur Schokoladenseiten.«

»Soll ich dir das Gegenteil beweisen?«

»Wehe! Komm, tu weiter, ich muss noch weg.«

»Ein Date?«

»Kann man so sagen.« Und ob. Andere hätten es vielleicht sogar Verlobungsfeier genannt. Oder sind wir etwa schon verlobt? Per SMS?

Ich hetze Richtung pur. Wenn alle Ampeln auf Grün stehen und ich sofort einen Parkplatz finde, komme ich nur zehn Minuten zu spät. Das fällt unter die Toleranzgrenze, auch wenn Oskar immer sehr pünktlich ist. Staus sind im August nicht zu erwarten. Ich wechsle die Spur, werde von einem Blödmann angehupt – also bitte, ich hab dich wirklich nicht geschnitten, du Nervösling –, ich grinse und winke ihm, denn ich weiß, das bringt die meisten aggressiven Autofahrer erst so richtig in Rage.

Das Mobiltelefon. Das wird doch nicht schon Oskar sein, der wartet. Es ist exakt zwanzig Uhr und zehn Minuten. Ich drücke auf Empfang und höre Gerda.

»Mein Ex ist tot«, sagt sie, und im ersten Moment denke ich an die Fortsetzung von gestern Nacht, wer »Ex« sagt, muss ein Glas Wein leer trinken. Er ist für sie gestorben, das meint sie.

»Er ist tot«, schreit sie, als ich nichts sage.

Ich bremse, und der Aufgeregte wäre mir fast hineingeknallt, er hupt und schreit, und ich parke meinen Wagen am Straßenrand, er hält auch, beschimpft mich durch das offene Fenster.

»Fahren Sie weiter, Sie Idiot«, sage ich, »ihr Mann ist tot.«

Vielleicht hält er mich für verrückt, vielleicht erkennt er aber auch, dass es wahr ist, was ich sage. Er steigt wortlos ein und fährt davon. Gerda hat es gehört und weiß, dass ich die Botschaft begriffen habe.

»Wie?«, frage ich.

»Ich weiß es nicht, es gibt diesen stillgelegten Steinbruch südlich von Wien, wir waren vor Urzeiten mit den Kindern dort, man kann mit dem Auto ein paar Kehren hinauffahren, die Straße ist wohl für die Schotter-Lkws gemacht worden. Er ist mit dem Auto hinuntergekracht, haben mir die von der Polizei gesagt.«

»Wann?«

»Sie waren gerade erst bei mir, Überbringer einer schlechten Nachricht und so.«

»Wie ist es passiert?«

»Wissen sie nicht. Ich stehe das nicht durch. Sie haben mich gefragt, ob es Selbstmord gewesen sein kann. Er hat diesen Brief geschrieben, an seine Leute in der Praxis, ich habe ihn dir vorgelesen. Und er hat es mir immer wieder gesagt, dass er am Ende ist, körperlich und psychisch. Kannst du dir vorstellen, dass er sich hinuntergestürzt hat?«

Ich kenne ihn doch nicht. Das einzige Mal, dass ich ihn gesehen habe, war er hysterisch.

»Ich muss es den Kindern sagen«, fährt sie fort, »ich habe keine Ahnung, wie ich es den Kindern sagen soll. Ich kann meine Schwester nicht erreichen, niemand ist da.« Sie stockt. »Ich habe solche Angst.«

»Ich komme, wo bist du?«

»Daheim.«

Ich muss versuchen, Zuckerbrot zu erreichen. Mit dem Chef der Mordkommission 1 hatte ich in den letzten Jahren einige Male zu tun. Er würde unser Verhältnis zwar nicht als durchgehend freundschaftlich bezeichnen, aber in gewissem Sinn verstehen wir uns recht gut. Und er ist ein alter Freund von Droch. Ich habe alle seine Nummern eingespeichert, erreiche ihn am privaten Mobiltelefon. Er ist nicht besonders entzückt, meine Stimme zu hören, und meint, er sei außer Dienst und woher ich diese Nummer überhaupt hätte.

»Haben Sie mir gegeben, für alle Fälle.«

»Für einen bestimmten Fall, nehme ich an. Ich sollte sie wieder wechseln.«

»Ich störe Sie nicht lange, es ist wirklich wichtig«, erwidere ich. Es muss flehentlich geklungen haben.

»Ich bin in der Pause eines Konzertes im Musikverein, ich kann am Abend gut ohne Aufregungen und Journalistinnen leben.«

»Der Exmann einer Fotografin von uns ist in diesem Steinbruch südlich von Wien mit dem Auto abgestürzt. Die beiden Polizeibeamten, die bei ihr waren, haben fast nichts erzählt. Das Scheidungsurteil ist erst gestern rechtskräftig geworden, und sie fragt sich, ob es nicht Selbstmord …«

»Sie wissen genau, dass das nicht in meinen Bereich fällt.«

»Aber Sie kennen die Zuständigen. Gerda ist am Boden zerstört, ich möchte noch jemanden erreichen, der mehr weiß, mit dem wir reden können.«

»Wie heißt der Verunfallte?«

»Dr. Helmut Hofer.«

»Der Arzt?«

»Ja. Sie kennen ihn?«

»Er war jahrelang unser Hausarzt – bis wir zu weit weggezogen sind. Ein ausgezeichneter Arzt.«

»Rufen Sie mich an, wenn Sie jemanden erreicht haben?«

»Ich werde es probieren und melde mich dann.«

»Danke. Vielen Dank. Ich werde …« Ich unterbreche mich, bevor ich aus Dankbarkeit schwer einzulösende Versprechungen mache.

Ich rase zu Gerdas Wohnung. Ihr Mann ist tot. Ihr Ex. Ich kenne den Steinbruch nicht. Wollte er es ihr noch einmal so richtig zeigen? Aber deswegen bringt sich doch keiner um, oder? Für mich ist so etwas unvorstellbar, was habe ich davon, wenn jemand anderes leidet? Ich bin ja tot.

Zuckerbrot ruft mich an, gerade als ich in die Gasse einbiege, in der Gerda wohnt. Wir sollen in die Sicherheitsdirektion fahren, er habe einen der zuständigen Ermittler aufgetrieben, der sei ohnehin noch da, um Akten aufzuarbeiten.

»Er kann sich nicht umgebracht haben«, sagt Gerda immer wieder, als wir Richtung Sicherheitsdirektion fahren.

»Hast du eine Ahnung, was er im Steinbruch wollte?«

»Woher soll ich das wissen? Vielleicht ist das Ganze ja auch eine Verwechslung.«

»Sie haben das Auto, seine Fahrzeugpapiere.«

»Vielleicht hat ihm jemand den Wagen gestohlen.«

Ich sage nicht, für wie unwahrscheinlich ich das halte.

In der Sicherheitsdirektion fragen wir uns zum Büro Schmidt durch. Schmidt ist Anfang dreißig, blass, blond, etwas übergewichtig und wirkt müde. Er spricht Gerda sein Beileid aus und kramt dann in Notizen.

»Ich weiß nicht, wie viel Ihnen meine Kollegen schon gesagt haben, oft ist der Schock so groß, dass es besser ist, am Anfang nicht zu viel zu erzählen …«

»Was weiß man?«, ruft Gerda beinahe.

»Nicht viel. Der Wagen muss gegen 17 Uhr abgestürzt sein, zwei Radfahrer auf der Landesstraße haben den Aufprall gehört und sind zum Steinbruch gefahren. Ihr Mann war offenbar sofort tot. Die örtliche Polizei ist um 17.20 Uhr eingetroffen, da war die Rettung schon da. Ihr Mann muss noch obduziert werden, das ist leider Vorschrift, aber es sieht so aus, als hätte der Aufprall ihm das Genick gebrochen.« Er schaut auf und sieht Gerda ins Gesicht. »Geht es?«

Gerda nickt, sie ist kreidebleich und umklammert die Armlehne des Stuhls.

»Hat man irgendjemanden im Steinbruch gesehen? Kann jemand etwas beobachtet haben?«, frage ich.

»Jedenfalls hat sich bisher noch niemand gemeldet, und die Radfahrer, die den Unfall gemeldet haben, haben ausgesagt, dass der Steinbruch menschenleer gewesen sei.«

»Kann es sein …«, beginnt Gerda und schüttelt dann den Kopf, bringt es nicht heraus.

»Kann es sein«, spreche ich weiter, »dass er Selbstmord begangen hat?«

Schmidt sieht uns neugierig an. »Gibt es Gründe für diese Annahme?«

»Sie sind gestern rechtskräftig geschieden worden. Und ihr Mann hat einen Brief geschrieben, keinen Abschiedsbrief, aber einen Brief an seine Praxismitarbeiter, in dem er sagt, er sei am Ende. Ich habe das eher für eine Aktion gegen seine Frau gehalten, um zu zeigen, wie bemitleidenswert er war, aber …«

Der Beamte blättert erneut in den Unterlagen. »Es ist beim momentanen Stand der Ermittlungen nicht auszuschließen, einige Indizien könnten darauf hindeuten.«

»Zum Beispiel?«

Gerda ist in sich zusammengesunken.

»Es hat keine Bremsspuren gegeben. Und: Der Großteil der Straße ist befestigt, es handelt sich ja eigentlich um eine Sackgasse, man hat sie für die Lkws angelegt, die den Schotter abtransportiert haben, aber der Platz ist zu einem attraktiven Treff für Liebespaare geworden, und bevor etwas passiert, hat man Leitschienen montiert. Nur eben nicht durchgehend. Er ist ausgerechnet an einer Stelle von der Straße abgekommen, an der es keine Leitschienen gibt. Außerdem: Es ist gar nicht leicht, auf dieser Straße so schnell unterwegs zu sein, dass man die Herrschaft über sein Fahrzeug verliert.«

»Das alles macht einen Unfall ziemlich unwahrscheinlich«, sage ich mit einem vorsichtigen Seitenblick zu Gerda.

»Wäre die Sachlage klar, wären wir erst gar nicht eingeschaltet worden«, erwidert Schmidt. Er steht auf und legt Gerda besorgt die Hand auf die Schulter. »Soll ich Ihnen ein leichtes Beruhigungsmittel bringen?«

Gerda schüttelt den Kopf. »Dass er sich wegen der Scheidung, wegen mir ... Wie sollen die Kinder das verstehen? Dabei war er es ja, der sich plötzlich und so schnell scheiden lassen wollte. Und er hatte eine neue Wohnung und ...«

Der Ermittler räuspert sich. »Es war eine strittige Scheidung? Wie ist sie ausgegangen?«

»Ich bin schuldig geschieden worden, wegen Ehebruchs. Aber ich bitte Sie, glauben Sie nicht alles, was in dem Urteil steht, der Anwalt meines Mannes hat den Text diktiert, und ich habe unterschrieben, damit es endlich vorbei ist. Vorbei ist ... – aber doch nicht so!«, schreit sie auf und beginnt zu weinen.

»Das Urteil ist gestern zugestellt worden?«, fragt mich der Ermittler leise.

Ich nicke.

»Das könnte in ihm etwas ausgelöst haben.«

»Er war sehr eifersüchtig«, erzähle ich, »er wollte nicht, dass sie als Fotografin arbeitet und einen eigenen Freundeskreis hat, das hat die Ehe zerstört, erst danach hat sie ihre Affäre begonnen.«

»Kannten Sie ihn gut? Hielten Sie ihn für selbstmordgefährdet?«

Ich schüttle den Kopf. »Ich bin ihm nur einmal persönlich begegnet. Er soll ein ausgezeichneter Arzt gewesen sein.«

»Dann können Sie also gar nicht wissen, wie die Sache wirklich war, Sie kennen nur die Sichtweise Ihrer Freundin.«

»Also ...«, ich will widersprechen, aber ich muss zugeben, er hat Recht.

»Frau Hofer«, sagt er dann, »wenn Sie schon da sind, dann bringen wir es gleich hinter uns: Wo waren Sie am Nachmittag?«

Gerda sieht unter Schluchzen auf, kramt nach einem Taschentuch. »Warum?«

»Sagen Sie es mir bitte, ja?«

»Ich war ... Zuerst habe ich Fotos gemacht für eine Freundin, es soll ein collageartiges Familienbild werden zum Neunziger ihrer Großmutter. Und dann bin ich … zu Peter Königsberger gefahren.«

»Ist das Ihr …«

Gerda reckt das Kinn nach oben. »Ja, das ist mein Freund.«

»Hat Sie jemand gesehen?«

»Ich lege nicht besonders viel Wert darauf, bei ihm gesehen zu werden. Aber was weiß man, vielleicht ein Nachbar durch den Spion?«

Schmidt ersucht Gerda, noch eine ganze Menge an Papieren auszufüllen, erst jetzt kommt mir Oskar wieder in den Sinn. Er wartet auf mich. Seit mehr als eineinhalb Stunden. Unser ganz spezielles Abendessen. Zur Feier einer SMS. Ich stürze auf den muffigen Gang, will ihn anrufen und merke, dass mein Akku leer ist.

»Ich hab es ziemlich eilig, kann sich jemand um dich kümmern?«, flüstere ich Gerda zu.

»Ich weiß nicht …«, sagt sie und sieht mich an, »es ist vor allem wegen der Kinder …«

Ich borge mir ihr Telefon aus und eile wieder auf den Gang. Ich krame in meinem Hirn verzweifelt nach der Nummer von Oskar, mein Zahlengedächtnis ist eine Katastrophe. Ich hole mein Mobiltelefon, ernte einen neugierigen Blick von beiden, gehe wieder nach draußen, hoffe, dass der Akku gerade noch ausreicht, um seine Nummer anzuzeigen. Nichts, Pech gehabt, das Display bleibt schwarz. Wieder rein.

»Ich brauche Oskars Nummer«, sage ich zu Gerda.

»Du? Von mir?«

»Mein Akku ist leer und mein Hirn auch. Ich muss ihn dringend anrufen.«

Sie nimmt mir ihr Mobiltelefon aus der Hand, drückt herum. »Da ist sie.«

Ich sehe auf das Display, es ist mir unverständlich, wie ich die Nummer vergessen konnte, renne wieder auf den Gang. Oskar geht nicht dran. Freizeichen, unendlich lange, bis sich seine Mobilbox meldet. Jetzt ist er wohl definitiv böse auf mich. Ich muss sofort ins pur, vielleicht ist er noch da.

»Was ist mit deiner Schwester?«, frage ich Gerda.

»Die habe ich nicht erreicht.«

»Ich weiß, aber vielleicht jetzt.«

Sie nickt, tippt auf eine Taste, wartet. Ich atme auf, ihre Schwester ist dran, und es stellt sich heraus, dass sie beinahe beim pur ums Eck wohnt.

Schmidt ist etwas verblüfft wegen unseres raschen Aufbruchs, aber es ist alles unterschrieben und ohnehin höchste Zeit, dass auch er heimkommt. »Sobald es Neuigkeiten gibt, melde ich mich«, sagt er.

Ich liefere Gerda vor dem Haus ihrer Schwester ab. Wenn ich ihm alles erzähle, wird Oskar verstehen. Sicher. Er hat schon so viel verstanden. – Eben, irgendwann einmal reicht es ihm. Ich muss ruhiger werden, angepasster, einfühlsamer. Verheiratet. Wenn ich noch die Chance dazu habe.

Ich stürze geradezu ins pur, bremse erst ab, als ich eine Reihe neugieriger Blicke bemerke. An der Bar kein Oskar. Auch nicht im Restaurant. Schon will ich geschlagen wieder gehen, als ich ihn in einer der kleinen Nischen sitzen sehe. Er ist nicht allein. Er scheint sich ausgesprochen gut zu unterhalten. Mit Angelika Beer. Nichts wie weg. Du hast es vermasselt, Mira. Alles. Wie war das mit dem Scheitern von Beziehungen? Wir scheitern an ihnen, ich bin gescheitert. – Moment mal: Angelika könnte ja wegen Jacques da sein und dann Oskar gesehen haben, der ganz allein am Tisch sitzt und immer wieder auf die Uhr sieht, mich anruft, aber keine Antwort bekommt, weil mein Akku leer ist nach den vielen Gesprächen des Tages. Ich atme tief durch und gehe auf die beiden zu.

»Es tut mir total leid«, rufe ich Oskar anstelle einer Begrüßung zu, »aber Gerdas Mann ist tot.«

»Und ich dachte schon, du hast es dir anders überlegt«, sagt Oskar und sieht trotz der schlechten Nachricht so erleichtert aus, dass ich ihm beruhigt um den Hals falle. Außerdem soll diese Angelika ruhig sehen, wie die Dinge stehen.

»Frau Hofers Mann ist tot? Was ist geschehen?«, will sie aufgeregt wissen. »Warum hat sie mich nicht angerufen?«

»Na ja, die Scheidung ist ja vorbei. Samt Urteil.« Ich kann mir gerade noch verkneifen zu sagen, dass sie auch ohne Anwältin nicht mehr als schuldig gesprochen hätte werden können.

Ich setze mich.

»Hast du schon etwas gegessen?«, fragt Oskar.

Essen. Daran habe ich ausnahmsweise gar nicht gedacht. »Und wie ist das mit dir?«

Er schüttelt den Kopf.

»Dann sollten wir uns ein schönes Menü zusammenstellen lassen«, meint die Anwältin.

»Wir« klingt nicht eben gut, aber andererseits … Ich würde es heute ohnehin kaum durchstehen, über eine Hochzeit und das Rundum zu reden.

»Ja, wunderbar«, sagt Oskar. Es klingt ein bisschen zögerlich.

Ich strahle ihn an und zucke – hoffentlich nur für ihn merkbar – mit den Schultern. Er grinst.

Angelika winkt den Oberkellner herbei, sie macht schon ziemlich auf Hausherrin, finde ich, und wir besprechen das Menü.

»Das mit der Scheidung ist übrigens noch nicht zur Gänze vorbei«, klärt mich Dr. Beer auf, »es fehlt ja noch die gerichtliche Vermögensaufteilung.«

Oskar schaut nachdenklich in sein Weinglas. »Wie ist er ums Leben gekommen?«

Ich erzähle, was ich weiß.

»Nicht gerade ungünstig für Gerda«, sagt er danach, »rein sachlich gesehen. Wenn kein Testament da ist, dann erben alles die Kinder. Und alles bleibt quasi in der Familie.«

»Du willst doch damit nicht andeuten …«

»Will ich nicht, aber du kannst sicher sein, dass die Polizei in diese Richtung überlegen wird.«

Wird sie, das glaube ich auch. »Sie hat ein Alibi, aber es ist nur teilweise wasserdicht«, kläre ich ihn auf. »Zuerst hat sie fotografiert, da waren genug Leute dabei, danach ist sie zu ihrem Peter, und sie weiß nicht, ob sie jemand gesehen hat. Aber ihr hättet sehen müssen, wie zerstört sie war, welche Vorwürfe sie sich macht, dass er sich womöglich umgebracht hat.«

»Kennst du Gerda so gut?«, fragt Oskar.

Ich will schon antworten, schüttle dann aber langsam den Kopf. Sie war wütend über das Scheidungsurteil und verzweifelt. Und dann vielleicht noch der Restalkohol …

»Ich bin gleich wieder zurück«, entschuldigt sich Angelika, »muss mal für kleine Mädchen.«

Wie ich diesen Ausdruck hasse.

»Irgendwie habe ich mir den heutigen Abend anders vorgestellt«, flüstert mir Oskar zu und streichelt meine Hand.

Schuldbewusst blinzle ich ihn an.

»Aber mit dir muss man eben immer auf Überraschungen gefasst sein. Gestern Nacht hast du mir eine wunderschöne gemacht – oder war das nur so eine spontane Stimmungslage?«

Ich lächle und schüttle den Kopf.

Da kommt Angelika auch schon mit Jacques alias Jakob Lang zurück, sie setzen sich zu uns, und sein Küchenchef beweist, was er kann.

# [ 5 ]

Es gibt Leute, die finden, ich brauche eine Brille. Nur weil ich auf der Autobahn die Wegweiser etwas spät entziffern kann. Und Menschen erst ab einer gewissen Nähe erkenne. Ich finde das nicht, man muss nicht alles so scharf sehen im Leben. Meine – leichte – Kurzsichtigkeit lässt mehr Platz für Fantasie und trainiert die Reaktionsfähigkeit. Jetzt allerdings hätte ich schon gerne gewusst, ob der, der da am anderen Lande unseres Großraumbüros unschlüssig in alten »Magazin«-Ausgaben blättert, tatsächlich Zuckerbrot ist. Zuckerbrot und Droch sind alte Freunde, sie gehen jede Woche zusammen essen. Aber ich habe noch nie gesehen, dass der Leiter der Mordkommission Droch abholt. Außerdem treffen sie sich üblicherweise am Abend. Ich stehe auf und schlendere in seine Richtung. Ich habe mich nicht getäuscht.

»Ah, Frau Valensky«, sagt Zuckerbrot, als wäre es die normalste Sache der Welt, hier in unserem Büro zu stehen.

»Dr. Zuckerbrot«, grüße ich zurück, »warten Sie auf Droch?«

»Ja, wir gehen essen. Aber ich bin etwas zu früh dran.«

»Sein Büro ist dort hinten«, ich deute zur Tür, auf den Gang.

»Was ist das? Ein Rausschmiss?«, lächelt er mich an.

Ich sehe so unschuldig wie möglich drein. »Natürlich nicht, oder hat Ihr Besuch vielleicht etwas mit Gerda Hofers Mann zu tun?«

»Wie kommen Sie darauf? Nein, ich bin einfach zu früh dran. Apropos: Mein Kollege hat mir erzählt, sie habe tief getroffen gewirkt. Tja, die Scheidung ist eben noch relativ frisch – auch wenn sie es war, die ihn betrogen hat.«

Sieh an, das Urteil dürfte schon bei den Akten liegen. »Ich hab Ihrem Kollegen die Vorgeschichte erzählt, und die ist etwas anders, als es im Scheidungsurteil klingt.«

»Sie mögen diese Fotografin, nicht wahr? Was ist sie für ein Typ? Lebenslustig?«

»Eine sehr gute Fotografin, kompetent, freundlich, verlässlich.«

»Klingt eher nach einer Maschine, dabei soll sie doch ziemlich emotional sein.«

»Nur weil sie beim Tod des Mannes, mit dem sie zwanzig Jahre zusammengelebt hat, weint? Und bei dem Gedanken, ihren Kindern beibringen zu müssen, dass er sich vielleicht umgebracht hat?«

»Das habe ich eigentlich nicht damit gemeint.«

»Warum kümmern Sie sich um den Fall?«

»Schmidt ist überlastet.«

»Sie beschäftigen sich nicht mit Selbstmorden und auch nicht mit ungeklärten Todesfällen, bei Ihnen landet ein Fall erst, wenn es wahrscheinlich …« Ich stutze.

»Und wenn ich momentan keinen derartigen Fall habe?«, antwortet er.

»Wenn Sie mir erzählen, was die Ermittlungen bisher ergeben haben, fällt mir vielleicht etwas dazu ein.«

»Sicher«, erwidert er und sieht mich mit leichtem Spott an. »Sie sind eine Freundin der Exfrau – die übrigens durch seinen Tod einige finanzielle Sorgen weniger haben könnte.«

»Deswegen war sie gestern Abend in der Sicherheitsdirektion wahrscheinlich auch so fröhlich«, versetze ich.

»Schon mal etwas von Verstellung gehört?«

»Ich?« Ich bin gespannt, wie lange er das Spiel noch spielen will. »Die Fotoredaktion ist übrigens einen Stock tiefer.«

»Ich warte bloß auf Droch.«

»Also bitte, reden Sie schon.«

»Na gut. Sie haben nicht ganz Unrecht, es gibt Gründe, warum ich mich um den Fall kümmere. Er ist nicht an dem Unfall gestorben. Man hat ihm den Schädel eingeschlagen. Im Steinbruch. Erst danach hat man ihn in das Auto gesetzt, die Handbremse gelöst, und der Rest ging quasi von selbst.«

»Seit wann wissen Sie das?«

»Seit heute Vormittag. Das Dumme ist, es hat in der Nacht geschüttet.

Und die Ermittler sind nicht auf die Idee gekommen, den möglichen Tatort so gründlich abzusuchen, wie das bei einem Mord üblich ist. Auffällige Blutspuren hat es keine gegeben. Möglicherweise sind sie rechtzeitig beseitigt worden. Noch wissen wir nicht, wo genau es passiert ist.«

»Das ist ein Steinbruch, was, wenn ihm ein Stein auf den Kopf gefallen ist?«

»Und danach steigt er ins Auto und stürzt sich über den Felsen? Das meinen Sie nicht im Ernst.«

»Ich nehme an, er hatte kein Kabrio.«

»Nein, einen grundsoliden Mercedes. Aber auch die sind nicht für senkrechte Felswände gebaut.« Zuckerbrot stutzt. »Vielleicht hat Frau Hofer ihren Mann gehasst. Gerade wenn das mit der Scheidung so gelaufen ist, wie Sie es gestern unserem Ermittler erzählt haben.«

»Gehasst? Das ist das falsche Wort. Sie wollte einfach nichts mehr mit ihm zu tun haben, sie wollte ihre Ruhe haben und neu anfangen.«

»Zur Feier der Scheidung hat es eine wilde Party gegeben – bei der übrigens auch Sie dabei waren.«

Und da soll noch einer sagen, unsere Polizei arbeite nicht schnell.

»Es war keine ›wilde Party‹, es war anders: Gerda war über das, was im Urteil stand, ziemlich verzweifelt, sie hat sich über den Tisch gezogen gefühlt, ich habe ihr eingeredet, dass es besser sei, den Neuanfang zu feiern.«

»Mit jeder Menge Wein. Mir ist erzählt worden, die Damen hätten sogar auf den Stühlen getanzt.«

»Ist das eine typische Verhaltensweise für eine Mörderin und ihre Freundinnen? Meine Güte, es ist eben spät geworden, und wir haben einiges getrunken, wir haben übrigens nicht auf den Stühlen getanzt, sondern sind bloß einmal kurz hinaufgestiegen, um anzustoßen. Es war eine Ausnahmesituation.«

»Da haben Sie Recht«, sagt Zuckerbrot, »eine emotionale Ausnahmesituation. Alles in Unordnung.«

»Sie kennen sich da aus?«

»Bin zweimal geschieden, das ist eine ziemlich typische Sache, wenn man bei der Polizei ist. Morde passieren nicht nur zwischen 9 und 17 Uhr. Beruf und Privatleben auf Kollisionskurs.«

»Und Sie hätten Ihre jeweilige Frau während oder nach der Scheidung umbringen können?«

»Nein, aber sie mich – wenn ich dem trauen darf, was sie mir erzählt haben. Ich war immer nur deprimiert.«

»Ich nehme an, Sie wollen mit Gerda reden, nachdem Sie mich ausgefragt haben. Ich kann Sie in die Fotoredaktion bringen.«

»Nein, ich gehe wirklich mit Droch essen. Frau Hofer ist längst in der Sicherheitsdirektion.« Er wünscht mir noch einen schönen Tag und bewegt sich Richtung Droch-Büro.

Ich muss sofort Vesna anrufen. Und Oskar. Und diese Dr. Beer.

Oskar lässt beinahe den Hörer fallen, als er hört, was ich zu sagen habe. »Das könnte eng werden für deine Fotografin.« Er macht sich erbötig, Angelika zu verständigen. Irgendwie ist mir trotz allem lieber, dass nicht ich mit ihr reden muss.

Ich telefoniere mit Vesna.

»Bin ganz in der Nähe«, antwortet sie, »in fünfzehn Minuten bei Türken ums Eck, okay? Das geht nicht am Telefon.« Offenbar hat sie einen Detektivvirus eingefangen, Angst vor Abhörattacken und all so was.

Oskar ruft zurück, seine ehemalige Affäre hat sich bereits in die Sicherheitsdirektion verfügt, Gerda hatte ihre Anwältin ohnehin schon informiert. Und mich nicht, denke ich und bin ein wenig eifersüchtig. Aber fairerweise muss man sagen, dass sie wohl wenig Zeit hat, alle durchzurufen, wenn sie zu einem Verhör geladen wird, weil ihr Mann ermordet worden ist. Ich hätte gerne gewusst, wie sie diese Nachricht aufgenommen hat. Erleichtert, dass es doch kein Selbstmord war?

Ich eile zum Türken, eine junge Frau kommt, um die Bestellung aufzunehmen. »Ist Özal nicht da?«, frage ich.

»Mein Vater«, antwortet sie in akzentfreiem Deutsch, »ist daheim in der Türkei. Das Gästehaus, das er am Meer gebaut hat, ist fast fertig, und wenn alles gut geht, wird er es im Frühjahr eröffnen, und ich übernehme das Lokal hier.«

Schon wieder Neuigkeiten. Ich habe mich an Özal gewöhnt, dass er heimgeht, tut mir leid.

Ich erzähle Vesna, was ich weiß, und meine dann: »Als Privatdetektivin kannst du ja einmal herumfragen, wer Interesse an seinem Tod gehabt haben könnte. Ich denke an Freunde, Freundinnen – was weiß man? Geschäftspartner, nicht zu vergessen Patienten wegen möglicher Behandlungsfehler. Oder Sprechstundenhilfen.«

Vesna sieht mich an. »Und zuallererst ehemalige Ehefrau und Kinder. Mordermittlungen sind in Detektivbüros ganz selten, Mira Valensky, das macht Polizei. Wir kümmern uns um Sachen, die Polizei nicht interessiert. Meistens.«

»Tja, als Putzfrau hast du das noch anders gesehen.«

»Ich habe eben gelernt. Und ich kann natürlich schauen, aber einfach als Vesna. Auch wenn ich nicht viel Zeit habe, denn ich hab noch nicht alle Fotos von untreuen Ehemann. Der hat nicht eine, sondern drei Freundinnen. Mein Plan ist: Ich lasse sie aufeinander los.«

»Ist das nicht ein wenig … brutal?«

»Ist nicht feine Gesellschaft. Er hat das Geld von seiner Frau, und seine Freundinnen wollen sein Geld und nehmen ihn deswegen als Geliebten. Werde ihnen voneinander erzählen, das wirkt.«

»Gefühle schließt du aus?«

»Sei nicht so romantisch, Mira Valensky. Vielleicht ist irgendwo ein wenig Gefühl, wer kann es wissen, aber in erster Linie ist es Geld.«

»Und das gehört der Ehefrau?«

»Die hat es mitgebracht, hat von ihren Eltern ein großes Juweliergeschäft geerbt und selbst noch ausgebaut, gute Geschäftsfrau, nur Hang zu falschen Mann. Aber da hat sie bei Scheidung bessere Position, er wird nichts sehen von ihrem Geld. Da ist Detektivarbeit zwar nicht schön, aber führt zu Recht.«

Ich kaue an meinem Lamm-Kebab, irgendwie ist er heute nicht so gut wie sonst, dabei ist der Koch noch immer derselbe, aber vielleicht strengt er sich nicht so an, wenn bloß die Tochter da ist. Mir kommt eine Idee: »Was ist, wenn wir uns seine Ordination ansehen? Vielleicht war noch niemand von der Mordkommission dort? Ich könnte einfach kommen und sagen, ich habe starke Bauchschmerzen, am besten wir kommen zu zweit, du musst mich fahren, wegen der Schmerzen.«

»Wenn er Ordination alleine betreibt, ist sie zu. Wenn nicht …«, meint Vesna.

»Jedenfalls könnten die Sprechstundenhilfen da sein, es wird ja eine Menge zu regeln geben«, erwidere ich und versuche Gerda am Mobiltelefon zu erreichen, aber sie ist wohl noch immer beim Verhör.

Auf dem Schild am Gründerzeithaus im fünften Bezirk steht: »Dr. Helmut Hofer, Facharzt für Allgemeinmedizin, Ordinationszeiten: Mo–Mi 8 h–13 h, 16 h–19 h, Do–Fr 14 h–19 h sowie nach Vereinbarung«. Ich drücke auf den Klingelknopf und die schmiedeeiserne Eingangstür wird mit einem Summen geöffnet. Irgendjemand ist also da.

Die Tür zur Ordination im ersten Stock ist bloß angelehnt. »Du hast die Bauchschmerzen, okay?«, flüstere ich Vesna zu.

»Warum ich?«

»Weil du besser bist im Verstellen.«

»Schauspielen.«

Wir stehen in einem hellen, freundlichen Vorraum. Er geht in einen großen Warteraum mit Korbmöbeln über, die meisten Sitzplätze sind besetzt, dazwischen, hinter einer weißen Theke, zwei Sprechstundenhilfen. Die Wände sind bis auf ein paar Plakate über Zecken- und andere Impfungen seltsamerweise ganz ohne Bilder, man sieht allerdings, dass hier bis vor kurzem noch welche gehangen sein müssen. Die beiden Sprechstundenhilfen sind beschäftigt, wir sehen uns weiter um. Hinter dem ersten Warteraum ist ein zweiter, auch Korbmöbel, auch leere Wände und viel Licht. In diesem Raum sitzen ausschließlich Menschen, die nicht in unserer Gegend geboren wurden. Eine Familie, die aus der Türkei stammen könnte, zwei Schwarze, eine Mutter mit Kopftuch, langem grauem Mantel und munteren Kindern.

Ich stoße Vesna an und flüstere: »Was ist das? Die neue Apartheid?«

Auch Vesna runzelt die Stirn. »Werden ja sehen, ob es nach Staatsbürgerschaft oder nach Herkunft geht. Nach Aussehen darf ich hier und dort sein.«

»Ein reizender Typ, ihr Ex«, ergänze ich und vergesse für einen Moment, dass er ermordet wurde.

»Bitte?«, sagt jemand hinter uns. Die blonde Sprechstundenhilfe. Sie wirkt, als ob sie geweint hätte.

»Sie waren beschäftigt, also dachten wir, wir sehen uns um«, lächle ich.

Vesna krümmt sich. »Ich habe ganz schlimme Magenschmerzen«, sagt sie, »immer wieder solche Anfälle, in den letzten Minuten war Ruhe, aber jetzt wieder …«

»Kommen Sie bitte mit vor zur Rezeption.« Und zu Vesna gewendet: »Geht es?«

»Muss gehen«, presst Vesna heraus, und würde ich es nicht besser wissen, ich wäre mir sicher, dass sie schrecklich leidet.

»Haben Sie einen Termin?«, fragt die hübsche Blonde, nachdem sie sich hinter dem Computer niedergelassen hat.

»Nein, nur Bauchschmerzen, und Dr. Hofer ist ein sehr guter Arzt«, erwidert Vesna.

Die Sprechstundenhilfe sieht zu Boden und sagt leise: »Dr. Hofer ist heute nicht da, nur Dr. Weißgerber. Sie sehen ja, wie viele Leute warten, das kann heute länger dauern. – Vielleicht wollen Sie lieber ins Krankenhaus?«

Wir beschließen zu warten. Vesna gibt ihre E-Card ab, trotzdem müssen noch Personalien aufgenommen werden. Man sei erst in der Umstellungsphase auf die Chipkarte, wird erklärt. Dann bittet uns die Sprechstundenhilfe, Platz zu nehmen, sieht verwirrt zwischen dem großen und dem dahinter liegenden kleinen Warteraum hin und her.

»Wo Sie möchten«, sagt sie dann.

»Bin gebürtige Bosnierin«, provoziert Vesna.

»Wenn Sie sich im hinteren Wartezimmer wohler fühlen, können Sie selbstverständlich auch dort …«

»Was soll diese Trennung eigentlich?«, gehe ich dazwischen.

»Das ist nicht so, wie Sie vielleicht denken. Wissen Sie, wie viele Ärzte keine Ausländer mehr behandeln? Weil sie oft mit ihrer ganzen Familie kommen und sich die anderen Patienten dadurch gestört fühlen, vor allem ältere Damen. Und unsere ausländischen Patienten haben die Idee sehr positiv aufgenommen, alle sind zufrieden so. Wir zwingen natürlich niemand … Herr Dr. Hofer findet … Er hat immer gemeint, dass jeder Mensch, egal woher er kommt, das Recht auf eine gute medizinische Betreuung hat.«

»Wo ist er heute?«, frage ich. »Er ist doch üblicherweise hier.«

»Ich dachte, Sie sind keine seiner Patientinnen?«

»Wir haben bloß gesagt, dass wir keinen Termin haben.«

»Frau Krajner ist nicht in der Kartei. – Er ist eben nicht da. Wollen Sie bitte Platz nehmen?« Sie sieht aus, als würde sie jeden Moment losheulen.

Wir setzen uns ins große Wartezimmer. Warum verschweigt sie, dass Dr. Hofer auch nicht wiederkommen wird? Oder wissen es die anderen Patienten schon? Ich seufze eine gut gekleidete Frau um die sechzig an. »Das kann heute dauern, wenn Dr. Hofer nicht da ist.«

Sie sieht von ihrem Buch auf und seufzt ebenso. »Eigentlich wollte ich schon wieder gehen, als ich es gehört habe, denn ich will nur von Dr. Hofer behandelt werden, hoffentlich ist er nächste Woche wieder da. Aber ich brauche neue Medikamente. Wenn man in ein gewisses Alter kommt …«

»Dr. Hofer ist ein ausgezeichneter Arzt«, versuche ich das Gespräch zu lenken.

»Ja, ganz hervorragend und ein einfühlsamer Mensch. Wissen Sie, manche behandeln einen ja nur noch wie eine Nummer, aber er nimmt sich immer Zeit.«

Ich nicke und deute auf die leeren Wände. »Seltsam, da waren doch immer Bilder, oder?«

Sie seufzt. »Wissen Sie es nicht? Das ist eine traurige Geschichte. Er hat sich scheiden lassen, seine Frau … Nein, ich will lieber gar nicht darüber reden. Sie hat ihn so etwas von enttäuscht.«

Ich warte, ob mehr kommt, aber sie verstummt.

»Die Bilder … haben ihr gehört?«

»Ob sie ihr gehört haben? Das weiß ich nicht. Sie hatte das schönste Leben und hat eben auch gemalt und fotografiert, so als Hobby. Sehr talentiert, da sind überall solche Doppelbilder gehangen: Porträts, einmal als Fotografie und einmal gemalt. Manchmal für mich ein bisschen zu modern, aber sehr interessant.«

»Sie hat sie mitgenommen?«

»Sie will alles, sie will ihn ruinieren.«

»Woher wissen Sie das?«

»Man hört so einiges, wenn man so häufig hier sein muss wie ich, wissen Sie, mein Herz …«

Es folgt eine längere Abhandlung über Vorstufen zu Angina pectoris und deren Verwandte, der ich nicht ganz folgen kann.

»Dr. Weißgerber, der ist sehr lieb, aber zu alt, verstehen Sie? Dr. Hofer hat ihn nur beschäftigt, weil er ihm helfen will. Eigentlich ist er schon in Pension, aber er hat keinen Menschen, seit seine Frau bei einem Autounfall gestorben ist.«

Ich bemerke, dass Vesna aufgestanden und in den anderen Warteraum gegangen ist. Ich nutze das kurze Schweigen meiner Nachbarin, um ebenfalls aufzustehen und auf einem Tischchen nach einer Zeitschrift zu suchen. Wäre ganz sinnvoll, mit noch jemandem über Dr. Hofer zu sprechen.

Ich krame zwischen Ärztezeitschriften, einer schon etwas älteren Ausgabe des »Magazins« und einigen Frauenzeitschriften herum. Ein Mann in meinem Alter klappt eine Autozeitschrift zu und sieht unschlüssig auf den Zeitschriftenberg neben mir. Er sitzt weit genug weg von meiner ersten Gesprächspartnerin, also gehe ich rasch zu ihm hin und frage: »Sind Sie fertig? Kann ich die haben?«

Er sieht mir erstaunt ins Gesicht. »Die Autozeitschrift?«

»Ist mir um einiges lieber als irgendwelche Adelsgeschichten oder Gesundheitsmagazine«, lächle ich.

»Kann ich verstehen.«

»Heute dauert es aber. Wo Dr. Hofer wohl sein mag? Sonst ist er doch immer da«, sage ich.

»Stimmt, habe ich mir auch schon gedacht. Wir hatten einen Termin vereinbart, bei mir ist es nicht so einfach, aus der Firma wegzukommen. Aber ich brauche einen Befund für den Orthopäden, ich habe mir beim Sport die Bänder gerissen.« Er verzieht das Gesicht.

»In meinem Fitnessstudio sind sie da sehr vorsichtig«, erwidere ich, um das Gespräch in Gang zu halten.

»Wo sind Sie?«

»Im get.moving.«

»Schick, schick. Ich war mit einem Freund einige Male dort. Sehr gute Ausstattung.«

Ich muss zurück zu Dr. Hofer.

»Da sind doch immer diese Bilder gehangen«, sage ich und deute auf die leeren Wände.

Der Mann nickt. »Er hat sie alle abgenommen, hat mir eine der Sprechstundenhilfen erzählt. Sie sind von seiner Frau, sie hat ihn betrogen, das muss ihn sehr getroffen haben.«

»So sieht es irgendwie ... kahl aus. Da hätte er doch warten können, bis er neue Bilder hat.«

»Er muss richtiggehend ausgeflippt sein und hat alles entfernt, was an sie erinnert hat. Eigentlich ist er ein ruhiger und besonnener Mensch. Hat sich aus ganz kleinen Verhältnissen emporgearbeitet, wie ich gehört habe. Sie soll ihn ziemlich lächerlich gemacht haben mit ihren Affären, leider kenne ich sie nicht, sie scheint ihm auch in der Praxis nie zu helfen.«

»Vielleicht hat sie einen eigenen Beruf«, erwidere ich.

»Ja, wer weiß. Wissen Sie, ob sie schon geschieden sind?«

»Keine Ahnung.« Ich nehme die Autozeitschrift und gehe wieder zu meinem vorherigen Platz, Vesna winkt mir vom Fenster her, ich nicke und trabe zu ihr. Als Vesna einen Blick der Sprechstundenhilfe aufschnappt, krümmt sie sich und drückt ihre Faust gegen den Magen. Besorgt ziehe ich einen freien Sessel her, und sie lässt sich darauffallen.

»Bosnische Frau meint, Dr. Hofer ist der beste Arzt, sie hat jemals gehabt. Hat auch ihre Mutter geheilt. Und was sie über Frau sagt, ist kurz: Frau soll bei ihrem Mann bleiben, sonst ist sie eine Hure, die verstoßen sein muss.«

Na super.

»Habe noch mit zweiter Frau geredet, ist Kroatin und hat Ohrenschmerzen. Sie sagt, Dr. Hofer hat ihr gratis Medikamente gegeben, die sie nicht hat bezahlen können. Ist ein Engel, der selige Doktor. Übrigens: Vor allem die Türken sind mit der Wartezimmertrennung sehr zufrieden, sie sehen es sogar als Bevorzugung, dass sie da eigenes Zimmer haben. Bosnierin, Kroatin, die sitzen wirklich alle freiwillig dort.«

Dann wird Vesna aufgerufen und verschwindet im Behandlungszimmer. Ich schlendere herum, aber es gelingt mir nicht, mit noch jemandem ins Gespräch zu kommen. Das Bild ist ohnehin klar: Seine Patientinnen und Patienten lieben und verehren ihn. Ich beobachte die Sprechstundenhilfen. Die ältere mit der strengen Kurzhaarfrisur telefoniert und sagt mit Nachdruck: »Nein, tut mir sehr leid, Frau Gebhart, ich kann Sie nicht mit Sicherheit für Dr. Hofer vormerken. Wir haben ein Computerproblem, ich kann nichts eintragen, aber ich rufe Sie an, sobald es gelöst ist. Ja, ich habe mir Ihren provisorischen Termin notiert, natürlich. Warum ich ihn nicht einfach in einen Kalender schreiben kann? Ohne Computer geht es nicht mehr, leider.«

Warum tun die Sprechstundenhilfen so, als wäre Dr. Hofer noch am Leben?

Dr. Weißgerber meint, Vesnas Bauchschmerzen seien eher psychosomatisch bedingt, aber um sicherzugehen, solle sie eine Magenspiegelung machen. Das ist Vesna nun doch zu viel, nur um mit ihm in engem Kontakt zu bleiben. Wann immer sie begonnen habe, über Dr. Hofer zu reden, sei er ausgewichen. Man könne freilich auch sagen: Er hat sich einfach auf ihren Magen konzentriert.

Oskar muss überraschend noch einmal nach Frankfurt, ich will ihn zum Flughafen bringen, aber das geht sich nicht mehr aus, er nimmt ein Taxi und will morgen oder übermorgen zurück sein. Wenn alles gut geht, hat seine Anwaltskanzlei gemeinsam mit der Partnerkanzlei in Frankfurt einen neuen interessanten und jedenfalls lukrativen Fusionsfall an Land gezogen.

Ich stehe in der Küche und überlege ein rasches Abendessen für drei. Vesna hat Gismo schwarze Oliven mitgebracht, Gismo stößt vor Begeisterung hohe, spitze Laute aus, sie ist einfach verrückt nach Oliven. Ich scheuche beide ins Vorzimmer. Jeden Moment muss auch Gerda kommen, sie hat um das Treffen gebeten, und wir sind natürlich neugierig, wie das Verhör gelaufen ist. Jedenfalls hat man sie nicht festgenommen.

Ich hatte keine Zeit, einkaufen zu gehen. Das Einzige, was ganz frisch ist, sind die vielen Zucchini von meiner Nachfolgerin in der Lifestyle-Redaktion. Sie hat gemeinsam mit ihrem Freund ein Haus außerhalb der Stadt, und momentan kann sie sich vor Gemüse kaum retten. Also ein Zucchini-Menü.

Ich nehme die kleinsten gelben Zucchini, schneide sie der Länge nach in ganz dünne Scheiben und lege sie auf große Teller. Dann mixe ich aus Olivenöl, Limettensaft, Salz, Zucker und Pfeffer eine Marinade, beträufle die Zucchini mit einem Teil davon, dann kommt hauchdünn geschnittener luftgetrockneter Schinken darauf und noch einmal etwas von der Marinade. Schade, dass mir meine Kollegin keine Zucchiniblüten mitgebracht hat, die hätte ich sonst in wenig Olivenöl gebraten und daraufgelegt. Noch die letzten paar ansehnlichen Ruccola-Blätter darüber und fertig.

Es läutet, Vesna ist schneller an der Gegensprechanlage als ich. »Fünfter Stock«, sagt sie.

Gismo jagt im Vorzimmer einen Olivenkern und schaut zwischendurch aufmerksam Richtung Vesna, vielleicht gibt es ja noch welche …

»Wir dürfen nie vergessen, dass Gerda das beste Motiv hat«, sagt Vesna rasch.

»Vergesse ich nicht, aber … es passt nicht, ihr Verhalten passt nicht zu …«

»… dem einer Mörderin? War alles aufgeheizt, emotional, meine ich, und ihr Ex auch, darf man nie übersehen«, ergänzt Vesna. »Außerdem: Vielleicht hat er sie gereizt? Wenn stimmt, was sie erzählt, kann ich verstehen, dass sie durchdreht.«

Es läutet, und Gerda steht vor der Tür. »Danke«, sagt sie anstelle einer Begrüßung und beginnt zu weinen.

Ich lege meinen Arm um ihre Schultern und führe sie zum Tisch, drücke sie sanft auf einen Stuhl, schenke ein Glas Weinviertel DAC ein. Dieser Veltliner aus Treberndorf … Aber das ist eine andere Geschichte. Sie nimmt einen Schluck, schluchzt auf, kramt nach einem Taschentuch, schnäuzt sich, schüttelt ärgerlich über sich selbst den Kopf, greift noch einmal zum Glas, trinkt es in einem Zug leer. Ich hoffe, das wird bei ihr nicht zur Gewohnheit.

»Die halten mich für die Mörderin«, sagt sie.

»Du bist eine Verdächtige, das ist aber auch logisch«, versuche ich sie zu beruhigen. »Hielten sie dich wirklich für die Mörderin, dann wärst du in Untersuchungshaft. Ich komme gleich wieder, dann gibt es Abendessen.«

»Ich kann nichts essen. Meine Kinder … Ich habe das Gefühl, sogar sie verdächtigen mich.«

»Waren Sie es?«, fragt Vesna kühl.

Ich sehe sie entsetzt an. Aber nun schluchzt Gerda nicht, sondern ruft böse: »Nein!«

»Gut, dann hilft nicht jammern, sondern nur Strategie, wie man Täter findet.«

Ich will die beiden lieber nicht so lange allein lassen, schneide schnell eine Zwiebel klein, schwitze sie in Butter und Olivenöl an, gebe dann fein geschnittenen Knoblauch dazu. Während beides vorsichtig röstet, schneide ich eine große Zucchini in Würfel, röste sie anschließend mit und gieße dann mit wenig Wasser auf. Etwas vegetarische Gemüsewürze, ein wenig Curcuma und Chili dazu, das gibt der Zucchinisuppe Feuer. Deckel drauf. Jetzt müssen die Würfel ganz weich dünsten.

Ich komme mit dem Zucchini-Carpaccio. Die beiden sind in ein Gespräch vertieft.

»Es kostet zu viel«, sagt Vesna, »wenn es offiziell über das Detektivbüro geht. Außerdem macht das auch bei Polizei keinen guten Eindruck.«

»Wenn ich selbst nach dem Mörder suchen lasse? Das ist doch ein Zeichen dafür, dass ich es nicht bin.«

»Erstens kann es Ablenkungsmanöver sein und zweitens auch Misstrauensbeweis gegen Polizei, als ob Sie ihr nicht zutrauen, Täter zu finden. Übrigens: Hatte Ihr Mann Feinde? Hat es unzufriedene Patienten gegeben? Fehler bei Behandlung?«

Gerda schüttelt langsam den Kopf. »Er … hat sich im Kopf Feindbilder aufgebaut, er hat geglaubt Feinde zu haben, aber sie waren nicht seine Feinde. Ich hab schon erzählt von dem alten Arzt und seiner Frau, bei denen er die erste Praxisstelle gehabt hat. Und Behandlungsfehler?

Nicht dass ich wüsste. Ich habe mich aber auch nicht so interessiert. Als wir mit der eigenen Ordination angefangen haben, habe ich ihm natürlich geholfen, aber an sich war das nie so ganz meine Welt.«

Niemand achtet auf meine Vorspeise. Mord hin oder her, ich sage: »Mahlzeit.«

Die beiden sehen mich an, schauen dann auf ihren Teller und beginnen zu essen. Auch Gerda.

»Ich kann ganz informell nachforschen, wie früher«, meint Vesna. »Zuerst sollten wir trotzdem Behandlungsfehler und Feinde klären.«

»Wenn Spesen anfallen, dann zahle ich natürlich, und sonst auch.«

Vor einigen Tagen hat Gerda noch darüber geklagt, dass sie knapp bei Kasse sei, von ihrem Mann bekomme sie nichts mehr und der Fotografenjob beim »Magazin« sei nicht eben üppig bezahlt.

Vesna überlegt. »Ich mache Freundschaftspreis. Sagen wir zehn Euro pro Stunde, wenn ich extra etwas ermittle, sonst nichts, für herumsitzen und zwischendurch telefonieren und nachdenken und so. Spesen sind nur ein wenig Benzin, denke ich. Normaler Preis ist drei- und fünfmal so hoch, bei gewissen Detektivbüros noch mehr.«

Mir ist das Ganze peinlich, andererseits: Warum sollte Vesna gratis arbeiten?

»Wenn das reicht? Großartig, danke.«

»Aber ich kann nicht offiziell als Privatdetektivin ermitteln.«

Ich frage sie, was das für einen Unterschied macht.

»Praktisch keinen, man gibt sich so und so nicht zu erkennen üblicherweise, aber von Form her«, antwortet Vesna.

Ich räume ab, eile in die Küche, wer weiß, was die beiden in meiner Abwesenheit weiter aushecken, die Zucchiniwürfel sind zum Glück schon ganz weich. Ich salze etwas, püriere die Suppe mit dem Stabmixer. Sie ist schön cremig, ich muss sie nicht binden. Auf drei Teller verteilen, mit jeweils einem Löffel Sauerrahm vollenden.

»Wenn ich etwas herausfinde, das eine strafbare Handlung ist, werde ich es anzeigen«, erklärt Vesna. »Auch wenn es nicht gut für Sie ist.«

Gerda nickt. Ich stehe mit meinen Suppentellern da und fühle mich irgendwie ausgeschlossen. Vesna ermittelt – und was ist mit mir? Kindisch. Ich muss eben erst lernen, mit Vesnas neuem Beruf umzugehen. Die Suppe jedenfalls wird von beiden sehr gelobt.

»Was ist mit den Bildern in der Arztpraxis?«, frage ich, als wir fertig gegessen haben.

Gerda seufzt. »Das habe ich nur indirekt mitbekommen. Am Abend, an dem er diesen Brief an seine Mitarbeiter geschrieben hat, standen in unserem Vorzimmer plötzlich alle meine Bilder, die ich über Jahre hinweg für die Praxis gemacht hatte. Ihn habe ich nicht gesehen, ich habe ja schon in der Gästewohnung übernachtet. Und ich wollte ihn auch nicht fragen, wozu? Es war klar, er wollte meine Bilder nicht mehr und hatte sie abgehängt.«

»Ist das nicht etwas … rigoros? Jetzt sind die Wände leer«, sage ich.

»Ihr seid in der Ordination gewesen?«, fragt Gerda aufgeregt.

»Ja, und sie tun seltsamerweise so, als wäre dein Ex noch am Leben«, erzähle ich.

Gerda spielt mit ihrem Suppenlöffel. »Ich habe mit Dr. Weißgerber telefoniert, er will erst einmal die Ordination weiterführen, er ist ein sehr netter Mensch, auch wenn er mir gegenüber diesmal äußerst reserviert war. Wer weiß, was ihm mein Mann alles erzählt hat. In die Ordination habe ich mich noch nicht getraut, aber irgendwann werde ich eine Entscheidung treffen müssen, wie es weitergehen soll.«

»Momentan ist die Praxis in der Hinterlassenschaft«, gebe ich zu bedenken.

»Ja, und so lange sollte alles weiterlaufen wie bisher, wenn es möglich ist, hat Frau Dr. Beer gemeint. Dass die Sprechstundenhilfen niemandem etwas vom Tod … Wahrscheinlich wissen sie bloß nicht, wie.«

Ich bitte die beiden auf ein Glas zu mir in die Küche, während ich den Hauptgang vorbereite. So habe ich die Chance, am Gespräch dran zu bleiben. Was, wenn Gerda doch etwas mit dem Mord zu tun hat und jetzt Vesna um den Finger wickelt? Unsinn, seit wann ließe sich Vesna um den Finger wickeln?

Ich lege Bigoli, diese ganz dicken venetischen Spaghetti, ins kochende Salzwasser. Dann gieße ich etwas dunkles Sesamöl in den Wok und brate in dünne Scheiben geschnittene Zucchini an.

»Ich muss mit Ihren Kindern reden«, sagt Vesna zu Gerda. »Ist das in Ordnung? Wie geht es den Kindern?«

Gerda seufzt. »Natürlich haben sie einen Schock, aber sie sind bei meiner Schwester gut aufgehoben. Wir haben mit ihnen auch über alles geredet. Aber ich war so unter Druck, und dann das Verhör … Ich weiß es nicht wirklich.«

Ich gebe viel fein geschnittenen Knoblauch zu den Zucchini, röste beides weiter, schwinge den Wok.

»Sind die Kinder schon von der Polizei befragt worden?«, werfe ich ein.

»Ja. Sie sagen beide, sie wissen nicht, was ihr Vater beim Steinbruch wollte. Claudia hat am Nachmittag gemeinsam mit ihrem Andi gelernt, und Philipp sagt, er habe am Computer gespielt. Daheim. Allein. Ich war ja nicht da.«

Die Garnelen, die ich aus dem Tiefkühler genommen habe, sind schon fast aufgetaut, ich gebe sie in den Wok, etwas Sweet & Hot Sauce dazu, salzen, jetzt sind auch die Nudeln al dente, abseihen, in den Wok, alles kurz durchschwingen.

»Ich muss heim«, sagt Gerda unvermittelt. »Ich darf jetzt nicht an mich denken, ich muss zu Philipp und Claudia.«

Ich sehe sie an und bin feinfühlig genug, um kein Wort über den dritten Zucchini-Gang zu verlieren.

»Danke«, sagt Gerda, als sie geht. Es ist fast wie eine Flucht.

Vesna schließt die Türe. »Genau das hat sie beim Kommen auch gesagt. – Es ist unwahrscheinlich, dass Scheidung und Mord nicht zusammenhängen.«

»Oder jemand hat die Scheidung benutzt, um den Verdacht auf Gerda zu lenken«, erwidere ich.

Wir teilen uns die Zucchini-Nudeln, und später erzähle ich Vesna endlich, dass ich Oskar einen Heiratsantrag gemacht habe.

Ihr fällt fast die Gabel aus der Hand. Gut. Es gelingt so selten, Vesna zu überraschen.

Am nächsten Nachmittag holen wir, wie mit Gerda vereinbart, zuerst Philipp von der Schule ab. Er sieht seiner Mutter extrem ähnlich, athletisch und schlank, dunkle Haare, die gleichen braunen Augen. Man kann ihn auch auf siebzehn, achtzehn schätzen.

»Sie sind wirklich Privatdetektivin?«, sagt er zu Vesna und starrt sie an. Offenkundig hat er sich Detektive anders vorgestellt.

»Bin Privatdetektivassistentin«, stellt Vesna richtig. »Und da nur Privatperson.«

»Wie geht es dir?«, frage ich besorgt.

»Warum?«, lautet die Antwort. Philipp sieht mir trotzig ins Gesicht. »Weil jemand meinen Vater umgebracht hat? Mit dem habe ich schon lange nichts mehr zu tun.«

»Was denkst du über Mord?«, fragt Vesna, als wir die Straße entlang zu meinem Auto gehen.

»Ich habe keine Ahnung, jedenfalls war es in den letzten Monaten arg. Er hat Mama nicht in Ruhe gelassen, ständig hat sie geweint, er hat sich aufgeführt, als müsste sich alles nur um ihn drehen, hat uns angeschafft und ihr hinterherspioniert. Und dann wollte er uns dazu bringen, dass wir zu ihm ziehen. Mit ganz miesen Versprechungen. Als ob ich mit einem Computer zu kaufen wäre. Er hat versucht, Mama alles wegzunehmen. Aus Rache, dabei ist es doch ihre Sache, mit wem sie ausgeht. Ist ja ihr Leben.«

»War dein Vater immer schon so?«

»Klar. Der hat immer das Kommando gehabt. Ein Macho halt. Er war immer der große Doktor, und der Rest der Familie musste nach seiner Pfeife tanzen. Mama hat das viel zu lange gemacht. Allein seine Predigten, wenn ich einmal eine schlechtere Schularbeitsnote heimgebracht habe. Da konnte ich mir dann jedes Mal anhören, dass er sich von ganz unten nach oben gearbeitet hat, unter schweeeersten Bedingungen, während ich alles in den Schoß gelegt bekomme. Ehrlich gesagt hat mir der Typ eine Arbeit abgenommen.«

»Wie?«, frage ich.

»Na, indem er ihn umgebracht hat.«

Das klingt allerdings nicht ganz echt, und ich glaube, ich habe eine Träne gesehen.

Mehr Tränen gibt es bei Claudia, wir treffen sie in der Wohnung der Hofers. Ihr Zimmer ist aufgeräumt, es sieht weitgehend unbenutzt aus.

»Ich rede nur mit Ihnen, weil ich sowieso herkommen musste, um ein paar Sachen zu holen«, schnieft sie.

»Warum?«, stelle ich mich einfältig.

Sie sieht mich wütend an. »Sie wissen genau, dass ich bei meinem Freund wohne. Hier hat man es ja nicht mehr ausgehalten, seit die beiden begonnen haben, sich zu bekriegen.«

»Deine Mutter meint, dich hat es schon früher zu Freund, Villa und Swimmingpool gezogen.«

»Kann sein. Jedenfalls bin ich lieber dort als da, die letzten Monate waren die peinlichsten meines Lebens. Wie sich erwachsene Menschen so aufführen können, ich will damit nichts zu tun haben. Andi, der versteht mich, und seine Eltern sind sehr okay.«

»Glaubst du nicht, deine Mutter braucht dich jetzt?«, fragt Vesna.

»Sie hat doch alles kaputt gemacht«, ruft Claudia und beginnt heftig zu schluchzen.

»Du findest also, sie war schuld?«, werfe ich ein.

»Jedenfalls ist sie am Leben, und mein Vater ist tot.«

Ich räuspere mich. »Meinst du nicht, dass da auch etwas anderes dahinterstecken kann? Hatte dein Vater Feinde?«

»Feinde?« Sie sieht mir ratlos ins Gesicht. »Ich weiß nicht, ich glaube nicht. Er hatte für so was keine Zeit.«

»Wie war das in letzten Monaten, wo du sagst, sie waren peinlich?«, fragt Vesna.

»Fragen Sie doch meine Mutter! Was soll das überhaupt alles? Wie es war? Wissen Sie, wie es ist, wenn einen der eigene Vater aus dem Zimmer holt, hysterisch zu weinen beginnt und sagt, wir müssen stark sein für die Wahrheit, Mutter will uns alle verlassen und ihr eigenes Leben leben?«

»Und wo war deine Mutter?«

»Die ist daneben gesessen und hat nur gestottert, dass das gar nicht wahr sei und dass er uns Kinder in Ruhe lassen soll. Sehr witzig! Dabei hat sie ihn ja betrogen. Was mir im Prinzip egal ist, aber …«

Du liebe Güte, denke ich mir, verständlich, dass sie nicht daheim sein wollte. »Und früher haben sich deine Eltern verstanden?«

»Früher?« Claudia kramt in ihrem Kleiderschrank, als würde sie in der Vergangenheit wühlen. »Früher schon, ja. Da haben wir gemeinsam Ausflüge gemacht. Und im Urlaub ist mein Vater mit uns sogar einmal in die Disko gegangen und hat Karaoke gesungen. Wir haben eine Menge gelacht. – Ich muss jetzt zurück. Und ich muss noch das Kleid finden, das ich letztes Jahr ...«

»Du bist ziemlich egoistisch, was?«, faucht Vesna.

Ich sehe sie erstaunt an. Solche Gefühlsausbrüche sind bei ihr selten, ist es ein Wunder, dass das Mädchen mit dieser Situation nicht umgehen kann?

Claudia klappt erschrocken die Augen auf.

»Du kümmerst dich besser um deinen Bruder«, befiehlt Vesna.

»Der tut doch nichts außer am Computer spielen, und über alles andere will er nicht reden. Er hat Vater gehasst.« Aber sie stellt ihre Tasche wieder hin und spielt mit dem Mobiltelefon.

»Jetzt musst du erwachsen sein«, redet Vesna weiter. »Du rufst deine Mutter an, und am Abend beratet ihr zu dritt, wie es weitergeht. Ihr erbt Geld und Praxis, so sieht es aus. Da kann euch niemand mehr draußen halten aus der Sache, auch nicht deine Mutter. Ihr seid mitten drin.«

Claudia spielt weiter mit ihrem Mobiltelefon, aber sie widerspricht nicht.

Mag sein, dass Vesnas Aktion nicht besonders feinfühlig ist, aber sie ist erfolgreich.

Ich will mit Dr. Weißgerber über seinen Kollegen reden. Wenn der Mord nicht mit der Scheidung, sondern mit der Arztpraxis in Zusammenhang steht, könnte er wertvolle Informationen liefern. Und jedenfalls soll er mir erklären, warum alle in der Ordination so tun, als wäre Dr. Hofer noch am Leben.

Aber besser, die Sprechstundenhilfen wissen so lange wie möglich nicht, wer ich bin. Gerda hat mir die Privatadresse des alten Arztes gegeben. Und sie hat mir einen noch wertvolleren Tipp geliefert: Gegen Abend sitzt Dr. Weißgerber gerne im Café Westbahn und spielt Schach.

Das Café gehört zu den wenigen in Wien, die noch nicht zu Tode renoviert worden sind. Es hat diese gewisse Patina aus verschlissenem Plüsch, abgestandenem Rauch, Obern mit schwarzer Fliege, die nur dann verlässlich kommen, wenn Schichtwechsel ist und sie kassieren wollen. Man trifft hier Studenten ebenso wie selbst ernannte oder tatsächliche Intellektuelle, dazu Touristen mit schwerem Gepäck, ausgespuckt vom Westbahnhof gegenüber, und eben Schachspieler, manchmal auch Kartenspieler sowie fast alle, die in der Gegend rund um den Gürtel wohnen und nicht in den eigenen Wänden versauern wollen.

Ich sehe mich um, die Ordination hat heute Nachmittag geschlossen, aber noch ist kein Dr. Weißgerber da. Mir ist nicht nach Kaffee, ich bestelle einen Campari Soda mit viel Campari und wenig Soda. Der Ober nimmt meinen Wunsch regungslos entgegen, ich hätte auch einen Molotowcocktail oder ein Gulasch mit Sachertorte bestellen können, und er hätte exakt gleich dreingesehen, Kellner-Nirwana. Arme und Beine bewegen sich, der Geist ist im süßen Nichts.

Aber der Campari ist perfekt, und ich bin froh, dass Dr. Weißgerber auf sich warten lässt. Denn während einer Schachpartie würde ich ihn schwerlich unterbrechen können. Am Tisch, der üblicherweise den Schachspielern gehört, lümmeln ein paar Halbwüchsige herum, sie sind so zwischen zwölf und fünfzehn Jahre alt, trinken Cola und gehören genauso dazu wie der Rest der Gäste.

Vesna wird versuchen, etwas über mögliche Behandlungsfehler herauszufinden. Sie hat gemeint, sie hätte schon eine Idee, wie das gelingen könnte. Trotzdem hat sie natürlich Recht: Am wahrscheinlichsten ist, dass Scheidung und Mord zusammenhängen.

Der da bei der Tür hereinkommt, kann nur Dr. Weißgerber sein. Gerdas und Vesnas Beschreibung passt genau: maximal eins sechzig groß, weiße Haare, rundlich, um die siebzig. Er strebt auf den Tisch mit den Kids zu. Ob er sie vertreiben wird? Etwas völlig anderes geschieht. Er gibt einem der größeren Buben die Hand, die anderen rutschen etwas zur Seite, der Ober bringt ungefragt ein Schachbrett. Jetzt heißt es schnell sein, oder du musst möglicherweise mehrere Stunden ausharren, Mira.

Ich stehe auf, stolpere fast über ein Tischbein – peinlich, zu viele Gäste sehen mich an –, gehe auf Dr. Weißgerber zu. Der Junge, der mich mit seiner runden Brille und seinem Blick irgendwie an Harry Potter erinnert, stellt gerade die Figuren auf.

Was, wenn der alte Herr doch nicht Dr. Weißgerber ist?

»Mira Valensky«, sage ich. »Könnte ich kurz mit Ihnen sprechen?«

»Worum geht es?«

Er sieht mich freundlich, aber unverbindlich an.

»Um Dr. Hofer.«

»Wer sind Sie?«, fragt er scharf.

»Eine Freundin von Gerda Hofer.«

Dr. Weißgerber seufzt und steht auf. »Ich bin gleich zurück«, sagt er zu dem Knaben.

Ich führe ihn zu meinem Tisch.

»Das Übliche, Herr Doktor?«, fragt der Ober.

»Ja. Bringen Sie es zum Schachtisch«, erwidert der Arzt. Offensichtlich hat er nicht vor, lange mit mir zu reden.

»Man kennt Sie hier gut«, beginne ich das Gespräch ganz allgemein.

»Ich bin häufig hier. Allerdings: Herr Doktor sagt der Ober zu allen – soll ich ihn irritieren, indem ich ihm sage, dass ich wirklich einer bin?« Er mustert mein Gesicht. »Irgendwo habe ich Sie schon einmal gesehen.«

In der Ordination sind wir uns nicht begegnet.

»Sie sind Journalistin. Sie arbeiten für das ›Magazin‹. Ich habe Ihren Artikel über Terror gelesen.«

»Sie lesen das ›Magazin‹?«

»Ich lese alles, was mir zwischen die Finger kommt.«

Nicht eben schmeichelhaft.

»Ich bin nicht als Journalistin hier, sondern als Kollegin und Freundin von Gerda. Sie arbeitet ...«

Dr. Weißgerber seufzt. »Das weiß sogar ich, auch wenn ich sonst von seinem Privatleben so gut wie nichts gewusst habe.«

»Warum nicht?«

»Keine Ahnung. Ich habe mich wohl nicht besonders darum gekümmert. Ich lebe mein eigenes Leben, und das ist dank meiner Stunden in der Ordination wieder um einiges sinnvoller geworden. Außerdem war er ein zurückhaltender Mensch.«

»Warum tun in der Ordination alle so, als wäre Dr. Hofer noch am Leben?«

Dr. Weißgerber sieht durch das hohe, nicht ganz saubere Fenster nach draußen auf den Gürtel. »Wir wollen die Patienten nicht verschrecken.«

»Das ist alles? Müssen Sie es ihnen nicht irgendwann doch einmal sagen?«

»Die meisten wollen sich lieber von Dr. Hofer als von mir behandeln lassen, das ist nun einmal so. Einem in meinem Alter traut man nicht mehr so viel zu. Und er war ja wirklich ein besonders guter Arzt, ein hervorragender Diagnostiker. Sie sollen sich an mich gewöhnen. Aber wahrscheinlich ist das ohnehin nur eine Ausrede, weil wir nicht wissen, was wir erzählen sollen. Aber wenn Sie jetzt alles in die Medien bringen …«

»Das habe ich nicht vor, zumindest nicht zum jetzigen Zeitpunkt.« Mir ist nicht ganz klar, ob der Arzt darüber froh ist.

»Wie war Dr. Hofer?«, frage ich.

»Wie schon gesagt: ein hervorragender Arzt, verlässlich, kompetent, einer, dem es nicht ums Geld ging, sondern um seine Patienten. Einer der wenigen, die noch regelmäßig Hausbesuche machen. Und: Er hat mir eine neue Chance gegeben.«

»Wie sind Sie zu ihm gekommen?«

»Ich hatte eine gut gehende Praxis im zweiundzwanzigsten Bezirk. Meine Frau und ich, wir hatten immer schon geplant, dass ich an meinem fünfundsechzigsten Geburtstag aufhöre und die Praxis zusperre. Wir hatten vor, uns die Welt anzusehen. Meine Frau war zehn Jahre jünger als ich, wir hätten Zeit und Geld und auch noch die Kraft gehabt, um zu reisen. Ich habe die Praxis tatsächlich verkauft, unsere erste Reise sollte nach Südamerika gehen. Drei Monate, gut vorbereitet von meiner Frau. Und dann …« Er schüttelt den Kopf, schweigt, redet erst nach einer langen Minute weiter, »… und dann geht sie gleich vor unserem Haus über die Straße, um Semmeln zu holen, ein Betrunkener fährt sie mit dem Auto nieder, sie war sofort tot.«

Was sagen? Was fragen? Aber Dr. Weißgerber fährt von selbst fort.

»Ohne sie habe ich nicht reisen mögen, auch wenn es wahrscheinlich vernünftig gewesen wäre. Ich bin per Zufall mit Dr. Hofer ins Gespräch gekommen, und der hat mir angeboten, bei ihm mitzuarbeiten. Ich kann Ihnen gar nicht sagen, wie dankbar ich ihm dafür bin. Das war vor vier Jahren.«

»Hatte er Feinde?«

»Dr. Hofer? Nicht dass ich wüsste. Aber wie gesagt, ich kannte ihn fast nur beruflich. Und was die Patienten angeht: Natürlich gab es immer wieder auch Unzufriedene unter ihnen, das liegt in der Natur der Dinge, aber die meisten waren von ihm sehr angetan. Und die Sprechstundenhilfen haben ihn beinahe schon verehrt. Er hatte so eine ruhige Art. Manchmal vielleicht ein bisschen ernst und auch überarbeitet, aber immer sehr konzentriert und kompetent.«

»Hat es irgendwelche Auseinandersetzungen wegen Behandlungsfehlern gegeben? Unerwartete Todesfälle? Ich meine, nicht dass er oder Sie etwas verpfuscht hätten, aber Patienten könnten sich ja einbilden …«

Dr. Weißgerber schüttelt den Kopf. »Ich kann mich an nichts Derartiges erinnern.«

»Wie würden Sie die Beziehung zwischen Dr. Hofer und seiner Frau einschätzen?«

Dr. Weißgerber seufzt und sieht zum Schachtisch hinüber. Da spielen inzwischen zwei Burschen miteinander, neben ihnen steht ein Viertel Rotwein, aber das gehört wohl eher dem Arzt. »Ich wollte eigentlich Schach …«

»Ich halte Sie nicht mehr lange auf«, erwidere ich rasch. »Bitte!«

»Wie war ihre Beziehung? Ich habe mich das in den letzten Tagen selbst immer wieder gefragt. Sie hat sich vor allem in den vergangenen zwei Jahren kaum in der Praxis blicken lassen. Und Dr. Hofer war, was sein Privatleben anging, nicht gerade gesprächig. Mir hat es danach ausgesehen, als wäre alles in Ordnung. Bis … bis vor ein paar Monaten, da sind da und dort Andeutungen gefallen, er war angespannt, hat die

Sprechstundenhilfen angeschnauzt, und dann kam der Tag, an dem er diesen Brief verteilt und die Bilder seiner Frau abgenommen hat.«

»Ich kenne den Brief. Was haben Sie gedacht, als Sie ihn gelesen haben?«

»Er hat mir leidgetan. Und sie auch. Ich habe an meine Frau gedacht und daran, was ich für ein Glück mit ihr hatte.« Leiser fährt er fort: »Und sie hoffentlich auch mit mir, wer kann das schon so genau wissen?«

»Gerda Hofer hat Ihnen auch leidgetan?«

»Aber natürlich, so eine Scheidung ist für alle eine schlimme Sache, in erster Linie für die Kinder. Und eines muss man schon sagen. Er hatte eine Eigenschaft, die da wohl mitgespielt hat: Wenn er Verrat gewittert hat, war er unerbittlich.«

»Nur dass er es ist, der ermordet wurde.«

»Ja«, sagt Dr. Weißgerber und steht auf. »Da drüben wartet der österreichische Jugendmeister auf mich, das wird eine harte Partie.«

Am nächsten Tag steht fest, dass Dr. Weißgerber, zumindest was die Kompetenz seines Kollegen und Arbeitgebers betrifft, Recht hatte: Behandlungsfehler hat es kaum gegeben. Ich fahre nach meiner Arbeit in der Redaktion zu Vesna nach Hause. Zwei Zimmer, Küche, Bad in einem einstöckigen Haus, in dem nur Ausländer wohnen. Oder ehemalige Ausländer. Die meisten Fenster auf die Straße, kein bisschen Grün, wenn man einmal von der mickrigen Birke im Innenhof absieht. Immer wieder heißt es, das Haus soll abgerissen werden, aber dann geschieht doch wieder nichts. Vesna will trotzdem nicht weg von hier. »Da sind Freunde, da trifft man sich im Hof, und Miete ist nicht teuer, und das Haus liegt fünf Minuten zur U-Bahn, dreißig Minuten zu Fuß in die Innenstadt. Was will ich mehr?«

Im anderen Zimmer hocken ihre Zwillinge, wie fast alle in ihrem Alter, vor dem Computer. Bloß, dass sie sich einen teilen müssen, was immer wieder zu lautstarken Auseinandersetzungen führt. Vesnas Mann ist wie meistens nicht da, Vesna kann damit gut leben. »Ich baue Raum bei Nachbarin zu Büro um, ausgemalt ist schon, nächste Woche legen wir den Boden«, sagt sie mit einem genervten Blick Richtung Nebenraum. Die Zwillinge streiten. Auf Deutsch.

»Also«, beginnt sie.

Ich bin nervös, Oskar landet in zwei Stunden, ich will ihn abholen. »Also was?«

»Behandlungsfehler war es nicht, wie es aussieht. Computer der Sozialversicherung hat nur zwei Fälle in den letzten sechzehn Jahren: Eine Frau hat sich beschwert, dass er ihr falsche Medikamente gegeben hat und sie seitdem immer Kopfschmerzen hat. Aber die Frau beschwert sich über alle Ärzte. Gibt zweiunddreißig Fälle, wo sie Arzt angezeigt hat. Und dann war ein Mann, der nach Sportunfall gesagt hat, Dr. Hofer hat seinen Arm nicht richtig behandelt.«

»Was ist mit ihm?«

»Verfahren wurde eingestellt. Dr. Hofer konnte nachweisen, dass er ihm zu absoluter Ruhe geraten hat, aber der Mann hat Sport gemacht, war Rad fahren und joggen. Und ist kein Fall, wo wer den Arzt wegen Fehler ermordet. Aber ich werde trotzdem nachsehen, ich habe seine Adresse.«

Schön langsam bekomme ich vor ihrer Privatdetektiverei Hochachtung. »Wie bist du in den Sozialversicherungscomputer gekommen? Wie macht ihr das?«

Vesna lächelt. »Könnte dir jetzt sagen, ist Detektivgeheimnis, ist aber nicht so. War alte bosnische Putzfrauenverbindung. Du kennst meine Cousine zweiter Grad? Draga?«

Ich schüttle bedauernd den Kopf.

»Kennst du doch, ist bei allen Festen hier mit dabei, feiert gerne, meine Cousine. Sie ist Putzfrau bei Sozialversicherung. Und sie putzt privat bei Abteilungsleiterin von Sozialversicherung, die mit solchen Beschwerden über Ärzte zu tun hat. Putzt natürlich schwarz, aber ist ganz gut gezahlt, und wie sie krank war, bin ich bei der Abteilungsleiterin daheim eingesprungen. Also war sie mir etwas schuldig. Und Abteilungsleiterin ist sehr nett. Draga hat sie einfach gebeten, ob sie uns über Dr. Hofer nachschauen kann, und sie hat es gemacht. Fällt zwar unter Schweigepflicht, aber nicht sehr – vor allem, wo er tot ist und wo er nichts angestellt hat und die Polizei auch schon da war und gefragt hat.«

Ich erzähle Vesna noch kurz von meinem Gespräch mit Dr. Weißgerber, dann sehe ich auf die Uhr und hetze Richtung Auto.

# [ 6 ]

Es dauert ewig, bis ich in der Kurzparkzone des Flughafens eine Parklücke finde. Als ich Richtung Ankunft eile, kommt mir Oskar schon entgegen. Er zieht seinen Koffer hinter sich her und schwingt in der anderen Hand zwei noble Papiertaschen.

»Ich habe dir etwas mitgebracht«, strahlt er. »Wir machen uns einen schönen Abend bei mir.«

Ich nicke und lächle zurück. Gismo habe ich vorsorglich in der Früh eine doppelte Ration hingestellt, wenn sie alles sofort aufgefressen hat, ist das ihr Problem.

Während wir zu meinem Wagen gehen, erzählt Oskar vom neuen Auftrag. Es geht um die Fusion zweier Mobilfunkunternehmen, die vorbereitet und dann durchgeführt werden soll. Er und seine deutsche Partnerkanzlei haben ihn deutlich größeren deutschen Kanzleien weggeschnappt. »Der Aufsichtsratsvorsitzende ist gebürtiger Österreicher. Und er ist ein guter Freund von Zetwald. Der hat mich empfohlen.«

»Heißt das, dass du in den nächsten Monaten wieder viel in Frankfurt sein wirst?«

»Nein, es geht ja um keinen Streitfall vor Gericht, wie bei der Zetwald-Sache, ich kann das meiste von Wien aus abwickeln. Und ich sage dir: Schön langsam heiratest du einen wohlhabenden Mann! – Oder hast du es dir anders überlegt?«

Ich schüttle den Kopf. Um ehrlich zu sein, in den letzten Tagen hatte ich gar keine Zeit, mir irgendetwas zu überlegen. Vielleicht gut so.

Wir rollen auf der Autobahn Richtung Wien.

»Wir sollten bald ein Abendessen mit meiner Mutter einplanen«, sagt Oskar unvermittelt. »Ich kann es ihr schlecht am Telefon erzählen.«

An solche Auswüchse habe ich noch gar nicht gedacht. Seine Mutter, die Hofratswitwe, die ohnehin findet, dass ihr Sohn für jede Frau zu schade ist. Und meine Eltern.

»Es gilt überhaupt eine ganze Menge zu klären«, fährt Oskar fort. »Wie machen wir das mit den Wohnungen? Ziehst du zu mir? Ich glaube, die kleine Nebenwohnung wäre immer noch zu haben, dann könntest du dir ein eigenes Arbeitszimmer einrichten, wenn du das möchtest. Und ich kaufe meine Wohnung endlich, wäre als Geldanlage ohnehin hoch an der Zeit, statt weiter Miete zu zahlen. Oder kaufen wir uns ein Haus? Im Weinviertel hat es dir so gut gefallen, ich könnte mir schon vorstellen …«

Am liebsten würde ich mir die Ohren zuhalten, aber beim Autofahren geht das schlecht, und außerdem wäre das wohl nicht sehr nett.

»Wir werden sehen«, sage ich bloß.

Er sieht mich von der Seite her an. »Ich war im besten Delikatessengeschäft am Frankfurter Flughafen und habe Länge mal Breite eingekauft, wir schlemmen auf meiner Dachterrasse und denken in Ruhe über alles nach, in Ordnung?«

Ich nicke.

Der Abend ist schon beinahe herbstlich, aber Oskar ist auch für diesen Fall gerüstet, er hat einen leistungsstarken Infrarotstrahler, der wärmt von außen, und der Riesling wärmt von innen. Wir schlemmen jungen geräucherten Aal, dreierlei Sorten Lachs, ein kleines Döschen Beluga-Kaviar, und als Oskar irgendwann einmal zwischen geräuchertem Rentierschinken und Gänseleberpastete flüstert, das Köstlichste sei doch ich, wir sollten testen, wie gut der Strahler wärme, und mir langsam die Bluse aufknöpft, mit zarten Fingern von anderen Delikatessen erzählt und mit dem Mund an meinem Körper träumt, gibt es nicht mehr warm oder kalt, sondern nur noch uns und die Sterne und seine und meine Haut.

Als aus dem intergalaktischen Wir wieder er und ich werden, räkle ich mich auf der Gartenliege unter dem Strahler, und Oskar lacht glücklich und meint, man sollte mich mit den reifen Mangos und etwas Käse dekorieren und dann ein Bild davon an das Delikatessengeschäft schicken. Er füttert mich mit Roquefort, und ich murmle, nur zu, Bilder würden ja zum Glück nicht riechen. Aber dann wird es doch etwas frisch, und wir ziehen uns an und kosten von den kandierten Ingwerstäbchen in dunkler Schokolade. Wer sagt, dass man heutzutage keine Orgien mehr feiern kann? Manchmal gelingt das sogar einem Anwalt und einer Journalistin mitten in Wien, ganz ohne Anstrengung, denn sonst gelingt es gar nicht.

Als ich dann an Oskar geschmiegt dasitze, über die Wiener Innenstadt schaue und von den Gesprächen mit Dr. Weißgerber und den Kindern von Gerda erzähle, bemerke ich irgendwann, dass Oskar still und friedlich eingeschlafen ist. War wohl auch ein anstrengender Tag für ihn. Ich betrachte lange sein Gesicht, die hohe Stirn, die dichten Wimpern, seinen sinnlichen Mund, und denke mir, was für ein Glück ich habe.

Warum ich im Traum ein langes weißes Kleid trage und dringend versuchen muss, eine senkrechte Wand in einem Steinbruch nach oben zu klettern, weiß ich nicht. Jedenfalls hänge ich fest, und irgendetwas zieht am Kleid, und oben steht Gerda, oder ist es Oskars Mutter? Schweißgebadet wache ich auf. Kein Mensch verlangt von mir, in einem langen weißen Kleid zu heiraten, tröste ich mich. Neben mir schnarcht leise Oskar.

»Das ist doch Unsinn«, brüllt der Chefredakteur ins Telefon. »Das kann doch nicht wie ein Krankenstand bewertet werden. Was heißt, Sie wissen das nicht. Wofür bezahlt Sie das ›Magazin‹? Was heißt, Sie sind Medienanwalt und kein Strafrechtler? Sie werden doch wissen, was zu tun ist, wenn ein Arbeitnehmer in Haft sitzt! Das kommt davon, dass ich sie angestellt habe! Nichts als Schwierigkeiten!«

Ich bin eigentlich da, um mit ihm über eine Beschwerde von Jan Winter zu reden. Unser Lauf- und Motivationsguru hält es offenbar nicht aus, wenn man nicht alles, was er so erzählt, für bare Münze nimmt, und hat mit einer Klage wegen übler Nachrede gedroht. Nur weil die Sportwissenschaftlerin gefunden hat, dass seine Thesen Unsinn sind, und das auch ganz gut belegt hat.

Jemand sitzt also in Haft. Der Chefredakteur hat nicht von U-Haft geredet, aber so genau nimmt er es wohl nicht. Er sieht mich in der Tür stehen, verscheucht mich mit wütenden Handbewegungen, telefoniert dabei weiter, kommt her und knallt die Türe zu. Aber ich kann ihn immer noch brüllen hören. »Das ist selbst verschuldetes Fernbleiben, wenn nicht überhaupt ein Entlassungsgrund. Wenn Sie sich nicht auskennen, dann machen Sie sich schlau. Anwälte gibt es wie Sand am Meer. Wiederhören.«

Er reißt die Tür wieder auf und sieht mich nach wie vor da stehen. »Was lauschen Sie an meiner Tür?«

Zehn Minuten später habe ich es über Droch herausgefunden: Gerda Hofer sitzt in Untersuchungshaft. Sie hat gelogen, was ihr Alibi angeht, sie hat auch uns angelogen. Nach ihrem Fototermin hat sie sich mit ihrem Exmann in einem Café in der Nähe seiner Praxis getroffen, die Kellnerin weiß von einer lautstarken Auseinandersetzung. Danach hätten beide wütend das Café verlassen, man sei darüber sehr froh gewesen, denn solche Streitereien quasi in aller Öffentlichkeit, die seien doch peinlich.

»Wobei ging es bei dieser Auseinandersetzung?«, frage ich Droch.

»Offenbar um Geld und um irgendwelche Fotos, hat mir Zuckerbrot gesagt, und dass es besser sei, ihr würdet Gerda nicht schützen und auch sonst mit euren privaten Schnüffeleien aufhören – wobei ich ihm nur zustimmen kann.«

»Woher weiß er, dass wir ...«

»Er ist ein Profi, und auch er hat die Kinder befragt. Ein Testament ist übrigens immer noch nicht aufgetaucht, sieht so aus, als würden die Kinder tatsächlich alles erben – und sie profitiert davon. Was ist, hast du Zeit für ein schnelles Mittagessen?«

»Sonst gern«, lächle ich möglichst unbefangen, »aber ich habe eine Menge zu tun, vielleicht morgen?«

»Ha!«, sagt Droch nur und sieht mich spöttisch an. »Das musst du wohl sofort mit deiner Vesna bereden.«

Ich mache mich aus dem Staub. Wenn ich wirklich so leicht zu durchschauen bin, wäre ich für einen Detektivjob wohl nicht geeignet. Strebe ich aber ohnehin nicht an.

Wenn Gerdas Alibi falsch war, dann ist auch das von Peter Königsberger falsch. Sicher hat die Polizei schon mit ihm geredet, und es ist ja auch nicht so schwer verständlich, dass er versucht hat, seine Freundin zu schützen, trotzdem: Ich würde ihn gerne treffen.

»Besser, du gehst allein, Mira Valensky«, sagt Vesna am Telefon. »Ich habe jetzt keine Zeit, muss mit meinem Mann einkaufen, er fahrt nächste Woche heim nach Bosnien, Verwandten besuchen. Seine, ich habe nicht viele.«

»Und die Zwillinge?«

»Haben nein gesagt, sagen, sie sind Österreicher und da unten ist Balkan. Haben sie ja irgendwie Recht, aber ... ist auch traurig. Jeder braucht Wurzeln.«

»Ihre sind hier und bei euch.«

»Habe ich meinem Mann auch gesagt, aber bei uns in Bosnien wird diese Sache mit Familie sehr wichtig genommen. Er sagt, sie kommen nur nicht mit ihm, weil er bloß Stiefvater ist und er auch nicht ihr Vormund ist, sondern das bin ich. Dabei war das damals klar, und wer hätte es ändern sollen?«

»Siebzehnjährige sind eben nirgendwo einfach.«

»Du sagst es.« Sie seufzt.

Mir fällt meine Schulkollegin Verena ein, die im Herbst ein Kind kriegt. Wenn das Kind siebzehn ist, wird sie sechzig. Aber seit wann glaube ich, dass ein glückliches Leben von Zahlen abhängt? Man ist so jung oder alt, wie man sich fühlt, das ist banal, und trotzdem ist eine Menge dran. Vielleicht ist das mit ein Grund, warum sie schwanger werden wollte: um sich länger jung fühlen zu können?

Ich suche in meinem Computer die Unterlagen zu Peter Königsberger heraus, ja, ich habe die Adresse noch. Am besten, ich überrasche ihn.

Seine Wohnung ist nicht weit von der Redaktion entfernt, ich fahre zwei Stationen mit der U-Bahn. Ich erkenne das Haus wieder. Damals war ich mit Gerda da, damals hat es angefangen. Hat sie nicht vorsichtiger sein können? Jetzt denke ich schon wie ihre Tochter.

Ich nehme wohl oder übel die Treppen, ich kann mich an das Stockwerk nicht mehr erinnern. Da: dritter Stock, Königsberger. Ohne mir allzu viel im Vorhinein zu überlegen, läute ich. Schnelle Schritte, ein

Schlüssel dreht sich im Schloss. Und ich stehe vor einer Frau. Darauf war ich nicht vorbereitet.

»Kann ich Herrn Königsberger sprechen?«, frage ich. »Ich kenne ihn von einer Reportage her, mein Name ist Mira Valensky, vom ›Magazin‹.« Vielleicht hilft das. Die Frau ist zirka in meinem Alter, blonde Kurzhaarfrisur, ungeschminkt, wache braune Augen, freundliches Gesicht.

»Tut mir leid, er ist joggen. Aber er muss jeden Moment wiederkommen. Wollen Sie auf ihn warten?«

»Wenn es keine Umstände macht?«

Sie fragt nicht, worum es geht, und das ist mir auch lieber so. Wer weiß, ob seine Ehe wirklich so offen ist, wie er das Gerda gegenüber dargestellt hat. Ich könnte mir so etwas schwer vorstellen. Entweder ich will mit jemandem zusammen sein, oder ich will es nicht. Wahrscheinlich bin ich altmodisch. Oder bloß unerfahren, was die Ehe betrifft. Das soll sich ja bald ändern.

»Natürlich macht es keine Umstände.« Sie führt mich in ein helles, großes Wohnzimmer, in dem es rundum Bücherregale, aber, abgesehen von einer breiten und schon etwas abgesessenen Ledergarnitur samt Couchtisch, keine Möbel gibt. Gemütlich.

»Darf ich Ihnen etwas zu trinken bringen? Kaffee? Wasser?«

Ich höre, wie die Eingangstür geöffnet wird, auch sie hat es gehört. »Das muss er sein, einen kleinen Moment.« Sie geht nach draußen, sie reden halblaut miteinander, ich kann die Worte nicht verstehen.

Dann steht Peter Königsberger im Zimmer, er ist ehrlich gesagt nicht besonders attraktiv: mittelgroß, etwas untersetzt, und am Stirnansatz hat er sicher schon einmal mehr Haare gehabt. Ganz abgesehen davon, dass er durchgeschwitzt ist und ich das sofort rieche.

»Hallo«, lächelt er, »was für eine Überraschung.«

Hat ihm Gerda nichts von mir erzählt?

Er zupft an seinem grauen T-Shirt. »Ich springe nur rasch unter die Dusche, so kann ich mich niemandem zumuten, ich bin gleich wieder da, ja?«

Ich nicke. Das klingt harmlos und freundlich, so als würde er annehmen, ich sei tatsächlich bloß auf einen Plausch vorbeigekommen.

Seine Frau bringt Mineralwasser. »Mir hat die Story im ›Magazin‹ damals sehr gut gefallen«, sagt sie und setzt sich mir gegenüber. »Peter war nicht so sicher, ob er mitmachen sollte, er hat es ganz gern, wenn niemand weiß, dass er an diesen Serien schreibt. Er muss nicht in der Öffentlichkeit stehen.«

Wir tratschen über Prominente und Mediengeile und darüber, dass Action in Krimiserien heutzutage leider mehr gefragt ist als Ironie. Wir schwärmen gerade vom guten alten »Kottan«, als Peter Königsberger zurückkommt. Sein schütteres Haar ist nass, in Jeans und T-Shirt sieht er jünger aus als im Laufgewand.

Seine Frau sieht auf die Uhr, steht auf und meint, sie müsse dringend weg, schön, mich kennengelernt zu haben.

»Sie ist Maskenbildnerin, die Werbeszene steht auf sie«, erklärt Peter Königsberger, nachdem sie sich verabschiedet und die Türe zugezogen hat.

Ich will mich nicht allzu sehr auf freundlichen Smalltalk einlassen. »Gerda ist in U-Haft, ihr Alibi war falsch.«

Er sieht mir lange ruhig ins Gesicht, ich habe keinen blassen Schimmer, was er denkt.

»Was hätte ich tun sollen?«, sagt er dann. »Ihr keines geben? Es stimmt, sie hat sich mit ihrem Mann getroffen, es gab wieder einmal heftigen Streit, er ist davongestürmt, sie ihm nach, sie hat ihn eingeholt, versucht, ihn festzuhalten, er hat sie abgeschüttelt, sie ist hingefallen, er ist einfach weitergegangen. Gerda hat sich ins Auto gesetzt und ist ziellos herumgefahren, hat nicht gewusst, was sie tun soll. Ich musste sie doch schützen, sie hat in den letzten Monaten genug mitgemacht.«

»Und woher wollen Sie wissen, dass sie die Wahrheit sagt?«

»Wissen kann ich es nicht, aber ich glaube ihr. Und ich habe ein ziemlich gutes Gespür für Menschen.«

»Es war doch klar, dass das mit dem falschen Alibi herauskommen würde. Ein Streit in einem Kaffeehaus …«

Der Drehbuchautor fährt sich mit der Hand über die Augen und seufzt. »Das sehe ich jetzt auch so, aber es ging alles so schnell, da handelt man instinktiv, und ich konnte sie doch nicht im Regen stehen lassen.«

»Und was ist mit Ihrem Alibi?«

»Ich war daheim, habe geschrieben, ich bereite gemeinsam mit einem Team eine neue Serie vor.«

»Ihre Kollegen waren da?«

»Nein, ich war allein. Ich kann nur allein kreativ sein, das Überarbeiten machen wir dann zusammen. Die Polizei hat mich das auch schon gefragt, vor zwei Stunden war ein Beamter da. Danach habe ich Luft gebraucht und bin joggen gegangen. Glauben Sie mir, das Ganze ist auch für mich nicht einfach.« Er springt abrupt auf. »Eines sage ich Ihnen, auch wenn das nicht gut wirkt: Ihr Mann war ein super Egoist, er hat sie auf eine Art terrorisiert, an der sie beinahe zugrunde gegangen wäre.«

»Kann es sein, dass Sie da nicht ganz vorurteilsfrei sind?«

Er atmet durch, setzt sich wieder und redet ruhiger weiter. »Nein, das bin ich sicher nicht. Gerda habe ich übrigens nie gesagt, wie ich über ihren Mann denke, ich finde, das steht mir nicht zu, ist nicht mein Stil. Aber dieser edle Onkel Doktor, der war daheim ganz anders. Und er konnte nicht damit leben, dass auch Gerda ihr Leben braucht. Ich wünsche keinem den Tod, aber so wie er sich aufgeführt hat … Er hat es regelrecht herausgefordert, wenn Sie mich fragen.«

»Das klingt, als wäre für Sie klar, dass die Scheidung und der Mord zusammenhängen. Gehen wir davon aus, dass die beiden Kinder nichts mit der Sache zu tun haben. Gerda soll es keinesfalls gewesen sein, Sie auch nicht – wer dann?«

»Das habe ich nicht gesagt, dass Scheidung und Mord zusammenhängen, vielleicht steckt hinter dem Mord auch etwas ganz anderes … Oder er war es doch selbst …«

»Und wie soll das gehen? Er schlägt sich aus purer Rachsucht zuerst mit einem Stein den Schädel ein, setzt sich dann ins Auto und stürzt den Steinbruch hinunter? So etwas spielt nicht einmal in Ihren Serien.«

»Vielleicht hatte er einen Helfer? Oder es war ein Patient?«

»Vergessen Sie's. Und: Behandlungsfehler gab es keine, das haben wir gecheckt. Seine Patienten haben ihn geradezu verehrt.«

»Wer weiß, wem er sonst noch übel mitgespielt hat. Für ihn gab es nur Freund oder Feind. Das wird Ihnen Gerda doch erzählt haben, oder? Das war schon pathologisch, wenn Sie mich fragen. Dem sollten Sie nachgehen. Und Ihre Freundin, die Detektivin.«

Gerda hat also sehr wohl von uns erzählt. »Wie ist das übrigens mit Ihrer Frau? Gerda hat etwas von einer völlig offenen Beziehung erwähnt.«

»Das ist sehr privat.«

»Ich bin ja auch nicht da, weil ich darüber schreiben will. Ich will Gerda helfen, aber dafür muss ich so viel wie möglich wissen.«

»Okay, also, das stimmt. Wir leben in einer offenen Partnerschaft, meine Frau weiß von Gerda, aber sie will sich da raushalten. In dieser Hinsicht leben wir eben beide unser Leben.«

»So etwas gibt es tatsächlich? Und es ist ... für beide Seiten okay?«

Peter Königsberger überlegt und sagt dann langsam: »Vielleicht war es am Anfang nicht ganz so. Aber wissen Sie, wir haben uns nicht nur geliebt, sondern von Anfang an auch sehr geschätzt. Irgendwann hat sie eine Affäre mit einem recht bekannten Schauspieler angefangen, ich habe es lange nicht gemerkt, ich war damals gerade auf dem Trip, dass ich Weltliteratur schreiben könnte, bin Tag und Nacht über einem Roman gesessen, von dem jeder außer mir wusste, dass daraus nichts wird. Irgendwann habe ich ihre Affäre dann doch mitbekommen, aber ich habe nichts gesagt. Bei unserem Sex war ohnehin längst die Luft draußen, keine Ahnung, wie das gekommen ist, ersparen Sie mir Details. Und dann habe ich diese Studentin kennengelernt, ich halte auch Kurse an der Universität. Plötzlich war der Zeitpunkt da, um mit meiner Frau über alles zu reden, und wir waren uns einig, dass wir bis auf weiteres zusammenbleiben wollen – sozusagen als allerbeste Freunde und Lebenspartner.« Er verstummt, zeichnet mit dem Finger Kringel auf die Tischplatte. »Ob das Liebe ist? Ich denke schon, es ist eine der vielen Formen, die es gibt.«

»Und ein ganz guter Schutz vor allzu engen neuen Beziehungen«, ergänze ich.

Er lächelt. »Vielleicht. Aber glauben Sie mir, Gerda ist unsere Beziehung gerade recht, wie sie ist. Ich liebe sie, aber muss man mit jemandem, den man liebt, unbedingt den Alltag teilen?«

Es ist dieser Satz, der mir noch im Kopf herumspukt, als ich zurück in die Redaktion fahre.

Dort sind alle in Aufruhr. Wenn etwas passiert ist, merkt man das in unserem Großraumbüro vor allem daran, dass alle telefonieren. Es hat einen Terroranschlag in der römischen U-Bahn gegeben, bei dem über zwanzig Menschen getötet wurden. Seit meinem Seminar gelte ich im »Magazin« als Terrorismus-Expertin, was dem Außenpolitik-Chef zwar gar nicht recht ist. Vor allem aber verfüge ich über persönliche Kontakte zu den EU-Verantwortlichen – dass die Leute von den US-Behörden nicht so gerne mit mir reden, muss ich ja niemandem auf die Nase binden.

Also verbringe auch ich den Rest des Tages am Telefon und versuche herauszufinden, wer hinter den Anschlägen steckt, wer sie geplant hat und wie sie mit den Anschlägen der letzten Monate zusammenhängen könnten. Im Internet tauchen die ersten Bekenner-Sites auf: von Al-Kaida-Splittergruppen, von Gruppen mit neuen fantasievollen Namen und natürlich auch von einer ganzen Menge einfacher Verrückter.

In der EU ist man auf die Informationen aus Italien angewiesen, in Italien hält man sich eher an die US-Behörden, die Geheimdienste misstrauen einander sowieso, es ist also das übliche Chaos, und die außenpolitische Redaktion hat eine besondere Idee: Unser nächstes Titelbild soll eine schwarz verschleierte Frau von hinten zeigen, dazu der Text: »Das Antlitz des Islam«. Was zählt schon das Schüren von Vorurteilen im Vergleich zu einer steigenden Auflage?

Der Chefredakteur beruft eine Sonder-Redaktionssitzung ein und klagt darüber, dass es bei diesen Terroraktionen auch nicht mehr viel Neues gebe. Gegen Abend haben wir die Storys fertig, das Heft ist umgeplant. Der EU-Terrorismusverantwortliche hat mir ein kurzes Telefoninterview gegeben, es wird einen zentralen Platz einnehmen, obwohl das, was er zu sagen hat, auch nicht neu ist: Besonnenheit, Achtung der Menschenrechte, lückenlose Aufklärung, Abwägen, Kampf den Radikalen, wobei er betonen wolle, dass die meisten Moslems friedlich seien. – Manchmal frage ich mich, wie lange noch. Auf einer halben Seite möchte ich ein Gedankenspiel unterbringen: Man stelle sich vor, es gibt irgendwo auf der

Welt terroristische Katholiken (soll ja über die Jahrtausende schon vorgekommen sein), weshalb alle Katholiken misstrauisch betrachtet werden, auch wenn in der Öffentlichkeit immer wieder darauf hingewiesen wird, dass die meisten ohnehin friedlich seien. Einige werden vorbeugend eingesperrt, nicht alle von ihnen zu Recht. Ein paar junge Katholiken, die bisher vor allem wegen ihrer Eltern katholisch waren, finden, das ist eine Sauerei. Ein guter Prediger erklärt ihnen, sie seien die eigentliche Elite der Welt, nicht die, die immer wieder »gegen uns« hetzen. Man müsse für Gott in den Heiligen Krieg ziehen, um die Ungläubigen zu bekehren. Andere Katholiken beginnen sich vor Verfolgung und scheelen Blicken zu fürchten und schließen sich mit solchen Katholiken, die sie früher gar nicht gut leiden konnten, eng gegen den Rest der feindlichen Außenwelt zusammen, einfach zum Schutz. Ich finde, mir ist diese halbe Seite recht gut gelungen, aber der Chefredakteur eliminiert sie mit den Worten: »Man kann doch Katholiken nicht mit Moslems vergleichen, und außerdem haben wir zu wenig Platz.«

Ich bin müde und sauer und will gerade gehen, als das Telefon läutet. Oskar ist dran und meint, statt auf eigene Faust zu ermitteln, hätte ich besser Angelika Beer über Gerdas Festnahme informiert.

»Ich …«, stottere ich, »ich habe gar nicht daran gedacht.«

»Es wird Zeit, dass du deine Feindseligkeit gegen Angelika ablegst. Sie ist eine sehr qualifizierte Anwältin, und sie mag dich ausgesprochen gern, sie freut sich aufrichtig, dass wir heiraten wollen.«

»Du hast es ihr erzählt?«

»Das hat sich so ergeben.«

»Und sie freut sich.«

»Aufrichtig.«

Wie naiv Männer manchmal sein können. »Warum hat Gerda sie nicht verständigt?«

»Sie wurde festgenommen, da hat sie wahrscheinlich an anderes gedacht. Und bis Kriminalbeamte von sich aus solche Vorschläge machen, dauert es hin und wieder eine Zeit lang.«

»Also jetzt ist … die Anwältin ohnehin dort?«

»Ja, aber es wäre besser gewesen, sie wäre von Anfang an dabei gewesen. Deine Gerda dürfte sich ganz schön in Widersprüche verwickelt haben. So hilfst du ihr nicht.«

»Kannst du dir vorstellen, dass ich auch anderes zu tun habe? Das Attentat ...«

»Jedenfalls ist es besser, du überlässt die Mordsache den Profis und kommst heim, schließlich haben wir so einiges zu planen.«

Was ist das? Der voreheliche Befehl, rechtzeitig zu Hause zu sein? Ich bocke. »Wird leider nicht gehen. Denn erstens bin ich mit meiner Arbeit noch nicht fertig, und zweitens habe ich Vesna versprochen, dass wir uns treffen.«

Jetzt ist Oskar hörbar sauer: »Du kannst tun, was du willst.«

»Ich muss wieder zu meiner Terrorismusstory.« Ich bin wütend. Besser, man stellt so etwas gleich klar. Und was heißt »heim«? Meint er damit schon seine Wohnung? Was ist dann mit meiner? Ich muss Vesna anrufen, wir könnten wirklich noch essen gehen. Oder ich schaue, was Droch so vorhat oder meine Kollegen aus der Lifestyleredaktion. Vielleicht sollte ich auch einmal mit den Außenpolitikern weggehen, Petra ist recht nett und Tom auch, und der Ressortleiter geht ohnehin sicher nicht mit.

Ich höre laute Stimmen am anderen Ende des Großraumbüros und schiebe einen Ast des Ficus zur Seite.

»Da kannst du nicht so einfach rein«, ruft eine unserer Rezeptionistinnen.

»Kann ich doch, ich kenne die Journalistin persönlich«, erwidert ein schlanker junger Mann. Die Stimme kommt mir bekannt vor.

»Komm jetzt.« Sie versucht ihn nach draußen zu zerren, aber er ist stärker.

Jetzt ist mir klar: Das ist Philipp. Ich stehe auf und gehe rasch auf die beiden zu.

»Da ist sie ja«, ruft er triumphierend.

»Kennst du den?«, fragt mich die Rezeptionistin.

»Ja, ist okay.«

»Er hat sich am Empfang einfach vorbeigeschummelt.«

»Komm mit«, sage ich zu Philipp, und unter den neugierigen Blicken einiger Kollegen gehe ich mit ihm zu meinem Schreibtisch, ziehe den zweiten Sessel näher, deute darauf.

»Was ist los?«, frage ich.

»Meine Mutter ist in Untersuchungshaft, weil sie hinter einen Streit mit meinem Vater gekommen sind«, sagt er in seiner brüsken Art. »Aber ich habe ihn an diesem Tag noch getroffen, sie hat ihn nicht umgebracht.«

»Was? Wo?«

»So um halb fünf im Park ums Eck bei der Ordination.«

»Hast du das der Polizei erzählt?«

»Ja, aber sie haben mich absolut nicht ernst genommen, die Bullen.«

»Wann hast du es ihnen erzählt?«

»Na heute, sobald ich mitbekommen habe, was mit Mutter los ist.«

»Ihr seid schon zweimal befragt worden, da hast du nie etwas davon gesagt?«

»Nein … ich habe nicht daran gedacht.«

»Unsinn.«

»Ich … ich wollte mich nicht selbst verdächtig machen.«

»Du siehst zu viele Kriminalfilme.«

»So etwas interessiert mich nicht.«

»Gibt es Zeugen?«

»Keine Ahnung, gesehen habe ich niemanden.«

»Warum hast du dich mit deinem Vater getroffen, du konntest ihn doch nicht ausstehen?«

»Kein Wunder, aber ich wollte, dass er Mutter endlich in Ruhe lässt, die war doch schon total fertig. Und nach der Scheidung hat sie sich vor der Vermögenssache gefürchtet. Ich hab ihm gesagt, er soll Mutter endlich ordentlich behandeln, sonst erzähle ich von seinem Verhältnis.«

»Wie bitte?«

»Klar hatte er eine Freundin, leider habe ich es vor der Scheidung noch nicht gecheckt, das wäre super gewesen. Aber zwei Tage danach habe ich sie Händchen haltend gesehen, per Zufall, an der Alten Donau. Der hat doch bloß den leidenden Exehemann gespielt, das habe ich mir immer gedacht. Dem ging es doch nur ums Geld. Und um Rache.«

Mag sein, dass Philipp eine blühende Fantasie hat und glaubt seiner Mutter so helfen zu können. Mag aber auch sein, dass die Ermittler ihn nicht ernst genug genommen haben.

»Warum hast du nicht sofort von der Freundin erzählt?«

»Was hätte es gebracht? Meine Mutter hätte sich aufgeregt, und die Scheidung war ja schon gelaufen. Ihm wollte ich drohen, damit er uns endlich in Ruhe lässt und damit er nicht glaubt, er kann uns bei der Vermögensaufteilung alles wegnehmen.«

»Dafür ist es nicht wichtig, ob er eine Freundin hatte, wie hättest du ihm also drohen können?«

»Ach komm«, er sieht mich mitleidig an, »der Eindruck zählt, auch dort. Ich bin kein Idiot, selbst sein Anwalt hat das gesagt, und gemeinsam haben sie versucht, uns dazu zu bringen, dass wir mies über Mutter reden.«

»Wie hat die Frau ausgesehen?« Ich weiß immer noch nicht, ob ich ihm glauben soll.

»Kann ich Ihnen sagen, ich kann sogar noch mehr. Ich weiß, wo sie arbeitet und wie sie heißt.«

»Was?«

»Sie ist eine seiner Sprechstundenhilfen. Die große Rothaarige.«

»Die habe ich in der Praxis aber nicht gesehen.«

»Die haben abwechselnd Dienst. Sie heißt Nicole Frohner.«

»Hast du das auch der Polizei erzählt?«

»Nein, die Idioten haben mir ja nicht einmal geglaubt, dass ich meinen Vater getroffen habe. Also haben sie auch nicht weiter gefragt.«

»Was hat dein Vater bei dem Treffen denn gesagt?«

»Er … hat gesagt, das geht mich alles gar nichts an … oder so. Und dann ist er wütend davongegangen.«

»Wohin?«

»Keine Ahnung.«

»Und was hast du nach dem Treffen gemacht?«

»Ich bin heim, Computer spielen. Ich war allein. – Okay, klar hätte er mich zum Steinbruch mitnehmen können, aber warum? Und wie wäre ich da wohl zurückgekommen? In dieser öden Gegend gibt es sicher keine Öffis.«

»Vielleicht solltest du mit deiner Tante darüber reden.«

Philipp schnaubt beleidigt. »Sie meinen, weil sie Psychologin ist und ich einen Dachschaden habe? Vergessen Sie es. Ich hab keinen Dachschaden, und zum Kumpel von Tante Liz bin ich nur gegangen, um meine Mutter nicht zusätzlich aufzuregen. Sehen Sie sich die Fakten an, es ist logisch, dass ich mit meinem Vater nichts zu tun haben wollte. – Stimmt es, dass wir jetzt alles erben?«

Ich bringe Philipp hinunter zum Empfang, ich werde aus ihm einfach nicht schlau. Vielleicht sollte ich mit seiner Tante reden. Wer weiß, ob sie überhaupt schon jemand über die U-Haft ihrer Schwester informiert hat. Gerda hat mir die Nummer gegeben. Noch im Foyer wähle ich.

»Elisabeth Novotny.«

»Mira Valensky. Ich bin eine Arbeitskollegin …«

»Gerda hat mir von Ihnen erzählt. Sie sitzt in U-Haft, nicht wahr?«

»Ja. Können wir uns kurz treffen? Es geht auch um Philipp.«

»Ich habe in einer halben Stunde meinen letzten Klienten. Danach. Wo?«

»Kann ich bei Ihnen vorbeikommen?«

# [ 7 ]

Vesna erreiche ich telefonisch beim Notar. Sie putzt und hat keine Zeit, mit mir nach meinem Gespräch mit Gerdas Schwester essen zu gehen. Denn dann muss sie jemanden beschatten, der verdächtigt wird, seit zwei Monaten ohne Krankheit im Krankenstand zu sein. Wenn es stimmt, was Nachbarn behaupten, dann wird er jeden Abend munter und stürzt sich ins Nachtleben. Die Tage verbringt er schlafend in der Wohnung, depressive Störung, verbunden mit vegetativen Beschwerden, steht im Befund.

»Habe mit seinem Chef gesprochen«, erzählt Vesna am Telefon, »er hat Zwerzl den Auftrag gegeben. Klingt nicht freundlich, wäre ich vielleicht auch im Krankenstand bei dem. Er will außerdem den Arzt, von dem Befund ist, anzeigen.«

Momentan zweifelt sie, ob diese Detektivarbeit auf Dauer etwas für sie ist.

»Vielleicht ich mache Aufnahmeprüfung bei der Polizei, es gibt jetzt welche, die sagen, Schwarze und Moslems und so sollten bei der Polizei sein, weil sie ihren Leuten näher sind und auch Vertrauen machen bei ihren Leuten.«

»Seit wann bist du Moslem?«

»Ich bin immerhin aus Bosnien, in meinem Pass steht keine Religion, aber Moslem gelingt mir schon, damit bin ich aufgewachsen. Muss ja nicht gleich ein Kopftuch tragen. – Warum gehst du eigentlich nicht mit Oskar aus?«

»Oskar?«, knurre ich. »Der will, dass ich pünktlich heimkomme.«

»Und? Wenn du sowieso Zeit hast?«

Es kommt mir jetzt auch schon ein wenig lächerlich vor, aber eben nur ein wenig. Ich lasse mich nicht zur Haus- und Ehefrau abrichten. Basta.

»Oder ich mache selbstständiges Putzunternehmen auf«, redet Vesna weiter, nachdem sie von mir nur ein Knurren als Antwort bekommen hat. »Vielleicht mit nebenher ein paar Nachforschungen, sozusagen perfekt getarnt in Putzunternehmen. Ich muss Oskar fragen, ob das juristisch geht. Muss mich ja nicht Privatdetektivin nennen. Aber jetzt muss ich weitermachen, muss mit Putzen bei Notar fertig sein, bevor mir der mit dem Krankenstand ins Vergnügen davongeht.«

Die Praxis von Gerdas Schwester ist in einem jener gesichtslosen Häuser untergebracht, die nach dem Krieg die Bombenlücken gefüllt haben. Graue glatte Fassade, kleine Fenster, gebaut, um nicht aufzufallen. Offenbar teilt sie sich die Räume mit zwei anderen Psychologen. »Praxisgemeinschaft Mayer – Novotny – Gutmann. Bitte läuten«, steht auf einem Schild neben der weißen Eingangstür im ersten Stock.

Ich läute, die Tür geht mit einem Summen auf, ich trete ein. Gemütlicher heller Raum mit Polstersesseln, auf einem Tischchen die obligaten Zeitschriften, in einem Bücherregal ausschließlich psychologische Fachliteratur. Auf einem Schreibtisch ein Computer. Niemand da. Drei geschlossene Türen, alle hellbeige gestrichen.

Ich will mich schon setzen, als eine Frau in meinem Alter mit einem Mädchen von zirka sechzehn Jahren aus der mittleren Tür kommt.

»Alles klar, bis zum nächsten Mal.«

»Okay«, erwidert das Mädchen, sieht mich kurz interessiert an und strebt dann Richtung Eingangstür.

»Kommen Sie rein«, sagt Gerdas Schwester. So als wäre ich eine Patientin. Oder wie hat sie es genannt? Klientin.

Ich setze mich ihr gegenüber, will das Gespräch beginnen und weiß nicht, wie.

»Man kann in Menschen nicht hineinschauen, oder?«, sage ich und sehe zur Tür.

»Kann man nicht«, bestätigt sie. »Genau das macht meine Arbeit so interessant. Trotzdem Gefühle, Gedanken, Ängste sichtbar zu machen. Weniger für die anderen als für meine Klienten selbst. – Aber deswegen sind Sie nicht da. Meine Schwester hat mich angerufen, ich muss mich um die Kinder kümmern, solange sie ... festgehalten wird. Ich sollte längst bei ihnen daheim sein.«

Ich nicke und erzähle ihr von meinem Gespräch mit Philipp.

Sie lächelt etwas müde. »Woher soll ich wissen, ob er die Wahrheit sagt oder sich das alles aus den Fingern saugt? Beides ist möglich, würde ich sagen. Er versucht mit Sicherheit, seine Mutter zu schützen. Und er hat einen ziemlichen Zorn auf seinen Vater entwickelt. Vielleicht glaubt er, was er sagt. Vielleicht ist es aber auch wirklich wahr. Das muss wohl die Polizei herausfinden.«

»Die glaubt ihm nicht.«

»Sie wird es trotzdem überprüfen, denke ich.«

Ich nicke. »Könnte er gewalttätig werden?«

»Das ist eine schwierige Frage. In Extremsituationen ist jeder zu Gewalt fähig, denke ich. Auch wenn es mir zu Philipp nicht zu passen scheint, aber da bin ich vielleicht voreingenommen. Ich glaube, er ist in erster Linie verwirrt, verunsichert.« Sie schüttelt den Kopf. »Ausgeschlossen, dass er ... einen Mord geplant hat.«

»Was haben Sie eigentlich von Gerdas Mann gehalten?«

Elisabeth Novotny spielt mit einem Kugelschreiber.

»Ich hab mich damals gewundert, warum sie den Langweiler heiratet«, sagt sie dann. »Wissen Sie, Gerda war sehr lebenslustig, immer unterwegs. Ich bin zwei Jahre älter, war die viel Ruhigere, ich eher introvertiert, sie ziemlich extrovertiert. Nicht oberflächlich, nicht dass Sie das falsch verstehen, eher an allem interessiert und mit einer enormen künstlerischen Begabung.«

»Und dann plötzlich Helmut?«

»Sie sind sich im Studentenheim über den Weg gelaufen, in dem Helmut gewohnt hat. Sie hat dort eine ihrer ersten Vernissagen gehabt, Körperbilder hat sie sie genannt, es waren ein paar großartige Arbeiten darunter. Acryltechnik vor allem. Das mit dem Fotografieren hat sie erst später auf der Hochschule begonnen. Eines der Bilder hängt in unserem Besprechungsraum, kommen Sie.«

Sie führt mich aus dem Zimmer, zurück in den Empfangsraum und dann durch eine andere Tür, dreht das Licht an. Ein großflächiges Bild, dominierende Farbe ist ein helles Orange, eigentlich nicht viel mehr als drei geschwungene Linien, ein Frauentorso, zurückgebeugt, Körper in voller Spannung, man erwartet, dass er jeden Moment nach vorne schnellt. Er scheint zu leben, heftig zu leben.

»Sie hat gesagt, es sei ein Selbstporträt«, murmelt Elisabeth. »Lange her, mehr als zwanzig Jahre. Und jetzt sitzt sie in Untersuchungshaft.«

Ich folge ihr zurück zum Schreibtisch. »Wie war er damals? Warum hat sie sich in ihn verliebt?«

»Ich weiß es nicht. Ich glaube, es war eher umgekehrt. Er hat sich sofort in Gerda verliebt. Er stand damals gerade vor seinen letzten Prüfungen, er war fünf Jahre älter als sie. Und sie war ja zum Verlieben. Er war ernsthaft und zuverlässig, ein hervorragender Student. Und es hat ihr gefallen, dass sich so einer für sie interessiert. Vielleicht hat sie irgendwo auch Sicherheit und Beständigkeit gebraucht, einen Ruhepunkt im Leben, wer weiß? Und als sie mit zwanzig schwanger wurde, haben sie sofort geheiratet.«

»Hat man sie gezwungen?«

»Nein, sie waren ein Paar, und es war irgendwie klar. Ich glaube, ich habe nur einmal kurz mit ihr darüber geredet, es war am Tag vor der Hochzeit. Sie hat gemeint, sie müsse ihrem Kind doch ein Heim geben. Das hat nicht wirklich nach ihr geklungen, aber sie hatte sich eben auch verändert in dem Jahr mit Helmut. Natürlich war es meinen Eltern lieber, dass sie geheiratet haben, aber das war es nicht. Und er hatte zu seinen Eltern schon damals keinen Kontakt mehr. Sie waren auch nicht auf der Hochzeit, ich glaube, sie wussten gar nichts davon.«

»Seltsam, sein Verhältnis zu seinen Eltern.«

»Ich kann das nur als Schwester beurteilen, nicht als Psychologin, dafür bin ich zu voreingenommen und geprägt durch die Ereignisse der letzten Monate. Jetzt sage ich auch: sehr seltsam, wahrscheinlich der erste Fall, wo sich sein extremes Freund-Feind-Denken gezeigt hat.«

»Gerda sagt, er hatte keine Freunde.«

»Da ist schon etwas dran. Er war viel zu sehr auf die Arbeit und auf die Familie konzentriert. Und er war wohl immer schon ein Einzelgänger. Aber bis vor ein paar Jahren hat er immerhin einmal die Woche Volleyball gespielt. Ich kenne einen aus der Mannschaft. Er hat mit mir studiert, ist dann aber Lehrer geworden.«

»Haben Sie seine Telefonnummer? Eine E-Mail-Adresse?« Könnte ganz interessant sein, mit seinem Sportkollegen zu reden.

»Nicht hier. Wenn Sie mir Ihre Mail-Adresse geben, dann schick ich sie Ihnen von zu Hause.«

»Und wie schaut es mit Jugendfreunden aus? Gibt es da gar niemand?«

»Da müssen Sie Gerda fragen, aber ich glaube, er hatte mit niemandem von früher Kontakt. Er hatte mit Sicherheit keine schöne Kindheit – und das ist eine Untertreibung.«

»Gerda hat mir einmal gesagt, Sie hätten sie gewarnt: Wer aus einem gewalttätigen Elternhaus kommt, kann sich von den Mechanismen schwer lösen.«

»So habe ich es sicher nicht formuliert. Er … Ich glaube nicht, dass er seine Kinder jemals geschlagen hat. Er war ein sehr ruhiger, besonnener Mensch. Gerda war es, der zwei-, dreimal die Hand ausgerutscht ist, wie man so schön sagt. Aber ich weiß nicht, was geschehen hätte können, wenn er sich von ihr in die Enge getrieben fühlte … Es wäre wohl eher eine Angstreaktion gewesen, ich wollte nie ausschließen, dass er sie in einer extremen Situation nicht auch körperlich angreifen könnte.«

»Ich habe zufällig miterlebt, wie er sie nicht aus der Wohnung lassen wollte.«

»Gerda hat mir davon erzählt. Ich will ihm nicht Unrecht tun, aber er hätte wohl professionelle Hilfe gebraucht.« Elisabeth Novotny seufzt. »Ansonsten ist er mir einfach ziemlich auf die Nerven gegangen. Er hat sich benommen wie ein – Entschuldigung – Arschloch. Meine Schwester war völlig fertig. Tut mir leid, aber es ist wahr.«

»Können Sie sich vorstellen, dass Ihre Schwester …?«

»Das kann sich keine Schwester vorstellen«, kommt es sehr schnell zurück.

Ich sehe sie aufmerksam an. Die Augen sind die gleichen wie die von Gerda, nur die Fältchen drum herum, die hat Gerda noch nicht.

»Nein«, sagt sie dann. Und noch einmal, mit Nachdruck: »Nein, sicher nicht.«

Es ist dunkel geworden, ich sehe den Autos, die durch die schmale Straße fahren, nach, alle sind jetzt auf dem Heimweg. Oder auf dem Weg zu einer Verabredung. Ich frage mich: Was jetzt? Doch heim zu Oskar? Wieder einmal einen Abend mit Kollegen aus der Redaktion? Ich weiß, in welchen Lokalen man sie treffen kann. Aber die klassischen Journalistenlokale sind mir schon lange unsympathisch, immer dieselben Leute und immer dieselben Themen – heute wird es sicher viele extrakluge Kommentare über Terrorismus und seine Folgen geben. Da sitzen dann diese älteren Männer, die meinen, sie hätten wirklich etwas zu sagen, nur weil sie beim Fernsehen arbeiten oder Ressortchefs sind, und erklären dem Rest der Anwesenden, wo es lang geht. Und je jünger und weiblicher die Kollegen, desto hingebungsvoller wird gelauscht. Kann ja auch ganz gut für die Karriere sein.

Ich habe einen friedlichen, ruhigen Abend mit Oskar vertan. Irgendwo in der Nähe essen oder bei mir oder bei ihm, eine schöne Flasche Wein …

Ach was, das kann ich auch noch haben, wenn ich sechzig bin. Und er fünfundsechzig. Er soll sich besser gleich daran gewöhnen, dass ich nicht immer da bin. Dann kann später auch niemand behaupten, ich hätte mich überraschend verändert.

Was ist, Mira? Planst du vielleicht gleich deine Scheidung ein?

Ich habe meinen Reportagetext über die Drehbuchautoren ausgedruckt in der Tasche, fische ihn auf dem Gehsteig heraus. Man sollte bei diesem Peter etwas intensiver nachforschen. Er wirkt so offen, aber immerhin versteht er etwas von Inszenierung, muss er wohl in seinem Beruf. Da gibt es doch einen, mit dem er immer wieder gemeinsam Drehbücher geschrieben hat. Ich überfliege die Reportage, so ein großer Blonder war das, schien ziemlich eingenommen von sich selbst, ein ganz anderer Typ. Genau, Bruno Hörl heißt er. Wo treiben sich Drehbuchautoren am Abend herum? Hat er mir nicht erzählt, dass er ein paar Monate im Jahr in Italien lebt? So etwas möchte ich mir auch leisten können. Italien,

Veneto. – Vielleicht ist es doch keine so schlechte Idee, zu heiraten. Wir könnten auf Hochzeitsreise ins Veneto fahren. Armando würde uns ein mindestens sechzehngängiges Hochzeitsmenü zubereiten, er hat etwas übrig für Hochzeiten.

Ich rufe mich wieder zur Ordnung und lese weiter im Text – wie schnell ich vergesse, was ich geschrieben habe. Glück gehabt. In einem Nebensatz erwähnt dieser Bruno Hörl sein Lieblingslokal: die Bar Geldlos, ziemlich berühmt inzwischen für das unkonventionelle Konzept, quasi ein Gegenstück zu den schicken Bars der Innenstadt. Nur ist mir das Lokal bisher immer zu weit weg gewesen, ganz unten an der Simmeringer Hauptstraße. Okay, mein Auto steht zwei Straßen weiter, los.

Die Bar ist offenbar in einem alten Gasthausgebäude untergebracht, über der Tür leuchten abwechselnd in roten Neonbuchstaben die Wörter »BAR« und »GELDLOS« auf. Ich öffne die Eingangstüre aus Pressglas und Alu. Schicke Sache aus den Siebzigern – und so praktisch. Der Raum ist weniger dunkel als vermutet, die ehemalige Schank ist zu einer Theke umgestaltet worden, auf beiden Seiten Hocker, aus einem hinteren Zimmer klingt laute, schräge Musik. Punk, würde ich sagen, seltsamerweise mit viel Dudelsack dabei.

Hierher allein zu kommen ist kein Problem. Man wird wahrgenommen, aber nicht sofort angebaggert. Vorteil der Alternativkultur. Ein Kellner nickt mir zu, ich erobere mir einen Platz an der Theke, setze mich. Nach Bruno Hörl kann ich auch später noch suchen. Das Weinangebot steht in Kreide auf alten Schiefertafeln, ich kneife die Augen zusammen, um es zu entziffern, klingt gar nicht schlecht. Ich bestelle einen Riesling aus dem Weinviertel und frage nach etwas zu essen.

Man reicht mir eine überdimensionale Speisekarte – ein Zitat auf pseudovornehme Lokale vergangener Zeiten. Vielleicht handelt es sich aber auch bloß um die Karte, die es im Gasthaus gegeben hat, bevor es zur Bar wurde. Ich klappe das weinrote Kunstledermonster auf, drinnen nur ein Blatt beschriebenes Papier. Man kann zwischen »heißer Kabanossi, extralang, extrascharf«, »ganz frischem Dosengulasch mit vielen Zutaten zum Selberwürzen«, »Sardellenringerlbroten« und »biologischem Krautsalat im Glasl« wählen. Daneben gibt es Grafiken, die, in Anlehnung an die Fotos von Speisen in vielen asiatischen Lokalen, das jeweilige Gericht darstellen sollen. Lustig. Trotzdem: Eine Spur mehr Kulinarik würde auch so einem Antistyle-Lokal nicht schaden.

Allerdings ist die Kabanossi, die ich nur wenig später serviert bekomme, wirklich extralang, extrascharf – und extragut. Ich versuche, die mehr als einen halben Meter lange dünne Wurst nicht versehentlich in ein Glas meiner Nachbarn zu tunken und auch sonst niemanden damit zu belästigen. Mir wird angenehm warm im Magen.

»Was ist das für Musik?«, frage ich den Barmann und deute auf den Nebenraum.

»Schottischer Punk, total geil. Heute legt DJ Waldemar auf, der ist wirklich gut«, antwortet er, und ich versuche, den Text der Nummer zu verstehen. Er scheint von einer Frau zu handeln, die von zwei Männern geliebt wird und die lieber tanzt als putzt. Ich habe meine Wurst aufgegessen und überlege, in den Raum mit der Musikanlage zu gehen und nach Bruno Hörl oder Peter Königsberger zu suchen. Eigentlich ziemlich unwahrscheinlich, dass sie ausgerechnet heute Abend hier sind. Andererseits: Hörl sagt in meiner Reportage, die Bar Geldlos sei sozusagen sein zweites Wohnzimmer. Bevor ich mir noch überlege, ob ich mich zu einer Suchaktion aufraffe oder doch lieber ein Sardellenringerlbrot bestelle, sehe ich ihn: Er kommt mit zwei Männern aus dem Musikraum und steuert auf die Bar zu. Ob er sich an mich erinnert?

Er sieht sich nach einem Platz um, sieht mich, stutzt, erkennt mich und kommt her, um mich freundlich, wenn auch etwas distanziert, zu begrüßen.

»Was hat Sie denn hierher verschlagen?«, fragt er. »Na ja«, er sieht sich um, »die Bar ist eben in den letzten Monaten ziemlich in geworden.«

»Und deswegen bin auch ich da?«, spöttle ich.

»Sie schreiben doch diese Lifestyle-Reportagen.«

Es ist deutlich zu merken, was er davon hält. Seine Drehbücher sind auch nur für Fernsehserien und nicht Welttheater.

»Mache ich nicht mehr, jetzt bin ich Chefreporterin, das hat meinen Aktionsradius ein bisschen vergrößert.«

»Oh, Gratulation!«

Das hört sich ein klein wenig ironisch an, aber vielleicht bin ich auch überempfindlich. Seine beiden Begleiter sind in eine andere Ecke des Lokals verschwunden. »Neben mir ist noch Platz«, lade ich ihn ein. Er setzt sich, bestellt ein Glas Zweigelt.

»Wie geht es den Drehbüchern?«, frage ich.

»Ganz gut, aber wissen Sie, es ist einfacher, sie zu schreiben, als über sie zu reden.«

»Das haben Sie in meiner Reportage aber doch recht fließend getan.«

»Ehrlich gestanden ist es nicht meine Sache, ich werde ohnehin selten um Interviews gefragt, und wenn, bin ich nervös und weiß nicht, was ich am besten sagen soll.«

Auf mich hat er eher arrogant gewirkt, vielleicht war das bloß Unsicherheit. Ich sehe ihn von der Seite an – er sieht ziemlich gut aus, auch wenn blonde Männer sonst eher nicht mein Fall sind. Erinnere dich lieber an den Zweck deines Ausflugs nach Simmering, Mira.

»Schreiben Sie wieder gemeinsam mit Peter Königsberger?«, frage ich weiter. Bin gespannt, ob er etwas von der Scheidungssache weiß.

»Nein, momentan nicht«, das kommt ganz ungezwungen. »Ein Team bereitet eine neue Serie vor, natürlich topsecret, da ist er auch dabei. Aber in dieser Phase denken wir alle einmal vor uns hin, erst in der nächsten Phase treffen wir uns, tauschen unsere Ideen aus und beginnen gemeinsam mit den TV-Redakteuren das Konzept zu entwickeln.«

»Topsecret?«, lächle ich.

»Mhm. Da ist nichts zu machen, wir müssen eine Menge Zeug unterschreiben, mit dem wir uns zum Stillschweigen verpflichten. Damit uns keine andere TV-Anstalt die Idee oder den Stoff stiehlt. – Ehrlich gesagt ist an der neuen Serie nichts so einmalig Neues dran, aber diese Geheimnistuerei gehört eben irgendwie mit dazu in der Branche.«

Hier wirkt er wirklich viel entspannter als damals beim Interview.

»Die Musik ist witzig«, sage ich.

Er sieht mich erstaunt an. »Sie mögen Punk?«

»Was dachten Sie? Dass ich nur Popmusik mag? Oder nur Opern?«

»Keine Ahnung, ehrlich gesagt habe ich mir das noch nicht überlegt.«

»Ich war sechzehn, siebzehn, als ich zum ersten Mal etwas von Punk mitgekriegt habe, diese Musik war verpönt bis verboten und musste mir schon deswegen gefallen. Einiges fand ich tatsächlich super«, erzähle ich.

Bruno Hörl nickt. »War bei mir nicht viel anders.«

Ich sollte wieder zurück zu seinem Drehbuchkollegen kommen. »Peter Königsberger steht auf so etwas nicht besonders«, behaupte ich einmal.

»Sie kennen ihn besser?«

»Das ist zu viel gesagt, ich kenne eine Freundin von ihm, Gerda.«

»Ah.« – Die kennt er offenbar auch. »Die Fotografin vom ›Magazin‹, sie sind sich bei Ihrer Reportage über den Weg gelaufen.«

»Ja.« Okay, weiter. »Eine schlimme Sache.«

»Was?«

»Na der Tod ihres Mannes.«

»Davon wusste ich nichts, ich war bis vor kurzem in Italien. Du liebe Güte. Das ist ja ...«

Dass es sich um Mord handelt, muss ich ja nicht verraten. Zumindest noch nicht. »Ich denke, Peter hilft Gerda sehr.«

Bruno Hörl lächelt. »Er ist ein netter Typ. Nicht dass Sie denken, ich halte ihn für einfältig, ganz und gar nicht, aber er hat eine gute und einfache Art, mit dem Leben umzugehen. Er mag sie wirklich sehr, das hat er mir erzählt.«

»Und seine Frau.«

Er bestellt noch ein Glas Zweigelt und mit einem fragenden Blick zu mir noch ein zweites dazu. »Das mit Anna ist eine seltsame Sache, aber es scheint gut zu gehen.«

Der Zweigelt ist wirklich ausgezeichnet. Er erzählt mir noch einiges über seine und Peters Anfänge beim Drehbuchschreiben, ich erzähle ihm eher vage vom Unglück im Steinbruch, und irgendwann sind wir per du. Das ergibt sich spontan und ohne Krampf, irgendwie ist es in dieser Umgebung angenehm selbstverständlich. Das hier könnte auch mein zweites Wohnzimmer sein.

Wir reden über die Siebziger und über Pubertierende und Punk und Terrorismus und Kriminalromane. Inzwischen sind wir bei Jameson gelandet, auch sein Lieblingswhiskey. Und als es schließlich leise wird und dann leer, merken wir das eine ganze Zeit lang nicht. Wir sind die letzten Gäste.

»Du liebe Güte, es ist gleich drei«, sage ich.

Er lächelt. »Was für ein schöner Abend.«

Wir teilen uns die Rechnung, und ich biete ihm an, ihn heimzufahren. Wir haben viel mehr geredet als getrunken.

»Gern«, antwortet er, als wir vor die Tür gehen. Um diese Uhrzeit ist die Simmeringer Hauptstraße menschenleer, graublauer Asphalt, silberglitzernd dort, wo ihn eine Straßenlaterne bescheint. Dunkle Häuser, eine Katze huscht an uns vorbei, von ganz unten im Süden kommt ein Paar Scheinwerfer näher, das Auto passiert uns beinahe lautlos, eine Fata Morgana, dann sind wir bei meinem Wagen angelangt.

»So eine Stimmung sollte man in einem Film einfangen können«, sagt Bruno, und ich verstehe ihn.

»Du sagst mir, wie ich fahren soll?«

Er nickt und dirigiert mich zwei Straßen später nach rechts, dann wieder nach links, geradeaus bis zu einem Kreisverkehr, dort links. »Hier wäre ich verloren«, sage ich.

»Ich bin in Simmering aufgewachsen, war dann lange weg, und inzwischen will ich nirgendwo sonst leben.«

Ich lache leise. »Außer ein paar Monate in Italien ...«

»Stimmt schon, am schönsten ist es, wenn man auch weg kann.«

Ich will schon sagen, dass das auf vieles im Leben zutrifft, aber das ist mir dann doch zu philosophisch. Seltsam, mir scheint, als wären wir an diesem Wohnblock schon einmal vorbeigekommen. Er dirigiert mich noch einmal ums Eck, was soll das? Wir fahren direkt an der Bar Geldlos vorbei. Die Schrift über der Tür leuchtet nicht mehr.

»Da, gleich rechts, da wohne ich.«

Ich sehe ihn nicht an, schaue gerade auf die Straße. »Zwei Häuser neben der Bar.«

»Ich habe es einfach schön gefunden, von dir heimgefahren zu werden.« Auch er sieht geradeaus. »Es ist ein altes Fuhrwerkhaus«, sagt er dann und zeigt auf ein eingeschossiges Gebäude zwischen einem Haus aus der Gründerzeit und einem neueren Wohnblock.

»Es sieht seltsam aus zwischen den großen Häusern. Als ob man es beschützen müsste.«

»Haben wir quasi auch getan. Ich habe es gemeinsam mit einem Freund vor dem Abriss gerettet. Willst du es sehen?«

Ich nicke bloß, wir steigen aus, und ich gehe neben ihm her. Er kramt nach dem Schlüssel, sperrt auf, lässt mich eintreten. Gemeinsam mit einem Freund? Vielleicht kann ich deswegen so gut mit ihm reden, vielleicht ist er schwul. Aber das mit den schwulen Männern und ihrem Verständnis für Frauen ist auch nur ein Klischee. Zumindest kenne ich einen, der sieht und hört nur sich. Ein Typ aus der Werbebranche. Ich bin nur hier, um rasch einen Blick in dieses interessante alte Fuhrwerkhaus zu werfen, solche Häuser sind in Wien sehr selten.

Das Licht in dem großen Raum ist schwach, er hat bloß eine Stehlampe eingeschaltet. Vorraum gibt es keinen. Eine Mischung aus alten Möbeln und Ikea, gar nicht übel.

»Ich habe alle Zwischenwände weggenommen«, erklärt er.

»Und wo ist dein Freund?«, frage ich möglichst harmlos.

»Wer? Ach so, der, mit dem ich das Haus gerettet habe. Der wohnt schon lang nicht mehr hier, er ist nach Linz an die Uni gegangen. Inzwischen ist er ordentlicher Universitätsprofessor. Wir werden alt.«

»Sehr schön«, sage ich und meine natürlich das Haus.

Er geht zu einer hölzernen Truhe, öffnet sie, fördert eine Flasche Whiskey zutage. »Ein sehr seltener Whiskey, den ich aus Irland mitgebracht habe.«

Er holt zwei Gläser, und ich sehe hinaus in einen kleinen Hof mit einer gemütlichen hölzernen Sitzgarnitur.

»Da draußen schreibe ich, wenn es das Wetter zulässt«, sagt er leise hinter mir. Er reicht mir ein Glas, ich sehe weiter hinaus, ich höre, wie er einen Schluck nimmt, nehme auch einen. Nachtfarben. Braun und Grau und Blau, bis hierher schafft es der Schein der Stehlampe kaum.

Der Whiskey schmeckt rauchiger als der Jameson, würziger, wie gemacht, um die Kälte zu vertreiben, um es warm werden zu lassen im Magen und sonst wo.

Bruno hat sich langsam, ganz langsam, von hinten über mich gebeugt.

Er riecht gut nach Whiskey und der Bar und einem Hauch von noch irgendwas, das mir bekannt vorkommt. Er nimmt mich zart an den Hüften, dreht mich zu sich um, ich sehe die Stehlampe mit ihrem gelben Licht, das auf ein hohes Bücherregal scheint, sein Gesicht kommt näher, ich spüre mein Herz schlagen und spüre seine Hände, ich schließe die Augen. Er küsst mich voller Hingabe, und ich will es wohl auch, wer fragt nach später. Aber irgendwie kommt es anders, es passt nicht, und das hat nichts mit moralischen Bedenken zu tun, zumindest noch nicht. Sein Kuss schmeckt falsch … bemüht. Vielleicht passen auch bloß sein Mund und mein Mund nicht zusammen, unsere Zungen kollidieren, statt dass sie einander umschmeicheln. Er scheint es nicht zu merken, flüstert etwas, das ich nicht verstehen kann, seinen Mund noch immer auf meinem. Ich will etwas Luft holen, aber das wäre wohl unhöflich.

Seine Hände fingern meinen Körper entlang, nicht gierig, aber auch nicht befreit. Irgendwie läuft hier etwas völlig verkehrt, trotzdem streichle ich seinen Rücken, gute Muskeln, denke ich nicht besonders romantisch, ob er auch joggen geht?

Er stöhnt leise und versucht mir das T-Shirt nach oben zu schieben. Ich will nicht, kann nicht anders und zucke ein wenig zurück.

»Kalt?«, fragt er mit belegter Stimme.

Wie komme ich hier ohne Drama raus? Ich gebe zu, ich hätte es wohl passieren lassen, bloß: Nichts passt, und wenn ich mir jetzt schon vorstellen kann, wie peinlich es hinterher ist … Dabei ist er doch so ein netter Typ.

»Ich glaube, ich muss heim«, sage ich und denke, er muss mich für eine total dumme Gans halten.

»Du solltest bleiben«, sagt er nahe an meinem Ohr, seine Stimme klingt wirklich gut, viel versprechend, vielleicht war es seine Stimme, die mich gefangen hat. Er hält meine Worte offenbar nur für so eine Art spätmädchenhafter Schüchternheit und Zurückhaltung, er muss mich eben noch etwas umwerben, tatscht wieder auf meinem Bauch herum und will mich wieder küssen.

»Es ist spät«, sage ich laut und dämlich.

Jetzt hat er es kapiert und rückt von mir ab. »Entschuldigung«, sagt er seltsam tonlos, und ich versuche zu lachen und sage, dass es ein wunderschöner Abend war, aber jetzt …

Es ist eine Flucht zur Tür, hinaus auf die Straße, zum Auto. Ich drehe mich nicht um, will nicht sehen, ob er mir nachschaut, denke mir: Mira, du hast dich benommen wie eine Idiotin. Andererseits: Hätte ich mit ihm schlafen müssen, nur um mich nicht zu blamieren? Verlangt es inzwischen die Konvention, ab einem gewissen Punkt jedenfalls mitzumachen?

Frauen dürfen Männern erst gar keine Hoffnungen machen, hat mir meine Mutter immer wieder eingetrichtert. Erst jetzt frage ich mich, woher sie diese Erfahrung hatte? Oder hat sie es auch bloß von ihrer Mutter gehört? Außerdem hasse ich solche Verallgemeinerungen, »die Männer«, »die Frauen«. Ich habe mir doch auch Hoffnungen gemacht, zumindest auf ein paar schöne Momente, irgendwie. Ohne zu viel nachzudenken. Muss man immer denken? Schon im Vorhinein an später und an alles, was kommen könnte?

Ich fahre Richtung Wohnung. Es hat einfach nicht gepasst. Punkt. Und vielleicht werde ich ja doch nicht nur älter, sondern auch klüger, tröste ich mich. Lieber ein – fast – rechtzeitiger peinlicher Abgang als mühsames Herumgeturne, nur weil man als prüde oder zickig gelten könnte, wenn man um vier in der Nacht im Haus eines Mannes nach dem ersten Kuss doch noch Nein sagt. Ich brauche den seltsamen Nachgeschmack nicht beim Sichwiederanziehen, wenn man sich überlegt, ob man einander wiedersehen wird, ob man verliebt ist, ob er verliebt ist, warum es passiert ist, ob es wichtig ist oder auch unwichtig sein darf und was das für Auswirkungen aufs bisherige und aufs zukünftige Leben hat. Vielleicht bin ich auch bloß bequem geworden. Ich gleite durch die Nacht und denke, damals in der Karibik, da hat es eine Nacht am Strand gegeben, da hat alles gepasst und nichts war peinlich. – Neige ich etwa zu One-Night-Stands? Glaube ich nicht. Wie war es eigentlich beim ersten Mal mit Oskar? Den hab eher ich verführt als umgekehrt, aber eine gewisse Vertrautheit, die war von Anfang an da. Oskar … Beinahe hätte ich ihn betrogen, und es war nicht Rücksichtnahme auf ihn, die mich … Ich sollte ihn dringend heiraten. Und bevor ich wieder einmal spontan in einen Unbekannten irgendetwas hineinromantisiere, sollte ich an diese Nacht denken. Dabei ist es Bruno gegenüber unfair. Er ist sehr nett. Und ein großartiger Gesprächspartner. Kein Wunder, wenn er jetzt frustriert ist. Zurückgewiesen und all das. Ich sollte ihm eine SMS schicken. Vielleicht etwas in die Richtung, dass er eh nicht viel versäumt hat? Na, so übel bin ich auch wieder nicht. Oder dass mir plötzlich eingefallen ist, ich muss meine Tante zum Flughafen bringen? Aber der Drehbuchschreiber ist er. Und überhaupt: nie mehr betrunken SMS, das habe ich mir geschworen. Doch ich bin nicht betrunken, nicht einmal das lässt sich anwenden auf meinen Beinahe-Ausrutscher.

Ich schüttle mich. Weiß ja niemand davon außer Bruno und mir, also was soll's? Wird nicht wieder passieren.

Als ich die Stufen zu meiner Wohnung hinaufschleiche, kommt mir eine ganz dumme Idee: Was, wenn Oskar trotz allem zu mir gekommen ist und auf mich wartet?

Ich schließe vorsichtig auf, kein Oskar, sondern nur eine verschlafene Gismo. Auch keine Nachricht auf dem Band. Er ist sauer.

Ich verkrieche mich ins Bett.

Ich wache mit einem schlechten Geschmack im Mund auf und denke, es muss schon lange nach Mittag sein. Aber als ich auf die Uhr schaue, sehe ich, dass es erst kurz nach acht ist. Viel mehr als drei Stunden habe ich nicht geschlafen, ich sollte mich umdrehen und weiterschlafen. In der Redaktion braucht man mich heute nicht vor dem Nachmittag, und wenn man mich sucht, dann fällt mir schon irgendeine Ausrede ein, zum Beispiel ein Außentermin. Was ist, wenn Bruno seinem Freund Peter von unserer Nacht erzählt, und der erzählt es Gerda und die erzählt es Vesna? Aber die hält dicht. Und was ist, wenn Gerda es Zuckerbrot erzählt? Warum sollte sie das? Oder ihrer Anwältin? Genauso unsinnig. Ich sollte die ganze Sache vergessen, ist doch nicht wichtig, es war ein sehr netter Abend mit einem späten und dann etwas überhasteten Rückzug. Ich habe Oskar nicht betrogen, diesmal nicht. Hätte ich aber fast. Ich kenne mich nicht und will mich auch nicht kennen und nicht analysieren. Ich steige aus dem Bett, putze mir lange die Zähne, dusche heiß und versuche an etwas Handfestes zu denken. Ich muss dringend mit dieser Sprechstundenhilfe reden. Ob Philipp die Wahrheit gesagt hat? Wirklich spät, mit all dem herauszurücken. Wahrscheinlich müsste ich Zuckerbrot anrufen. Aber Philipp war ja bei der Polizei, er hat ausgesagt, dass er im Park war. Man hat ihn bloß nicht ernst genommen. Was kann ich dafür?

Ich drücke zum zweiten Mal innerhalb weniger Tage auf die Klingel am Haustor der Arztpraxis, wieder wird geöffnet. Ich gehe nach oben, hoffe, dass Dr. Weißgerber in seinem Behandlungsraum bleibt, suche nach der rothaarigen Sprechstundenhilfe, sehe aber nur die mit den kurzen dunklen Haaren. Die beiden Wartezimmer sind auch heute fast voll. Ich gehe auf die Sprechstundenhilfe zu, frage nach ihrer Kollegin.

»Nicole Frohner? Die arbeitet nicht mehr hier.«

»Sie war doch noch vor kurzem Sprechstundenhilfe.«

»Ich bin Ihnen gegenüber zu keinerlei Auskunft verpflichtet. Sie sind keine Patientin von uns, oder? Aber ich habe Sie schon gesehen …«

Ich beuge mich etwas vor und flüstere: »Haben Sie den Patienten schon gesagt, dass Dr. Hofer ermordet worden ist?«

Sie sieht mich irritiert an. »Nicht so laut«, flüstert sie, »wir wollen sie nicht verunsichern.«

»Aber irgendwann werden sie merken, dass er nicht wiederkommt. Außerdem: So ein Todesfall spricht sich herum.«

»Offensichtlich nicht so rasch«, erwidert sie mit einem Seitenblick auf die wartenden Patienten. »Vielleicht ist Wien doch eine Großstadt. Anonym. Und wenn es so weit ist, dann ist vielleicht schon alles geregelt. Man will, dass wir die Praxis so weiterführen, wahrscheinlich damit sie lukrativer verkauft werden kann.«

Das klingt gar nicht freundlich. Dabei ist es wohl auch im Interesse der Sprechstundenhilfen, wenn alles so weitergeht wie bisher.

Vielleicht hat Gerda von der Freundin ihres Mannes gewusst und sie hinausgeworfen. Was hat sie uns noch alles verschwiegen? Wahrscheinlicher ist allerdings, dass diese Nicole trauert und nach dem plötzlichen Tod ihres Geliebten nicht mehr hier arbeiten will – immer vorausgesetzt, Philipp sagt die Wahrheit.

»Ah, sie wollte wohl nach dem Tod von Dr. Hofer …«

»Seien Sie doch leise. Außerdem ist das Unsinn. Die hat Dr. Hofer selbst hinausgeworfen.«

»Wie bitte?«

»Die hat von Anfang an nicht zu uns gepasst, hat geglaubt, sie ist mit ihrem angefangenen Medizinstudium etwas Besseres, und um den Doktor ist sie herumscharwenzelt …«

»Und das hat ihm nicht gefallen?«

»Also wirklich nicht, außerdem hatte der arme Mann in den letzten Monaten ja andere Sorgen.« Sie verstummt.

»Wegen der Scheidung, ich weiß.«

»Was wollen Sie eigentlich?«, kommt es misstrauisch.

»Ach, ich wundere mich nur. Sie sagen, diese Nicole Frohner hat gar nicht hierher gepasst?«

Jetzt ist die Sprechstundenhilfe wieder in ihrem Metier. »Überhaupt nicht.«

»Und warum ist sie von Dr. Hofer gekündigt worden?«

»Es hat einen mörderischen … Pardon, einen heftigen Streit gegeben, sie muss irgendetwas angestellt haben.« Man sieht der Sprechstundenhilfe an, dass es sie ärgert, nicht zu wissen, was.

»Jedenfalls hat sie geschrien, und sogar er, der üblicherweise so ruhig war, vor allem gegenüber den Patienten, hat gebrüllt. Die Büroräume sind einen Stock höher, wir haben eine interne Treppe nach oben, ich habe natürlich nicht gelauscht. Jedenfalls ist sie dann heulend verschwunden, und niemand hat sie wiedergesehen.«

»Wann war das?«

»Vor einer Woche oder so, aber es hatte sich abgezeichnet.«

»Warum?«

»Sie hat eben nie zu uns gepasst.«

»Er hat wirklich Pech mit den Frauen«, sage ich lauernd.

»Das mit seiner Frau ist doch ein ganz anderer Fall«, erwidert sie missbilligend, »mit der hat er wirklich Pech gehabt. Alles hat er ihr geboten, das schönste Leben, und er war so ein Familienmensch, sogar gekocht hat er für die Kinder, er hat sie von vorne bis hinten umsorgt, und sie hat ihn von vorne bis hinten betrogen. Manche wissen eben wirklich nicht, was sie an ihrem Mann haben.«

»Wird sie jetzt nicht … faktisch Ihre Arbeitgeberin?«

»Wäre sie wohl gerne. Aber noch ist die Praxis Teil der Hinterlassenschaft. Es ist noch kein Testament aufgetaucht. Sie ist rechtskräftig geschieden und bekommt nichts.«

»Woher wissen Sie das so genau?«

»Na ich habe Dr. Hofers Anwalt angerufen. Ein sehr zuvorkommender Mann. Er war ja schon mehrere Male hier, als unser Doktor noch …«

»Ich kann es immer noch nicht glauben«, sage ich ernst und muss dabei gar nicht heucheln.

Das Telefon läutet, gleichzeitig kommen zwei neue Patienten bei der Tür herein. Man sieht der Sprechstundenhilfe an, sie hätte liebend gern weitergetratscht.

»Und Dr. Hofer – hatte der irgendwann einmal eine Freundin?«, frage ich rasch und leise.

Sie sieht mich empört an. »Wo denken Sie hin? Das hätte ich sicher gewusst.«

»Wo wohnt diese Nicole Frohner?«

Die beiden Patienten werden ungeduldig. Die Sprechstundenhilfe kramt in einem Telefonverzeichnis und hebt gleichzeitig das Telefon ab: »Ordination Dr. Hofer, grüß Gott.«

»Tiefenbacherweg 7b«, flüstert sie mir zu. »Sind Sie nicht doch von der Polizei?«

»Nein«, antworte ich.

»Schade, ich würde der so einiges zutrauen.«

## [ 8 ]

Noch im Auto versuche ich Vesna zu erreichen. Wir müssen überlegen, wie wir uns der rothaarigen Sprechstundenhilfe am besten nähern. Wir müssen herausfinden, was da stimmt: War sie die Freundin von Dr. Hofer? Worum ist es in dem Streit mit Dr. Hofer gegangen? Hatte er private oder berufliche Gründe? Ist sie gekündigt worden oder selbst gegangen? Sie soll erst gar keine Chance zu Ausflüchten haben. Aber am Mobiltelefon erreiche ich Vesna nicht. Ich wähle die Nummer des Detektivbüros.

»Zwerzl & Co.« – eine Stimme, von der ich nicht weiß, ob sie einem Mann gehört oder einer Frau. Vielleicht ist das Absicht, fällt unter Tarnen und Täuschen.

»Mira Valensky, ich hätte gerne Frau Krajner gesprochen.«

»Wen bitte?«

Ich werde ungeduldig. »Ich weiß, dass sie bei Ihnen arbeitet, sie ist meine Freundin, ich brauche sie dringend.«

»Tut mir leid, wir kennen keine Frau Krajner.«

»Schön so, dann richten Sie dieser Frau Krajner, die Sie nicht kennen, bitte aus, dass sie mich dringend zurückrufen soll.«

»Wie war Ihr Name?«

»Mira Valensky.«

»Sie sind keine Klientin von uns, Sie werden verstehen, dass wir im Interesse unserer Klienten sehr vorsichtig vorgehen müssen.«

»Mindestens wie CIA und FBI miteinander.«

»Wie bitte?«

»War nur ein Scherz.«

»Wenn Sie unsere Dienste in Anspruch nehmen wollen, dann rate ich zu einem unverbindlichen persönlichen Gespräch. Unsere Dienstleistungen ...«

Ich unterbreche: »Sie geben mir Ihre Adresse? Ich dachte, ich würde an einer Straßenecke in ein Auto gezogen, Sie verbinden mir die Augen und ich komme zu Ihnen, so geheim, wie es nur geht.«

»Sie machen sich lustig.« Das klingt beinahe traurig.

»Nein, aber ich habe nicht viel Zeit. Also bitte: Wenn Sie die Ihnen gänzlich unbekannte Frau Krajner zufällig treffen – sie soll mich anrufen, Mira Valensky.«

»Ich kann nichts versprechen …«

»Das geht mir auch so. Trotzdem danke, auf Wiederhören.«

Ich stecke mein Mobiltelefon in die Tasche, denke nach, ob ich auf Vesnas Rückruf warten soll, denke, denke – und zucke in die Höhe. Ich muss im Auto eingeschlafen sein. Ich sollte in die Redaktion. Da fällt mir ein: Ich habe Gismo nicht gefüttert, ich weiß gar nicht, ob ich sie gesehen habe. Ich bilde mir ein, ja, aber ich kann es nicht sicher sagen. Was, wenn sie jemand gekidnappt hat? Wer kidnappt schon eine Katze? Oder wenn sie mir in meinem ganzen selbstsüchtigen Gefühlsmatsch entschlüpft ist, bei der Türe hinaus, ins Stiegenhaus, von dort ins Freie? Sie hat im Weinviertel für einige Monate die Vorzüge der Freiheit kennengelernt. Und sie ist mir in Wien schon einmal weggelaufen und hat das kaum überlebt. Ich muss heim.

Ich renne die Stufen zu meiner Wohnung hinauf und denke mir, so wie ich momentan unterwegs bin, brauche ich wirklich kein Fitnesstraining. Ich sperre auf, und mir fällt ein Stein vom Herzen, Gismo starrt mich still an. Wenn ich heimkomme, und sie brüllt nicht in der Gegend herum, dann ist sie beleidigt.

Ich streichle sie, sie lässt es sich gefallen, allerdings ohne zu schnurren. Dosenfutter scheint mir in dieser Situation unangebracht, aber der Kühlschrank ist beinahe leer. Ein Blick in den Gefrierschrank. Wunderbar, ein großes Stück Rostbraten, der lagert hier ohnehin schon ein bisschen zu lang. Ich nehme das Fleisch heraus, gebe es zum Auftauen in die Mikrowelle, und während ich durch die Scheibe starre, schlafe ich beinahe im Stehen ein. Nur halb wach überlege ich: Besser, ich bringe gleich alles in Ordnung. Es liegt an mir, Oskar anzurufen. Kein Wort von gestern Abend.

»Oskar Kellerfreund.« Es klingt etwas gehetzt. Ich liebe ihn dafür, dass er seinen Titel nur bei beruflicher Notwendigkeit gebraucht. Ich liebe ihn – auch – dafür.

»Hallo, ich bin's. Bist du in Eile?«

»Mira«, das klingt warm und erleichtert, »ich sollte schon unterwegs zu einem Klienten sein, aber ich bin aufgehalten worden, heute geht ununterbrochen das Telefon.«

»Ich kann auch später ...« – Und plötzlich habe ich eine Idee, wie wir nicht von gestern, sondern von der Zukunft reden können: »Ich habe mir gedacht: Was ist, wenn wir deine Mutter zu dir nach Hause einladen? Wir kochen etwas Nettes und erzählen ihr dann von der Hochzeit, was meinst du dazu?«

»Das willst du dir antun?«

»Dafür, dass die Wohnung sauber ist, bist du zuständig.« Ich setze mich auf einen meiner Küchenstühle und starre wieder auf die Mikrowelle.

»Also wirklich, so schlimm ist sie auch wieder nicht«, er lacht, »okay, ist sie doch – was das angeht. Ja, das ist eine großartige Idee. Wann?«

»Sag mir einfach, wann es dir passt.«

»Hat sich etwas Neues getan in der Sache von Gerda?«

»Ich dachte, ich sollte das den Profis überlassen?«

»Tut mir leid«, kommt es zurück, »manchmal schlägt einfach der Anwalt in mir durch.«

»Ich erzähle es dir am Abend. Bei dir oder bei mir?«, frage ich.

»Wie du willst«, erwidert er.

Momentan überbieten wir uns ja geradezu in gegenseitiger Rücksichtnahme.

»Gehen wir essen und entscheiden wir dann«, schlage ich vor.

»Wunderbar. Jetzt muss ich wirklich los«, sagt Oskar. »Ich liebe dich.«

»Ich dich auch.« Ich sage es aus vollem Herzen.

Jetzt muss ich für seine Mutter kochen. Und sie wird überlegen, ob ich wenigstens als Köchin ihres Sohnes würdig bin – ich könnte Bocuse, Witzigmann und Johanna Maier in einer Person sein und wäre es noch immer nicht, darauf würde ich wetten. Aber wenigstens erspare ich mir ihre repräsentative Altbauwohnung mitsamt den Stilmöbeln und Biedermeierbildern. Mir macht so eine Umgebung Gänsehaut.

Ich sollte in die Redaktion. Und ins Fitnessstudio. Und wache mit dem Kopf auf dem Küchentisch auf, weil mich Gismo anbrüllt. Ihr Fleisch in der Mikro! An den Rändern ist es schon etwas graubraun angebraten, aber das macht ihr wohl nichts. Ich schneide es in nicht zu kleine Würfel, sodass sie etwas kauen muss, und lege mich in voller Kleidung nur für einen Moment auf das Bett.

Als ich diesmal aufwache, ist es schon später Nachmittag. Noch ganz benommen wasche ich mir das Gesicht, helfe mit Puder und Wimperntusche etwas nach, wieder munter oder zumindest lebendig auszusehen, renne los Richtung Redaktion. Das ist der Nachteil daran, dass ich jetzt ein Fixum bekomme: Ich muss mich beim »Magazin« auch regelmäßig sehen lassen. Am späteren Nachmittag in Wien mit dem Auto unterwegs zu sein ist etwas für Menschen mit viel Zeit. Stau überall. Also zur U-Bahn-Station. Der Zug fährt ein, als ich an der obersten Stufe angelangt bin, ich galoppiere nach unten, gerate beinahe aus dem Takt, komme mir schwerfällig vor, langsam, kann doch noch gerade durch die sich schließende Tür in den Waggon springen, bekomme von der rechten Türhälfte einen Schlag gegen die Schulter, aber ich bin drinnen, und was ist schon ein blauer Fleck? Einige Leute starren mich an. Ich keuche und fühle mich noch immer wie von einem anderen Stern hierhergebeamt. Solche nächtlichen Eskapaden sind nichts mehr für dich, Mira – auch wenn es genau genommen nicht sehr viele derartige Eskapaden in meinem Leben gegeben hat. Nichts, was ich bedauere. Ich hetze drei Stationen später die Stufen nach oben, komme in einen Regenschauer, verfluche das miese Sommerwetter, grüße an der Rezeption nur kurz, so als ob ich heute schon öfter vorbeigekommen wäre, will nicht den vorderen Lift nehmen, wer weiß, wen ich da treffe, sondern gehe den Gang zur Tiefgarage entlang, hinten ist ein zweiter Lift. Stimmen. Ich bremse ab, lausche. Kann mir doch eigentlich egal sein, wenn mich jemand sieht.

Zwei Menschen flüstern aufgeregt aufeinander ein. Ich kann sie nicht sehen, sie sind hinter der Tür zur Tiefgarage. Gerda, die eine Stimme gehört Gerda, ich bin mir beinahe sicher. Ist sie nicht mehr in Untersuchungshaft?

Ich schleiche mich näher heran, die schwere Metalltür zur Tiefgarage ist bloß angelehnt.

Ich kann nicht alles verstehen, schnappe nur die Worte auf: »... wegen der Rechnung, aber die halten dicht«, und ein gezischtes »Sag so was nicht«, und von ihm – ist es Peter Königsberger? –: »... dich nicht verdächtige«. Dann höre ich hinter mir Schritte, gehe rasch von der Tür weg, einer aus der Chronikredaktion quatscht mich an. »Sag nicht, du hast einen der wenigen Tiefgaragenplätze ergattert? Welche Art der Protektion braucht man dafür eigentlich? Ich fürchte eine, auf die ich als Mann keine Chance habe.«

»Tja, falsch geboren«, erwidere ich spöttisch, derartige Sexismen regen mich schon lange nicht mehr auf. Ich gehe zum Lift und fahre in unsere Etage. Soll ich Gerda nach diesem eigenartigen Gespräch fragen? Ist sie gekommen oder gegangen? Und was, wenn Gerda doch mehr mit dem Tod ihres Mannes zu tun hat, als ich glauben will?

Sie hat kein Alibi. Sie hat ein Motiv. Sie war immer schon emotional. Sie ist zum Lieblingsfeind ihres Mannes avanciert. Aber warum hat sie ihn dann nicht vor der Scheidung umgebracht? Vielleicht hat sie keine Möglichkeit gefunden. Und als sich vor der Vermögensaufteilung eine Chance ergeben hat ... hat sie dafür gesorgt, dass den Kindern wenigstens das Geld bleibt. Warum sitzt sie nicht mehr in U-Haft? Weil es keine Haftgründe gibt und Angelika Beer doch recht tüchtig ist? Haftgründe: Was sind überhaupt U-Haft-Gründe? Wiederholungsgefahr – in diesem Fall auszuschließen. Verdunkelungsgefahr – sie kann kaum noch Spuren verwischen. Fluchtgefahr – was weiß man, aber aufgrund der Kinder wohl eher unwahrscheinlich. Verabredungsgefahr – gilt ja nicht für potenzielle Liebesabenteuer, sondern für kriminelle Treffen. Von welcher Rechnung haben die beiden geredet? War der, mit dem sie so heftig debattiert hat, Peter? Ich muss mir das Wenige, das ich verstanden habe, merken.

Ich eile zu meinem Schreibtisch, unsere Gemeinschaftssekretärin hinter mir her.

»Wo warst du? Der Chefredakteur hat dich gesucht. Und Droch. Und ein Terrorexperte. Und ein Bruno Hörl, muss ein Freund von dir sein, ich hab ihm deine Mobilnummer gegeben.«

Auch das noch. Aber ich habe unseren Sekretärinnen immer wieder gesagt, sie können meine Nummer an alle außer offenkundig Irre und Querulanten weitergeben, schlimmstenfalls kann ich ja wieder einmal die Nummer ändern. Und ich bin nun mal neugierig. Üblicherweise.

»Was wollte der Chefredakteur?«

»Keine Ahnung, er ist schon weg.«

Glück gehabt. »Und Droch?«

»Auch schon fort.«

»Danke, okay, ich rede morgen mit allen.«

»Dann gehe ich jetzt auch«, sagt die Sekretärin und zieht ab.

Was haben die beiden geflüstert? Ich nehme einen Block aus der obersten Schreibtischlade und notiere: »wegen der Rechnung, aber die halten dicht« – da bin ich mir sicher, das hat Gerda gesagt. Aber hat er gesagt: »dich nicht verdächtige« oder »nicht dich verdächtige«? Das könnte einen Unterschied machen. Ich weiß es nicht mehr – verdächtigt er zwar nicht sie, aber jemand anderen? Wen? Und was war das Dritte? Es ist mir nicht so wichtig vorgekommen, ich glaube, es war etwas eher Allgemeines, aber wer weiß … Ich zermartere mir das Hirn, doch ich komme nicht darauf.

Rechnung … Es ist viel um Geld gestritten worden, allerdings zwischen Gerda und ihrem Ex. Was für eine Rechnung kann es geben, die auch Peter angeht – wenn es Peter war? Wer soll es sonst gewesen sein? Die Stimme ist mir bekannt vorgekommen.

Ich checke meine Mails, es ist eines von Elisabeth Novotny dabei samt Telefonnummer und Mail-Adresse des Sportkameraden Andreas Glaubermann.

Mit Unbekannten maile ich lieber als zu telefonieren. Es ist irgendwie distanzierter, ich kann mir genauer überlegen, was ich schreibe, und muss nicht umgehend Antworten geben. Zur Not kann man sogar so tun, als sei gar nichts angekommen. Verschollen im Cyberspace … Andererseits ist es doch auch wieder seltsam, einen Fremden so per Mail zu fragen, wie der verblichene Dr. Hofer denn so war als Volleyballspieler. Ich könnte ein Treffen vorschlagen. Aber momentan habe ich von Treffen mit Männern genug. Nicht dass die Gefahr bestünde, gleich wieder in so ein Schlamassel wie letzte Nacht zu kommen … Ich wähle seine Nummer.

»Glaubermann.«

»Mira Valensky. Ich bin eine Freundin von Gerda Hofer.«

»Ich fürchte, Sie haben sich verwählt.« Das klingt freundlich, aber auch bestimmt.

»Sie haben mit Dr. Hofer, dem praktischen Arzt, doch bis vor einigen Jahren in einer Volleyballmannschaft gespielt, nicht wahr?«

»Und warum fragen Sie das?«, kommt es nun misstrauisch zurück.

Ich seufze, ich hätte mir vorher überlegen sollen, wie ich ihm das erkläre. »Ihre Studienkollegin Elisabeth Novotny hat mir Ihre Nummer gegeben, sie ist die Schwester von Gerda Hofer. Ich …«

»Ja, richtig. Mit Elisabeth habe ich noch losen Kontakt. Wie geht es ihr?«

Was soll man auf eine solche Frage schon sagen? »Dr. Hofer ist ermordet worden.«

Stille in der Leitung. Wahrscheinlich überlegt er, ob ich eine Verrückte bin.

»Sie können Elisabeth fragen«, füge ich hinzu.

»Ja. Und weshalb rufen Sie mich an? Er spielt seit Jahren nicht mehr bei uns, seither habe ich ihn nicht mehr gesehen.«

»Ich versuche mir ein Bild zu machen, wie er so war … Vielleicht kommen wir so dahinter, wer ihn ermordet haben könnte.«

»Und es ist sicher Mord?«

»Ganz sicher.«

»Sie sind Journalistin. Ich gebe kein Interview in so einem Zusammenhang.«

Was jetzt? Zugeben, dass ich tatsächlich Journalistin bin, wenn auch nicht hinter einer Story, sondern hinter der Wahrheit her? »Rufen Sie Elisabeth an, dann wissen Sie, dass ich nicht darüber schreiben will, sondern Gerda helfen möchte, den Mörder ihres Mannes zu finden.« Die ganze Geschichte muss ich ihm ja nicht erzählen.

Er zögert ein paar Sekunden. »Na gut. Was ich sagen kann, ist ohnehin kurz und unspektakulär. Ich kannte ihn kaum, er ist nur sehr selten nach dem Training noch auf ein Bier mitgegangen. Er war ein recht guter Spieler, hätte er häufiger trainiert, hätte er es von unserer Juxmannschaft sicher in die Kampfmannschaft geschafft. Und: Er hatte selbst auf dem Spielfeld immer sein Piepserl dabei, später dann das Mobiltelefon. Damit er immer für seine Patienten erreichbar war. Wir haben ihn deswegen bisweilen aufgezogen. Man kann das Pflichtbewusstsein auch übertreiben. Bei uns spielt noch ein anderer Arzt, der sieht das auch so. Es muss doch auch so etwas wie Freizeit geben, oder?«

»Fällt Ihnen noch etwas ein? Irgendeine Besonderheit? Eine Charaktereigenschaft?«

»Wie gesagt: Er war schon fast übertrieben verantwortungsbewusst. Und die Praxis hat ihn langsam aufgefressen. Das war dann auch der Grund, warum er nicht mehr zum Training gekommen ist: keine Zeit.«

Ich bedanke mich, und während der Verabschiedungsfloskeln fällt mir ein, dass ich ja mit Oskar essen gehen wollte. Noch einmal sollte ich ihn nicht versetzen. Er will mir ein ganz besonderes chinesisches Lokal zeigen, hat er per SMS vorgeschlagen. Prager Straße, keine Gegend, in der man gute Lokale vermuten würde. Ich verirre mich im Baustellendschungel rund um die Nordbrücke, fluche, hier gibt es außer Beton über mir und neben mir und unter mir und vielen Straßenbahngeleisen und Autos auf zu vielen Spuren nichts, die provisorischen Wegweiser sind verwirrend. Ich muss die verdammte Brücke noch einmal überqueren, Auto an Auto, Baustelle auch auf der Brücke, Beton in allen Aggregatzuständen, selbst als Staub in der Luft, nur eine Spur in jede Richtung, man schiebt sich vorwärts, kaum einer achtet auf die Donau, die ruhig und mächtig unter uns dahinfließt. Ich atme flach und denke, Wien ist trotz allem eine wunderschöne Stadt, hat in den letzten Jahren durch die neuen Hochhäuser am Wasser noch gewonnen. Jetzt bin ich zu weit stadtauswärts gefahren und staune: Gleich hinter den großen Wohnblocks an der Brünner Straße hört die verbaute Gegend auf, plötzlich sind da Platz und flaches grünes Land und eingeschossige Häuser wie in den Dörfern nordöstlich von Wien. Immer wieder gibt es in meiner Stadt noch etwas zu entdecken.

Zurück Richtung Innenstadt, und endlich: Prager Straße und auch das Lokal. Oskar wartet schon im Garten und hat bereits bestellt.

»Am besten, man lässt sich einfach etwas servieren, hat mein Klient gesagt, er hat lange in China gelebt und meint, hier kann man essen wie in Shanghai.«

Klingt aufregend, ist es auch, und die nächsten zwei Stunden konzentrieren wir uns auf geschmorte Entenzungen und Tofuvariationen und Süßwasseraal und Yellow Fish und viele Köstlichkeiten mehr.

Gegen Ende unserer Schlemmerei meint Oskar: »Übrigens: Wenn es bei dir geht, könnte Mutter morgen zu uns kommen.«

»Schon morgen?«

»Sie isst ohnehin nicht besonders viel, du musst dir keine große Arbeit machen, übermorgen fährt sie mit zwei Freundinnen zu einem langen Bridgewochenende auf den Semmering.«

Ich atme durch, denke an letzte Nacht und lächle. »Okay, kein Problem, wenn du Zeit hast, den Tisch zu decken.«

Oskar ist sichtlich erleichtert. »Auch dafür, meine Süße.«

Wir brauchen noch zwei Gläser Rosenschnaps, bevor wir uns wieder erheben können, und hätte mich danach jemand auf Chinesisch angesprochen, ich hätte ihm sicher auf Chinesisch geantwortet.

Am Morgen dusche ich in Oskars Luxusbadezimmer und denke mir gerade, hier zu wohnen wäre doch nicht so übel, als mein Telefon läutet. Patschnass fingere ich danach, meine Neugier ist einfach zu groß.

»Du wolltest mich sprechen?«, fragt Vesna.

Ich sehe mich vorsichtig um, kein Oskar in Sicht. »Gerda ist offenbar aus der U-Haft entlassen worden. Per Zufall habe ich gestern einen Streit zwischen ihr und vermutlich Peter gehört. Das heißt, verstanden habe ich nicht sehr viel, nur einige Wortfetzen. Einmal ging es um eine Rechnung.« Dumm, dass ich den Notizzettel in meinem Büroschreibtisch liegen gelassen habe. »Und er hat irgendwann gesagt, dass er sie nicht verdächtige. Ich frage mich: Um welche Rechnung kann es gehen? Gerda hat mit ihrem Ex ums Geld gestritten, aber mit Peter?«

»Du bist dir sicher, das war Peter?«

»Nicht ganz, aber wer soll es sonst gewesen sein? Ihr Ex scheidet eindeutig aus. Und jemand aus der Redaktion … Was gäbe es für einen Grund, mit jemandem wegen einer Rechnung zu streiten?«

»Hast du auch Recht. Entweder wir fragen Gerda, oder wir überlegen, was es für Rechnungen gibt, vielleicht kann man in die Scheidungsakten sehen, bei deinen guten Kontakten zur Anwältin.«

Ich knurre etwas.

»Bist dir auch nicht mehr so sicher, ob nicht doch Ehefrau die Täterin war, was?«, setzt Vesna nach.

»Ich glaub's trotz allem nicht.«

»Wir fragen Gerda noch nicht, sondern schauen, was wir sonst rauskriegen. Zuerst ich werde klären, ob Gerda wirklich mit Peter geredet hat. Wo war das genau?«

Ich beschreibe es ihr, und bevor ich noch fragen kann, wie sie das machen will, kommt Oskar und ruft: »Frühstück ist fertig.« Ich lege das Telefon rasch weg und denke mir, ich werde sicher an Gewicht zulegen, wenn ich mit Oskar zusammenwohne. Wenn ich allein bin, geht sich Frühstück nie aus.

Der Chefredakteur berichtet in der Sitzung über rigorose Sparmaßnahmen an den österreichischen Universitäten. Was ist mit ihm los? Derartiges hat ihn noch nie gekümmert, er hält sowohl Budgetpolitik als auch Universitätsbelange für Minderheitenthemen. Jetzt aber gibt er sich empört und meint, sogar wichtige Fächer sollen gestrichen werden, wie zum Beispiel die einzige umfassende sexualwissenschaftliche Ausbildung, die es in Österreich gebe.

Mir dämmert etwas, und das blöde Grinsen einiger meiner Kollegen bestätigt mich. Der Chefredakteur fährt fort: »So hat es zum Beispiel eine ausgezeichnete Diplomarbeit einer Studentin über die Selbstbefriedigung der Frau im Lauf der Zeiten oder so gegeben, das darf doch nicht wieder alles zum Tabu werden. Ich meine, wir leben in einer aufgeklärten Zeit. Es ist höchste Zeit für eine Story über dieses so sträflich vernachlässigte Gebiet der Sexualwissenschaft, und vielleicht kann man ja auch Auszüge aus dieser Diplomarbeit publizieren.«

Ich lächle ihn an: »Wenn es um Sexualwissenschaft geht, mache ich die Reportage gern.«

Der Chefredakteur stottert, natürlich gehe es darum, worum sonst? Und es sei sehr nett, dass ich mich anbiete, mich dieses heiklen Themas anzunehmen, aber ich hätte doch mit dem Terror und dem dritten Teil der Fitnessreportage ohnehin so viel zu tun. Er finde, das sei ein Thema für Ed. Der Chronikredakteur grinst von einem Ohr zum anderen, als hätte er eine Goldmedaille gewonnen.

»Kann es sein, dass es in der Story eher um Sex als um Wissenschaft gehen soll?«, frage ich.

Der Chefredakteur blickt unschuldig in die Runde. »Um Sexualwissenschaft eben, und ich bin mir sicher, dass das sehr viele Menschen interessiert.«

Mein Mobiltelefon vibriert. Als ob ich in der Schulbank säße, ziehe ich es verstohlen unter dem Block hervor: ein SMS von Vesna. »Peter hat mit G. gestritten, habe Idee, komme zu Türken sobald du wegkannst.«

»Mich braucht hier ohnehin keiner mehr, oder?«, frage ich den Chefredakteur. »Ich habe einen wichtigen Termin.«

Er sieht mich erstaunt an. Dass ich so schnell klein beigebe, kennt er von mir nicht. »Ich hoffe, Sie verstehen das nicht falsch, ich finde, Ed sollte auch einmal die Chance zu einer großen …«

»Gar kein Problem«, lächle ich. Besser, ich muss mich nicht mit dem Chefredakteur darüber streiten, wie spekulativ eine Reportage über Sexualwissenschaft sein darf. Ich stehe auf und verlasse das Sitzungszimmer. Selbst Droch sieht neugierig hinter mir drein.

Vesna sitzt am Tisch hinten im Eck.

»Woher weißt du, dass es Peter war?«, frage ich sie.

»Ganz einfach: Ich bin ins ›Magazin‹-Gebäude gegangen und habe eine Geldtasche mitgenommen. Dann habe ich bei Empfang gesagt, ich war gestern da und habe eine Geldtasche gefunden, kann gut sein, sie gehört einem Mann, den ich kurz vorher gesehen habe, und ich glaube, ich kenne ihn aus dem ›Magazin‹. Ich habe um alte ›Magazin‹-Ausgabe gebeten, von dir weiß ich ja, wann die Reportage über die Drehbuchschreiber erschienen ist, habe auf Peter Königsberger gedeutet und gemeint, das könnte der Mann sein. Ist er da? Wenn sie ihm gehört, will ich ihm Geldtasche zurückgeben.«

»Und?«

»Sie hat das Bild angeschaut und hat dann in der Garage angerufen. Da muss es einen Hausarbeiter geben oder so etwas.«

»Ja, Onkel Hans, so nennen ihn alle.«

»Und dann ist der gekommen und hat gesagt, ja, der war gestern da, er wollte nur etwas abgeben in der Fotoredaktion, deswegen hat er ihn in Garage fahren gelassen, das war so zirka um 18 Uhr. Sie haben gefragt, ob sie Kontakt herstellen sollen. Dann habe ich gesagt, danke, um den Rest kümmere ich mich selber, und ich bin schnell davon, bevor sie noch in der Fotoredaktion anrufen.«

»Gar nicht übel«, staune ich.

»Ist eine Kleinigkeit, Routine«, erwidert Vesna. »So etwas geht meistens.«

»Und wenn sie Gerda etwas davon erzählen?«

»Auch egal, denn Hauptsache, wir wissen jetzt, dass es Peter war, mit dem sie gestritten hat. Aber es kommt noch besser: Ich habe nachgedacht über Rechnung, die sie beide angehen kann: Entweder sie planen ganz geheim eine gemeinsame Zukunft, also eine Wohnung oder so etwas, oder es ist die Detektivrechnung.«

»Gerda hat auch einen Detektiv?«

»Nein, das lauft anders. Wenn sich herausstellt, dass jemand betrogen hat, muss er die Kosten für den Detektiv tragen, der es herausgefunden hat. Das ist so bei Vermögensdelikten und auch bei Ehebruch. Der, der aus Verschulden geschieden wird, muss Detektivkosten zahlen. Damit werben Detektivbüros sogar.«

»Wie bitte? Zuerst lässt man jemandem nachspionieren, und dann brummt man ihm auch noch die Detektivkosten auf?«

Vesna sieht leicht beleidigt drein, offenbar hat sie bei aller Skepsis doch schon einiges von ihrer neuen Branche angenommen. »Ist so. Wenn der Einsatz gerechtfertigt war. Wenn jemand glaubt, dass der Ehepartner fremdgeht und zu einen Detektiv kommt, dann sagt ihm der, dass er wahrscheinlich die Kosten der Ermittlungen gar nicht tragen muss, sondern eben der untreue Ehepartner. So nimmt man leichter einen Detektiv. Ist ja nicht billig.«

»Und wenn der Verdacht nicht begründet war?«

»Dann muss Auftraggeber selbst zahlen.«

Ich überlege. Dass Gerda nach der Scheidung auch noch die Rechnung für den Detektiv bekommen hat, könnte das Fass zum Überlaufen gebracht haben. Ich ziehe den Zettel mit meinen Notizen aus der Tasche. »Das würde auch erklären, warum sie gesagt hat: ›... wegen der Rechnung, aber die halten dicht‹.« Das Detektivbüro hält nach außen hin dicht, das ist anzunehmen. Das Detektivbüro heißt Investigations Unlimited, das wissen wir von Gerda. Für einen Moment stutze ich. Ist es fair, Nachforschungen anzustellen, die sich auch gegen sie richten können? Andererseits hat sie uns eine Menge verschwiegen. »Glaubst du tatsächlich, er war imstande, Gerda auch noch die Detektivkosten zu verrechnen?«

»Glaube ich sofort«, erwidert Vesna. »Jetzt müssen wir nur mehr an die Rechnung kommen. ›Investigations Unlimited‹ klingt nur groß, ist aber nicht viel größer als Zwerzl & Co., bloß andere Philosophie. Mit Internet-Auftritt, wo gleich auf erster Seite damit geworben wird, dass der Täter Kosten übernehmen muss. Ich habe mir gedacht: Ich kann so tun, als will ich bei ihnen arbeiten, dann stöbere ich in unbemerkter Minute in Aktenschrank, finde die Rechnung, wir wissen, dass wir richtig gedacht haben und von wann sie ist.«

»Jetzt bist du in einem alten Film«, hole ich Vesna zurück. »Anstelle der Aktenschränke gibt es heute Computer, und im Computer eine bestimmte Rechnung zu finden ...«

»Dann probieren wir es gemeinsam, eine kann ablenken, andere kann schauen. Die meisten Rechnungen sind auch in einem Ordner, zumindest bei Zwerzl ist das so. Jetzt ist gegen Mittag, eine gute Zeit, da sind die meisten essen oder unterwegs.«

Ich überlege, wie wir uns vorstellen könnten. Am besten, man bleibt möglichst knapp neben der Wahrheit. Ich könnte ja sagen, dass ich an einer sehr heiklen Reportage arbeite und unter Umständen professionelle Hilfe brauche, und ich will das mit dir, aber nicht mit Zwerzl & Co.

machen, du könntest dir vorstellen, zu ihnen zu wechseln – bei den richtigen Bedingungen.«

»Klingt gut«, stimmt Vesna zu.

Investigations Unlimited ist in einem Wohnhaus aus den Siebzigern untergebracht, billige Wohn- und Bürogegend knapp vor dem Gürtel, im selben Haus befinden sich der Verband der Diätassistentinnen, ein Baubüro, ein Verlag namens Flora, von dem ich noch nie gehört habe. Unauffälliger geht es wirklich nicht. Wir läuten nicht beim Detektivbüro, sondern beim Verband der Diätassistentinnen. Ohne Rückfrage summt es, die Haustüre geht auf. Das Stiegenhaus ist eng, es hat die typischen billigen Granitstufen, hier müssen auch Privatwohnungen sein, es riecht penetrant nach gekochtem Karfiol. An den Fenstern Topfpflanzen, sie wirken wie aus vergangenen Jahrzehnten übrig geblieben: Sanseverien, Gummibäume.

Im zweiten Stock dann ein rotes Schild mit weißer Schrift: »Investigations Unlimited«.

»Lass mich machen«, sagt Vesna.

»Ich bin die mögliche Auftraggeberin«, erwidere ich.

»Okay, aber Eintritt mache ich.«

Ich nicke, obwohl: läuten kann ich gerade auch noch.

Vesna läutet, sieht hinauf zu einer kleinen Kamera.

»Haben Sie einen Termin?«, fragt uns eine Stimme.

»Ich habe vielleicht einen Auftrag für Sie«, antworte ich rasch, und die Türe schnappt auf. Ein schmaler Wohnungsgang, unmöbliert. Fünf Türen, aus der ersten kommt eine dickliche Frau in unserem Alter, sie sieht besorgt drein. »Es ist niemand da, alle sind unterwegs, tut mir leid, ich kann Ihnen nur einen Termin geben.«

»Alle sind unterwegs?«, lächle ich. »Und was ist mit Ihnen? Sie sind ja auch jemand.«

Der Blick der Frau hellt sich etwas auf. »Ich bin aber nur die Sekretärin.«

Perfekt, in ihr Zimmer wollen wir, aber wie sollen wir sie ablenken?

Vesna strahlt. »Das trifft sich gut, weil was wir wollen … da ist es gut, zuerst mit Sekretärin zu reden, die kennt sich am besten aus.«

»Na ja«, sagt die Sekretärin und sieht wieder etwas verschlossener drein, sie arbeitet nicht von ungefähr in einem Detektivbüro.

»Also, es geht um Folgendes«, setze ich an.

»Ich sehe mal nach, wann der Chef Zeit hat«, unterbricht sie mich.

»Ja, bitte«, sage ich und folge ihr ins Büro. Natürlich, ein Computer. Bevor sie noch nachsehen kann, rede ich weiter. »Und bestellen Sie ihm bitte, dass es um eine heikle Sache geht, sonst wären wir nicht zu Ihnen gekommen.«

»Heikle Sache« scheint ihr zu gefallen, sie hat eindeutig die Ohren gespitzt. »Ich arbeite beim ›Magazin‹«, rede ich weiter und drücke ihr gleichzeitig eine Visitenkarte in die Hand, »und momentan bin ich hinter einer ziemlich brenzligen Sache her, bei der ich professionelle Hilfe brauchen könnte. Frau Krajner« – ich zeige auf Vesna – »könnte bei Ihnen anheuern und gemeinsam mit Ihrem Team arbeiten, sie hat einschlägige Branchenerfahrung.«

Vesna lächelt. »Um ehrlich zu sein, ich bin als freie Mitarbeiterin in einem anderen Privatdetektivbüro, aber ich überlege zu wechseln, wenn alles passt.«

»Sieh an.« Jetzt haben wir die Aufmerksamkeit der Sekretärin. »Wo?«

»Sie werden verstehen, dass ich das jetzt noch nicht sagen kann«, erwidert Vesna, »Diskretion.«

»Unser Chef muss in einer halben Stunde wieder da sein, wenn er nicht aufgehalten wird«, sagt die Sekretärin.

»Wir könnten warten«, schlage ich vor.

Während die Sekretärin unsicher im Kalender hin und her blättert, nimmt Vesna unbemerkt einen schmalen Zettel vom Tisch und steckt ihn ein.

»Wo ist die Toilette?«, fragt sie.

Die Sekretärin weist ihr den Weg. Was hat Vesna vor?

»Ich fürchte, er hat wenig Zeit«, sagt die Sekretärin. »Kenne ich Sie nicht von irgendwo?«

»Vielleicht, ab und zu bin ich mit Bild im ›Magazin‹, ich habe einige Kriminalfälle aufgedeckt«, protze ich.

»Ja dann …«

Das Telefon läutet, die Nebenstellenanlage blinkt. Die Sekretärin sieht von mir zum Telefon und sagt: »Würden Sie mich für einen Moment entschuldigen? Da hat jemand direkt zum Chef durchgerufen.«

Sie steht auf und geht eilig den Gang hinunter. Was soll ich tun? Vesna ist noch nicht zurück. Vielleicht war der Zettel ein internes Telefonverzeichnis. Dann ist sie es, die angerufen hat, richtig vermutend, dass die Sekretärin lieber nicht neben mir abheben will. Sie wird versuchen, die Sekretärin hinzuhalten. Ich bin für solche Aktionen nicht geschaffen. Mein Herz klopft bis zum Hals, ich stehe auf, schleiche zur Tür, keine Sekretärin zu sehen. Schnell: Wo kann sie die Rechnungen abgelegt haben? Ich öffne einen Schrank, Ordner mit Buchstaben auf dem Etikett. H wie Hofer, aber da sind offenbar nur die Akten zu vergangenen Fällen drin. Jahreszahlen zwischen 1998 und 2004. Ich brauche die Rechnung, sonst nichts. Nächster Schrank. Ordner mit Daten auf dem Rücken. Ich nehme den aktuellsten. Rechnungen. Sie sind chronologisch geordnet, aber da ist keine dabei, die auf Hofer lautet. Verdammt. Meine Hände schwitzen, sodass ich den Ordner beinahe fallen lasse. Soll ich doch im Computer …? Halt. Noch mal zurück, ich blättere, glaube etwas gesehen zu haben, kann mich auch getäuscht haben, höre Schritte. Hier ist sie: Rechnung von Investigations Unlimited – an Peter Königsberger. Ich kann das Blatt doch nicht einfach mitnehmen … Auf dem Gang höre ich Vesna in Überlautstärke auf die Sekretärin einreden, sie will mich warnen. Mein Mobiltelefon. Ich reiße es aus der Tasche, Fotofunktion, ich drücke ab. Ich habe keine zweite Chance, es muss geklappt haben. Ich stopfe den Ordner zurück, und die beiden betreten den Raum, bevor ich mich wieder hinsetzen kann.

»Hübsches Büro«, sage ich. Hoffentlich hat sie nicht bemerkt, wie ich den Aktenschrank geschlossen habe.

»Danke«, sagt die Sekretärin.

»Ich denke, wir können doch nicht mehr warten«, murmle ich und sehe auf die Uhr. »Sie haben ja meine Karte, Ihr Chef soll mich anrufen.«

»Ja, wenn Sie meinen …«

»Herzlichen Dank«, lächelt Vesna und strebt schnell Richtung Ausgang. »Vielleicht sind wir ja bald so eine Art Kollegen.«

Still und unauffällig gehen wir die Stufen hinunter, nur vielleicht etwas rascher als sonst. Ich nicke Vesna zu. Sie hebt begeistert ihren Daumen. Ich habe nicht den ganzen Text lesen können, ich hoffe, das Foto ist etwas geworden. Nachdem wir um die Straßenecke gebogen sind, rennen wir zum Auto, ich sperre auf, wir springen hinein, ich fahre einige Blocks weiter und parke.

»Es gibt eine Rechnung für die Beschattung von Gerda Hofer, allerdings …«

»Was ist mit ihr? Hast du sie?«

»Allerdings lautet sie auf Peter Königsberger. Und mitgenommen habe ich sie nicht, aber fotografiert. Mit dem Mobiltelefon.«

»Auf Peter Königsberger …«, sagt Vesna nachdenklich. »Das geht auch. Darüber hat Zwerzl mit unserer Klientin geredet, die sich scheiden lassen will. Ihr Mann hat ohnehin kein Geld, also soll sie schauen, ob von einer Freundin ihres Mannes was zu holen ist, hat er gesagt – nach der Scheidung. Scheidungsgrund kann auch für Entschädigung aufkommen.«

»Super Methoden«, sage ich.

»Was wollen wir? Gefallt mir auch nicht wirklich, aber jetzt geht es um anderes. Zeige her das Foto.«

Ich suche die Fotodatei, und tatsächlich ist ein Blatt Papier zu sehen, aber nichts zu entziffern, das Display ist zu klein. Oder das Foto zu unscharf. Wir müssen zu meinem Laptop.

»Vielleicht hat Peter Königsberger gar nicht Gerda ein Alibi geben wollen, sondern selbst eines gebraucht«, überlegt Vesna. »Wenn man so eine Rechnung bekommt, kann man leicht wütend werden.«

»Sie ist an seine Privatadresse gegangen«, kann ich mich erinnern.

»Und er ist verheiratet, was Dr. Hofer gewusst hat. Er hat sie ihm zuschicken lassen, weil er wollte, dass Peters Frau alles erfährt«, denkt Vesna weiter.

»Sehr nett war er nicht, der liebe Herr Doktor«, sage ich darauf. »Nur konnte er nicht ahnen, dass Peters Frau ohnehin von Gerda wusste. Ist ja auch eher ungewöhnlich.«

»Ich muss sehen, ob dieser Peter den Tag, an dem Dr. Hofer ermordet wurde, wirklich daheim verbracht hat«, sagt Vesna. »Von Polizei werden wir es nicht erfahren. Und du schaust, ob das Foto etwas geworden ist, Mira Valensky.«

»Wie willst du das herausfinden?«

»Ich werde mir eine Geschichte ausdenken, weiß noch nicht, welche.«

»Peter weiß bestimmt, wer du bist. Gerda hat sicher von dir erzählt.«

»Ist mir klar, ich werde auch nicht ihn fragen, sondern seine Frau. Und ich werde ihn beobachten. Die meisten Menschen haben immer gleichen Tagesablauf, vielleicht war er ja teilweise daheim, aber ist dann weggegangen oder joggen oder einkaufen. Dann hat ihn jemand gesehen, sicher.«

Ich fahre Vesna in die Nähe des Hauses, in dem die Königsbergers wohnen. Wenig später übertrage ich das Foto vom Mobiltelefon auf den Computer. Ich atme auf, es ist beinahe jedes Wort zu entziffern. Mit dem Photoshop drübergehen. Schon die paar Standardkorrekturen reichen, jetzt ist alles gut lesbar. Ich drucke das Dokument aus. 4.200 Euro macht die Rechnung aus, die im Auftrag von Dr. Hofer gemäß dem Scheidungsurteil – es folgt die Aktenzahl – Peter Königsberger zugestellt worden ist. Ich sehe aufs Datum und halte die Luft an. Die Rechnung wurde zwei Tage vor Dr. Hofers Tod ausgestellt. Sie dürfte Peter Königsberger also exakt am Todestag oder einen Tag zuvor erreicht haben.

Gerda ruft mich an. Ich fühle mich mies, aber ich sage ihr nicht, was wir wissen. Vielleicht ist es ohnehin bloß zu ihrem Schutz, für den Fall, dass Peter der Täter war. Sie erzählt, dass sie aus der Untersuchungshaft entlassen worden ist und wie entsetzlich es sei, der Polizei möglichst alles zu erzählen und zu merken, dass sie einem nicht glauben.

»Warum haben sie dich dann so schnell entlassen?«

»Meine Anwältin hat ihnen mit den Medien gedroht, es gebe keinen Grund, mich festzuhalten, hat sie gesagt. Kann sein, dass sie auch dich als ›Magazin‹-Journalistin erwähnt hat.«

Spielt in diesem Fall keine Rolle. »Philipp war bei mir«, sage ich dann. »Er hat gesagt, er hat seinen Vater am ... entscheidenden Tag in einem kleinen Park bei der Praxis getroffen. Nachdem ihr gestritten habt.«

Gerda seufzt. »Es ist so schwierig mit ihm. Er will mich schützen. Er hat es auch der Polizei erzählt, die nehmen das aber nicht ernst.«

»Ich habe es gehört. Könnte er nicht doch die Wahrheit sagen?«

»Unsinn«, kommt es scharf zurück. »Ich war zwar nicht daheim, wissen kann ich es also nicht. Aber es passt nicht zu ihm, sich mit seinem Vater zu treffen. Ich habe ihm gesagt, dass er durch seine Aussage nur alles komplizierter und verworrener macht, aber ...«

»Was aber?«

»Er bleibt bei seiner Version.«

Von der angeblichen Freundin seines Vaters hat er offenbar nur mir erzählt. Um seine Mutter zu schonen? Weil ich als Einzige nachgefragt habe und er sich mehr ausdenken musste?

Auf meinem Schreibtisch in der Redaktion finde ich einen Zettel von Droch. »Sofort zu mir ins Büro! D.«, steht drauf. Das klingt nicht eben freundlich, aber vielleicht ist er auch einfach in Eile. Ich schlendere durch das Großraumbüro und überlege, was ich verbrochen haben könnte. Ich klopfe, Droch sagt: »Herein«, ich hätte ausnahmsweise gar nichts dagegen gehabt, wenn er nicht da gewesen wäre.

»Du wolltest mich sprechen?«, frage ich.

»Was führst du hier für eine Komödie auf?«

»Was?«

»Sei froh, dass der Chefredakteur nicht da ist, so ist der Anruf bei mir gelandet. Eine Detektivkanzlei, Investigations Unlimited – ein dümmerer Name ist denen wohl nicht eingefallen –, der Chef, ein gewisser Herr Ganz, hat mir erzählt, dass du ihn anheuern möchtest wegen einer risikoreichen Reportage, bei der du ›professionelle Hilfe‹ brauchst. Was soll das sein, wenn ich fragen darf?«

»Das ist ... Ich dachte, Diskretion ist bei solchen Büros selbstverständlich?«

»Er war eben professionell genug, um in einem solchen Fall in der

Chefredaktion nachzufragen. Wahrscheinlich hat er schon so seine Erfahrungen gemacht.«

»Was hast du ihm gesagt?«

»Dass ich mit dir Rücksprache halten muss – auch wenn du dir das gar nicht verdient hast.«

Ich seufze und erzähle. Droch schüttelt ein paarmal den Kopf.

»Wir haben nichts mitgehen lassen«, betone ich.

»Das mit den Detektivkosten ist tatsächlich üblich?«, fragt er. »Das kann einen schon wütend machen, wenn man nicht nur vom eigenen Mann überwacht wird, sondern dafür auch noch die Rechnung zahlen soll.«

»In diesem Fall sollte sie der so genannte Scheidungsgrund zahlen.«

»Auch der könnte ganz schön wütend werden.«

»Du siehst also ein, dass wir das herausfinden mussten.«

»Sehe ich nicht ein, ihr hättet mit eurem Verdacht zu Zuckerbrot gehen sollen.«

»Wirst du ihm davon erzählen?«

»Du weißt, ich trenne beruflich und privat – was man von dir nicht immer behaupten kann.«

»Wir sagen ihm alles, ist doch klar, aber Vesna versucht gerade herauszubekommen, ob Peter am Mordtag tatsächlich zu Hause war.«

»Seit Vesna in die Detektivlehre geht, seid ihr noch verrückter geworden.«

»Danke. – Was wirst du dem Typen von Investigations Unlimited sagen?«

Droch knurrt etwas Unverständliches.

»Was?«

»Dass sich die Sache leider zerschlagen hat, mit den besten Grüßen und vielleicht auf spätere Zusammenarbeit, bla, bla, bla.«

»Ich liebe dich«, strahle ich und falle ihm um den Hals.

Er befreit sich und brummt: »Kann ich sonst noch etwas für dich tun?«

»Wir wäre es mit einem Essen, nur wir beide …?« In dem Moment fällt mir ein: Heute Abend kommt Oskars Mutter, und er wird bei ihr um meine Hand anhalten oder so. Nein. Müsste ja eigentlich umgekehrt sein. Auch nicht. Meine Eltern. Sie wissen noch nichts. Ob mich Oskar verlassen würde, wenn ich die Sache quasi in vorletzter Minute abblase?

»Was murmelst du vor dich hin?«, fragt Droch misstrauisch.

»Ach nichts. Mist, ich habe vergessen, heute Abend kann ich nicht, aber in den nächsten Tagen …«

»Dann schau halt einmal nach, ob du in den nächsten Monaten ein Essen mit einem alten Trottel einschieben kannst.«

Ich nicke, rufe: »Kein Widerspruch!«, und renne davon.

Es ist viel zu spät, ich stehe im Supermarkt vor der Kühlvitrine mit Fleisch und kann mich nicht entscheiden. Das Telefon läutet. Für einen Moment habe ich die Hoffnung, es ist Oskar und er sagt, dass seine Mutter doch keine Zeit hat oder dass er keine Zeit hat oder dass er mich liebt, aber eigentlich nicht heiraten will.

Es ist Vesna. »Hast mich angerufen, habe nicht abheben können. Aber einiges weiß ich schon. Frau von Peter war nicht da, sondern bei Dreharbeiten für eine Werbeproduktion. Kein Nachbar hat Peter aus der Wohnung kommen gesehen. Das sagt aber nicht viel. Jetzt beschatte ich ihn, will wissen, wie sein Tagesablauf ist.«

»Hör zu, ich habe null Zeit, aber ich habe vergessen, dir etwas Wichtiges zu erzählen: Philipp, Gerdas Sohn, behauptet, sich am Mordtag am Nachmittag mit seinem Vater getroffen zu haben. Und er behauptet, sein Vater habe eine Freundin gehabt. Eine seiner Sprechstundenhilfen. Aber es sieht so aus, als hätte er sich das alles bloß ausgedacht. Noch dazu, wo Dr. Hofer diese Sprechstundenhilfe vor kurzem gekündigt hat.«

»Und wenn er doch die Wahrheit sagt? Soll ich mit ihm reden?«

»Ich weiß nicht … Lieber nicht zu viel Staub aufwirbeln.«

»Hast du auch wieder Recht. Ich passe auf Peter auf. Wenn du willst, wir können später überlegen. Am besten bei mir daheim. Ich muss etwas Kontrolle haben über meine Zwillinge.«

»Keine Chance, heute kommt Oskars Mutter.«

Vesna pfeift so laut durch die Zähne, dass ich den Hörer vom Ohr reiße. »Sage nicht, dass es ernst wird mit Hochzeit.«

»Ach Vesna«, seufze ich.

Ich hetze in Oskars Küche herum. Es soll Garnelen in Proseccogelee geben, danach rosa Entenbrust mit getrüffeltem Erdäpfelauflauf und Orangen-Muskat-Chutney, zum Abschluss Käse. Oskar soll irgendeinen Kuchen oder besser noch Petits Fours mitbringen. Backen ist nicht meine Stärke, und heute etwas zu riskieren wäre das Letzte.

Höchste Zeit, dass Oskar antanzt, er muss noch den Tisch decken und dafür sorgen, dass seine Wohnung in einem halbwegs präsentablen Zustand ist.

Der Prosecco köchelt bereits mit Pfefferkörnern, Pimentkörnern, einer Karotte, einer gelben Rübe, etwas Lauch und den Garnelenschalen vor sich hin. Abseihen, Karotte und Rübe zur Seite, Fond noch einmal zum Kochen bringen. Was ist, wenn Philipp zumindest teilweise die Wahrheit gesagt hat? Er ist groß und stark genug, um seinen Vater im Affekt mit einem Stein zu erschlagen. Aber würde er dann nicht den Mund halten? Und wenn er nicht möchte, dass seine Mutter statt seiner ins Gefängnis geht? Er ist sechzehn und vielleicht voller romantischer Ideen, oder er hält sich ganz im Gegenteil für völlig abgebrüht, oder beides wechselt im Halbstundentakt. Pubertät nennt man das. Jedenfalls aber scheint er seinem Vater gegenüber voller übler Gefühle gewesen zu sein.

Die Garnelen der Länge nach halbieren, den Darm entfernen, Garnelen in den kochenden Prosecco legen, warten, bis die Flüssigkeit wieder zu perlen beginnt, dann den Topf sofort vom Feuer nehmen. Die Garnelen sollen nur durchziehen, ja nicht kochen, so bleiben sie saftig und knackig.

Fünf Blatt Gelatine einweichen. Die mehligen Kartoffeln sind inzwischen gar, ich verbrenne mir beim Abseihen den Daumen und fluche. Wo ist Oskar? Seine Dr. Beer scheint doch recht tüchtig zu sein, wenn sie Gerda so schnell frei bekommen hat. – Wenn wir heiraten, dann muss wohl auch sie einsehen, dass sie bei Oskar den Kürzeren gezogen hat. Unsinn. Sie ist ja ohnehin nicht wegen ihm in Wien. Bin ich mir da ganz sicher? Und deswegen will ich heiraten? Nur um dieser Angelika etwas zu beweisen? Unsinn.

Konzentriere dich auf das Essen, Mira. Garnelen auf Suppenteller verteilen, Karotte und gelbe Rübe längs in ganz dünne Streifen schneiden und als Dekoration in die Teller legen. Proseccofond durch ein Etamintuch seihen. Verdammt, Oskar hat keines, was tun? Ich will keine Eiweißteilchen im gelierten Sud, er muss ganz klar sein. – Wie wichtig ist das für deine Zukunft, Mira? – Ha, eine Stoffserviette, Oskar hat genug Stoffservietten, wahrscheinlich ohnehin ein Geschenk seiner Mutter. Ich seihe die Flüssigkeit durch die Serviette, löse im klaren Fond die ausgedrückte Gelatine auf, begieße die Garnelen in den Suppentellern. Jetzt brauche ich sie nur noch kalt zu stellen. Zum Schluss werde ich sie mit hauchdünnen Limettenscheiben garnieren. Ich sehe auf die Uhr. Eineinhalb Stunden bis zum Eintreffen von Oskars Mutter. Das muss sich ausgehen. Mit Müh und Not finde ich im Kühlschrank Platz für drei Teller. Das jedenfalls wird sich ändern, sollte ich bei ihm leben: Wir brauchen einen größeren Kühlschrank, am besten so einen doppeltürigen mit Eiswürfelbereiter, wie ich ihn mir schon immer gewünscht habe.

Ich schäle gerade die Kartoffeln, als Oskar hereinkommt, und ich merke, dass er mindestens so nervös ist wie ich. Warum müssen sich halbwegs erwachsene Menschen so etwas antun?

»Hast du das Dessert?«, frage ich, als ginge es hier um eine lebenswichtige Operation.

Er lädt mit ernstem Gesicht eine Pappschachtel mit süßen Kleinigkeiten ab, die für mindestens zehn Personen ausreichen würden. Aber besser zu viel als zu wenig.

»Die Vorspeise ist schon fertig«, sage ich. »Du deckst den Tisch und schaust, dass alles sauber ist.«

»Wie wäre es mit einem Schluck Prosecco?«, antwortet er.

Sich Mut antrinken, gar keine üble Idee.

Er öffnet eine Flasche, schenkt ein. »Auf uns«, sagt er und lächelt endlich.

Ich sage nichts, proste ihm zu, wir trinken. Beruhigendes Prickeln. Er bleibt da stehen und sieht mir zu, wie ich in einem Mixbecher drei Eier schlage. Sechs Esslöffel Obers dazu und einen Esslöffel gutes Trüffelöl. Salzen, pfeffern. Mixen. Kartoffeln in Würfeln dazu, nur ganz kurz mit dem Pürierstab mixen.

»Was wird das?«, fragt er interessiert. Ihn scheint meine Kocherei heute mehr zu entspannen als mich.

»Kartoffel-Trüffel-Auflauf«, sage ich, »in seiner einfachsten Form. Kann übrigens gut sein, dass Peter mehr mit dem Mord zu tun hat, als wir gedacht haben. Dr. Hofer hat ihm die Rechnung über die Detektivkosten zuschicken lassen. Sie dürfte einen Tag vor dem Mord angekommen sein.«

»Dieser Hofer hat nichts ausgelassen, um sich Feinde zu machen.«

»Aber nur privat, als Arzt scheinen ihn alle geliebt zu haben.«

Ich koste die Masse. Schmeckt gut. Ich will eine Probe machen und fülle zwei Esslöffel des Kartoffel-Trüffel-Pürees in eine kleine Silikonform. Jetzt drei Minuten in die Mikrowelle. Oskar soll in der Zeit, in der ich die Aufläufe zubereite, mit seiner Mutter ja angeregt plaudern: Die Küche geht in den großen offenen Wohnraum über, und der Gebrauch der Mikrowelle ist manchen noch immer verdächtig, kann gut sein, dass Hofratswitwen für diese praktischen Strahlen nicht viel übrig haben.

Ich deute auf den Esstisch, der nahe der Glasfront zur Dachterrasse steht.

»Ich gehe ja schon«, sagt Oskar, »ich hätte nur noch gerne gewusst …«

»… wie der Kartoffel-Trüffel-Auflauf schmeckt.«

»… ob Angelika von dieser Detektivrechnung weiß.«

»Wir haben es noch niemandem gesagt, wir wollten niemanden aufschrecken, Wissensvorsprünge soll man nützen.«

»Aber eigentlich recherchiert ihr jetzt gegen Gerda. Obwohl sie Vesna bezahlt.«

»Wir wollen herausfinden, was wirklich passiert ist. Das war von Anfang an ausgemacht. Und wenn sie geglaubt hat, wir sind zu dumm, um hinter ihre Lügen zu kommen, dann geschieht ihr recht. Wobei …« Ich schäle nachdenklich eine große Zwiebel. »Wobei ich nach wie vor nicht glaube, dass sie es war. Aber wenn ich den Streit bei der Tiefgaragentüre richtig deute, dann verdächtigen sie sich gegenseitig oder haben den Verdacht, dass sie der jeweils andere verdächtigt.«

Die Mikrowelle klingelt, ich nehme den Auflauf mit einem Topflappen heraus, er ist flaumig geworden und ein wenig aufgegangen, gerade so, wie es sein soll. Ich stürze ihn, und bevor Oskar gierig hingreifen kann, sage ich: »Eine Minute warten!«

Er zuckt zurück.

»Was machst du da?«, fragt er und deutet auf die Zwiebel.

»Orangen-Muskat-Chutney.«

»Das auch noch. Das ist viel zu viel.«

»Sie soll wenigstens sehen, dass ich kochen kann.«

Oskar lacht und kostet den Auflauf. »Wunderbar«, lobt er.

Ich koste auch und finde, er ist noch ein wenig zäh. Ich gieße etwas Obers zur Masse und mixe noch einmal durch.

Oskar deckt den Tisch, während ich die Zwiebel in wenig Olivenöl anschwitze, gewürfelten Muskatkürbis beifüge, eine Bio-Orange schäle, filettiere und in Stücke schneide. Kürbis und Zwiebel mit weißem Balsamico-Essig und Prosecco ablöschen, einen halben Sternanis dazu, etwas Zimt, Salz, Chiliflocken – davon nehme ich deutlich weniger als sonst, damit seine Mutter nicht Feuer speit, für mich ist sie ohnehin nahe am Drachen. Mira, sei fair, sie ist ausgesprochen liebenswürdig und war immer freundlich zu dir. Nun gut, bis auf das eine Mal, wo sie dich gefragt hat, warum du als Journalistin arbeitest, anstatt deine »gute juristische Ausbildung« zu nützen. Und das andere Mal, wo sie mir nahegelegt hat, mich doch etwas »weiblicher« zu kleiden. Sie hat es sicher nur gut gemeint. Kürbis bissfest dünsten.

Ich erzähle Oskar von Philipps Behauptungen, und er meint, man solle Sechzehnjährige nicht unterschätzen.

»Hast du jemals einen sechzehnjährigen Mörder erlebt?«, frage ich.

»Habe ich nicht, aber eine siebzehnjährige Mörderin. Sie hat ihren Vater erstochen. Er hatte sie …«

»… missbraucht?«

»Nein, nicht fortgehen lassen am Abend. Alle sagten, er war ein sehr guter Vater. Und sie war völlig unauffällig.«

»Wer weiß, was sich intern abgespielt hat.«

»Ja. Was ist übrigens mit seiner Schwester?«

»Die will mit der ganzen Sache nichts zu tun haben.«

»Aber sie hat damit zu tun.«

Stimmt, und auch sie hat ein Motiv, zumindest in gewisser Weise. Um sie haben wir uns kaum gekümmert. Ich koste einen Kürbiswürfel, gerade richtig, aber die Flüssigkeit ist trotzdem ganz schön scharf geworden. Jetzt noch 3l-Gelierzucker und die Orangenstücke dazu, zu einem guten Chutney gehören die Eigenschaften: süß, sauer, scharf. Kurz aufkochen lassen, fertig. Ich werde es kalt servieren, lauwarm ist es mir zu flüssig. Umfüllen, ab in den Kühlschrank. Er wird es schon aushalten, wenn das Chutney noch ein wenig dampft.

»Willst du wirklich die großen Kerzenleuchter auf den Tisch stellen?«, frage ich mit einem kritischen Blick. Das erscheint mir doch ein wenig zu feierlich.

»Sie stammen von ihrer Großmutter, ich habe sie geerbt und ich weiß, sie freut sich sehr, wenn ich sie verwende.«

Egal. In ein paar Stunden ist auch das vorbei.

»Was haben deine Eltern eigentlich gesagt?«, will Oskar wissen.

Ich räuspere mich. »Ich hab noch keine Zeit gehabt …«

»Du willst doch nicht sagen, dass sie noch immer keine Ahnung haben?«

»Ich wollte sie morgen …«

»Und was, wenn meine Mutter sofort mit ihnen telefonieren möchte?«

Mir kommt das Grausen. »Das wirst du verhindern, hörst du? Meine Eltern sind einfach verreist, oder sie gehen jetzt immer schon um sieben schlafen oder …«

»Ruf sie an, gleich jetzt.«

»Das wird ein langes Gespräch, das geht sich jetzt nicht aus. Ich mache bei deiner Mutter, was du willst, und bei meinen Eltern, was ich will, einverstanden?«

»Du wolltest also gar nicht, dass meine Mutter zum Essen kommt?«

»Bitte!«, fauche ich.

»Mir fehlt eine Stoffserviette.«

»Ich habe eine zum Durchseihen gebraucht. Aber es waren ohnehin eine ganze Menge da.«

»Ja, aber nur mehr drei ohne Flecken.«

»Dann gib mir eine mit Flecken, ich verspreche, ich werde sie nicht verwenden.«

»Du wirst sie auf den Schoß legen.«

»Glaubst du, ich weiß nicht, was Tischmanieren sind?«

»Offenkundig ...«, setzt er an.

Ich nehme einen großen Schluck Prosecco. Bisher haben wir nie gestritten, in letzter Zeit aber ... Ob das schon ein Vorgeschmack ist?

»Offenkundig«, wiederholt er, »haben alle ein ganz gutes Motiv: Gerda, Peter, die Kinder.«

»Vielleicht auch die gefeuerte Sprechstundenhilfe, was immer an der Geschichte stimmen mag.«

Der Countdown läuft. Noch eine halbe Stunde. Ich heize das Rohr auf siebzig Grad vor, würze die Entenbrüste mit etwas fein geriebener Orangenschale und grobem schwarzem Pfeffer, brate sie auf der Hautseite in hitzebeständigem Öl scharf an.

»Ist das nicht viel zu früh?«, fragt Oskar.

Wenn er sich da jetzt auch noch einmischt ... Ich atme durch. Er ist einfach nervös. Ich bin einfach nervös. Was, wenn sie mich nicht akzeptiert? Wenn sie wütend das Haus verlässt? Hm, wäre auch eine Möglichkeit ... Ich könnte weiter mit Oskar ein Verhältnis haben, heimlich ... »Nein, es ist nicht zu früh, ich lasse sie im Rohr langsam gar ziehen.«

Sobald die Entenbrüste auf der Hautseite knusprig sind, drehe ich sie für zwei Minuten um, lege sie dann mit der Hautseite nach oben in eine passende Form, etwas grobes Meersalz, und ab ins Rohr. Egal, ob sie schnell oder langsam isst, bei siebzig Grad braucht die Entenbrust etwa eine Stunde, bis sie fertig ist, und dann bleibt sie für ein paar Stunden schön rosa. Und sollte sie die Ente durchgebraten und zäh haben wollen – das geht schnell.

Mira, steigere dich nicht in Feindseligkeit hinein.

Man sollte es nicht glauben, es wird tatsächlich ein recht angenehmer Abend. Vielleicht auch deswegen, weil bis zum Schluss nicht über die Hochzeit gesprochen wird. Stattdessen reden wir über Oskars Fälle, über Oskar als Kind – er war schon damals sehr klug –, über die verstorbene Tante Melanie und ihren Hang zu Likör und reichen Männern, über die Vorzüge von Prosecco gegenüber Sekt – Oskars Mutter: »Man bekommt nicht so leicht Schluckauf, finde ich, Oskar mein Lieber« – und über die wunderschönen Kerzenleuchter. Ich halte mich ziemlich zurück und bekomme von Oskar dafür immer wieder dankbare Blicke. Oskars Mutter lobt mein Essen, selbst das Chutney ist ihr nicht zu scharf: »Ich habe immer schon gerne pikant gegessen, Oskar, das weißt du ja.« Und ich warte die ganze Zeit darauf, dass Oskar endlich mit der Neuigkeit herausrückt.

Gegen elf meint sie, man sollte einen so netten Abend wie diesen doch wiederholen. Jetzt sei sie müde und werde sich ein Taxi bestellen.

Oskar räuspert sich und verstummt dann wieder. Hat ihn der Mut verlassen? Ich kann damit leben, aber ich habe schon zu viel Prosecco und Chardonnay – Oskars Mutter: »Meine Lieben, ich finde, das ist einfach der bekömmlichste Weißwein, auch wenn ich wenig trinke«, sie hat übrigens mindestens vier, fünf Gläser intus, aber ich sage nichts – und Cabernet getrunken und bin einfach mutiger als mein Oskar. Also sage ich, nachdem Oskar ihr ein Taxi bestellt hat und wir zur Verabschiedung bereits in der Nähe der Wohnungstür stehen:

»Übrigens, wir werden heiraten.«

Ihr bleibt der Mund offen, und kurz denke ich, jetzt hat sie einen Schlaganfall, aber Hofratswitwen sind zäh, sie fängt sich schneller als Oskar, lächelt und sagt: »Gratulation! Ich fürchte, mein Taxi wartet.« Sie küsst Oskar, gibt mir die Hand. »Und noch einmal herzlichen Dank für den schönen Abend« – und weg ist sie.

Wir sehen einander an.

»Hat sie es mitbekommen?«, will ich wissen.

»Und ob«, sagt Oskar.

»Und?«, frage ich.

»Sie denkt nach.«

»Du hast ja den Mund nicht aufgemacht«, verteidige ich mich.

»Es hat sich … einfach nicht ergeben«, verteidigt sich Oskar.

»Wenn du willst, können wir die ganze Sache immer noch abblasen«, schlage ich großzügig vor.

»Warum?«

»Ähh, nur wenn du willst«, murmle ich.

Jetzt endlich schließt er die Wohnungstür. »Ich will nicht. Und wenn sie etwas dagegen hätte, hätte sie es gesagt.«

Das nenne ich eine kühne Interpretation.

Wir räumen zusammen, und jetzt kommt bei mir der Appetit erst so richtig. Bei Oskar scheint das ähnlich zu sein, und so essen wir noch eine lauwarme Entenbrust, eine Menge Chutney und viel zu viele Petits Fours.

Erst bevor wir schlafen gehen, sehe ich auf mein Mobiltelefon. Das Display ist schwarz. Es kann doch nicht schon wieder der Akku leer sein. Ich habe ihn heute erst geladen.

»Ich fürchte, mein Telefon ist hinüber«, rufe ich Oskar zu. Er steht in der halb geöffneten Glastür und schaut zu den Sternen. Woran denkt er? – Und wer bin ich, dass ich alles über ihn wissen will?

»Nein«, sagt er dann, »ich habe es ausgeschaltet.«

»Du hast was?«

»Na ja, ich wollte nicht, dass eine deiner seltsamen Schützlinge während des Essens anruft und du dann entweder verschwindest oder ewig lange telefonierst und meiner Mutter anschließend etwas über strittige Scheidungen, offene Beziehungen, verdächtige Kinder oder auch bloß einen seltsamen Chefredakteur erzählst.«

»Ich habe keine Schützlinge, wie du es nennst, und sie sind schon gar nicht seltsam.«

»Weiß ich ja«, sagt er beschwichtigend, »aber ich bin mir eben nicht sicher, wie meine Mutter das sehen würde …«

Ich schalte es ein. Eine SMS von Vesna. »Höre sofort Mailbox ab.« Sie hat die Nachricht kurz nach sieben geschrieben. »Du hast mein Telefon abgedreht, als deine Mutter noch gar nicht da war.«

»Das hat sich gerade so ergeben. War etwas Wichtiges?«

Er scheint nicht zu begreifen, dass das ein völlig unzulässiger Eingriff in meine Privatsphäre ist.

Ich habe jetzt aber keine Zeit zu streiten, ich drücke die Taste für die Mobilbox. Drei Nachrichten.

Vesna, 19.12 Uhr: »Vesna da, also: Es ist nicht wahr, dass Peter die ganze Zeit daheim war. Er ist joggen gegangen, und jetzt kommt es: Das war kein normales Joggen. An einer Ecke hat er sich mit Dr. Hofer getroffen. An der Ecke ist Trafik. Ich bin seine ganze übliche Laufstrecke abgeklappert und habe gefragt, ob ihn jemand gesehen hat. Gesehen haben ihn übrigens drei, aber Trafikant hat mir erzählt, dass er mit Dr. Hofer gestritten hat, dann ist er zu ihm ins Auto gestiegen. Dr. Hofer wollte das nicht, aber Peter hat sich durchgesetzt. Sie sind weggefahren. Zeitpunkt passt. Damit ist auch klar, dass Philipp gelogen hat. Dr. Hofer kann nicht gleichzeitig da und dort sein. Trafikant ist bereit, auszusagen bei Polizei. Jetzt ist die Frage: Wann sagen wir, was wir wissen? Oder sollen wir zuerst Peter Königsberger konfrontieren? Melde dich!«

Vesna, 21 Uhr: »Bitte melde dich endlich, Mira Valensky.«

Vesna, 22 Uhr: »Was ist los? Geht es dir gut? Brauchst du Hilfe?«

Ich gehe zu Oskar hinaus auf die Terrasse und will ihm sagen, dass ich so eine Aktion kein zweites Mal erleben möchte. Und ihm erzählen …

Bevor ich aber noch loslegen kann, nimmt er mich in die Arme und sagt: »Willst du meine Frau werden?«

Und ich sage: »Ich hab dich lieb«, will nur mehr sanften Tadel über vereinnahmende Verhaltensweisen äußern, doch er küsst mich und legt mir etwas in die Hand.

»Nachdem ich weiß, dass Ringe nicht deins sind, schenke ich dir das hier. Damit kannst du machen, was du willst, Kette, Ring, Ohrring, Armreifen – oder einfach nur hin und wieder anschauen.«

Ich öffne die Hand und sehe einen kleinen, funkelnden Stein. Ich kenne mich da nicht so aus, aber für einen Diamanten scheint er mir ganz schön groß zu sein. Ist eben alles relativ.

Relativ eilig habe ich es am nächsten Morgen. Durch diese Gerichtstermine ist Oskar das Frühaufstehen deutlich mehr gewohnt als ich. Außerdem habe ich in der Nacht, ziemlich spät, nachdem Oskar zufrieden eingeschlafen war, noch lange leise mit Vesna telefoniert.

Oskar scheint dafür heute schon telefoniert zu haben.

»Mutter freut sich richtig, mich doch noch unter die Haube zu bringen«, ruft er mir zu. In einer Pfanne brät er Spiegeleier. Ich kann viel und deftig essen, aber in der Früh … Mir wird etwas übel.

»Ich glaube, wir sind uns einig – natürlich nur, wenn du das auch willst«, fügt er eilig an, »es soll keine große Hochzeit werden, und dass es eine kirchliche Trauung gibt, habe ich ihr ausgeredet. Und: Es sollte schon bald geschehen, bevor es zu kalt wird. Du wolltest doch immer ein Gartenfest machen, was wäre mit einer Hochzeitsfeier als Gartenfest?«

Oskar strahlt stolz, er ist sich sicher, mir eine große Freude zu machen. Tatsächlich: Ein Gartenfest statt eines steifen, gesetzten Hochzeitsessens, das gefällt mir. Aber: »Wie wäre es mit Mai oder noch besser Juni?«, schlage ich vor.

»Wir dachten an einen Termin Mitte September.«

»Das ist in drei Wochen!«

»Wir wollen doch keine feierliche Aktion mit viel Tamtam, bloß ein nettes Fest. Und dann geht alles weiter wie bisher. Das heißt: Einen Termin habe ich schon ausgemacht: Ich kaufe endlich meine Wohnung. Damit fällt auch das Katzenverbot des Vermieters weg.«

Mir geht das alles viel zu schnell. »Wir haben keinen Garten für ein Fest«, werfe ich matt ein.

»Ich habe schon eine Idee: Unsere Kanzlei wickelt gerade den Verkauf eines sehr schönen Heurigen in Stammersdorf ab, er hat einen prächtigen Garten, der sich einen ganzen Weinberg hinaufzieht, ich könnte ihn für diesen Tag sicher bekommen. Und die Infrastruktur wäre dann auch da, und falls es regnet, könnten wir drinnen …«

So umtriebig kenne ich Oskar gar nicht, aber schön langsam wird mir klar, warum er in seinem Beruf so erfolgreich ist. Er kann eine ganze Menge zielstrebige Energie entwickeln.

»Ich möchte selbst kochen, kein Heurigenbuffet«, werfe ich ein.

»Das ist doch viel zu viel Arbeit. Und Heurigenbuffet gibt es ohnehin keines, der Heurige ist seit einigen Monaten geschlossen, auch das Personal ist weg. Endlich haben sich die Erben geeinigt, sodass er verkauft werden kann. Ich habe an Manninger gedacht, er könnte das Catering machen. Oder an deine alten Freunde Billy und Daniel.«

»Die will ich einladen, da sollen sie nicht arbeiten. Und Manninger …«

»Ich werde ihn anrufen, wenn du möchtest. Und wenn er Nein sagt, gibt es noch immer Jacques Lang vom pur.«

»Okay, frag Manninger. Und sag ihm, einen Teil mache ich selbst.«

Ganz zwanglos soll die Hochzeit ablaufen. Warum kann ich es nicht glauben? Ich versuche mich an der Idee eines Gartenfestes mit Freunden aufzurichten. Hängt doch nur von uns ab, was wir daraus machen. Und aus unserer Beziehung.

# [ 9 ]

Wir passen Philipp vor der Schule ab. Er soll uns erklären, warum er gelogen hat. Wollte er tatsächlich seine Mutter schützen, oder hat er selbst mit dem Mord zu tun und will das jetzt vernebeln? Nach dem Motto: Wer sich selbst verdächtig macht, aber dabei lügt, der kann es nicht gewesen sein.

Philipp kommt mit zwei Gleichaltrigen durch das Tor, die Erleichterung auf dem Gesicht, an die ich mich noch aus meiner Schulzeit erinnern kann: wieder ein Tag überstanden, jetzt beginnt das Leben. Der Bursch neben ihm trägt Skaterhosen und ein T-Shirt mit der Aufschrift »Nazis raus« – was kann man dagegen schon sagen? Das Mädchen zieht ihre Jacke aus, das Top, das sie darunter trägt, lässt eine Menge Bauch sehen. Philipp scheint das nicht wichtig zu sein, er redet auf sie ein, schwenkt dabei eine alte Aktentasche. Wir haben uns nie überlegt, ob er eine Freundin hat. Vielleicht weiß sie etwas, das wir nicht so ohne weiteres erfahren …

Ich winke, sein Freund ist es, der ihn auf uns aufmerksam macht. Philipps Gesicht verschließt sich, nach ein paar kurzen Worten zu seinen Mitschülern kommt er langsam auf uns zu.

Es tut mir leid, ihn an all das zu erinnern, was er offenbar für einige Minuten oder auch Stunden vergessen konnte. Trotzdem, es muss sein. »Wir wissen, dass sich dein Vater um halb fünf mit jemand anderem getroffen hat«, sage ich. »Dafür gibt es Zeugen. Du kannst also nicht mit deinem Vater im Park gewesen sein.«

Er sieht mich forschend an. »Bin ich doch. Ich lüge nicht. Kann sein, dass es ein bisschen später war, ich hab nicht auf die Uhr gesehen. – Mit wem hat er sich getroffen?«

»Geht dich nichts an«, sagt Vesna. »Warum behauptest du so etwas? Weil du deine Mutter schützen willst? Oder weil du etwas verbergen willst?«

»Ihr könnt mich mal«, sagt Philipp, »euer Problem, wenn ihr mir nicht glaubt.«

»Übrigens: Hast du eine Freundin?«, frage ich so verbindlich wie möglich und schaue zum Mädchen im bauchfreien Top, sie steigt gerade aufs Rad.

»Die? Nein, das ist nur eine Schulkollegin. Ich weiß zwar nicht, was Sie das angeht, aber nein, ich hab momentan keine Freundin.«

Bevor er sich davonmachen kann, halte ich ihn am Arm fest. »Dass dein Vater mit der rothaarigen Sprechstundenhilfe ein Verhältnis gehabt hat, ist auch Unsinn. Er hat sie, kurz bevor er ... ums Leben gekommen ist, gekündigt.«

Philipp starrt uns mit offenem Mund an. »Aber ich habe sie zusammen gesehen«, stammelt er, »ich weiß, dass das stimmt.«

»Das nächste Mal denkst du dir bessere Märchen aus, Kleiner«, sagt Vesna.

»Wer hat so einen Blödsinn erzählt? Warum hätte er sie rausschmeißen sollen?«, will er wissen.

»Es ist eine Tatsache.«

»Das kapier ich nicht ...«

Der Junge kann wirklich ganz gut schauspielern. Was hat er wohl noch alles drauf?

Wir parken dort, wo der Wagen abgestürzt sein muss. Zweite Kehre den aufgelassenen Steinbruch hinauf, Schotterstraße, das Stück ohne Leitschienen. Wir hätten viel früher hierherfahren sollen, egal, ob wir auf neue Ideen kommen können, den Tatort sieht man sich jedenfalls an. Das meint auch Vesna, die dann allerdings lacht: »Bei dir gibt es eine Entschuldigung, verliebte Braut hat eben anderes im Kopf.«

Sie soll aufpassen, dass ich ihr nicht einen kleinen Stoß gebe. – Genau das ist der Punkt: Warum hat ihn der Mörder nicht einfach hinuntergestoßen, statt ihn zuerst mit einem Stein zu erschlagen, dann ins Auto zu verfrachten und einen Unfall zu inszenieren? Wäre doch viel einfacher gewesen. Und schneller gegangen. Hätte sogar eher nach einem Unfall aussehen können: Ein Stein, der sich löst, der ihn unglücklich trifft, und schon stürzt er … Vesna nickt zu meinen Überlegungen. Leider können wir Zuckerbrot nicht fragen, ob man inzwischen den genauen Tathergang kennt, denn dann müssten wir wohl so einiges erzählen.

Vielleicht war das, was so geplant wirkt, gar nicht geplant, sondern eine Handlung im Affekt?

Ich spähe vorsichtig nach unten, mir liegt es nicht so, wenn es einige Meter neben mir steil bergab geht. Und nichts als Steine.

Ein Geräusch über uns, wir schrecken auf, drücken uns an die Felsen. Die Straße führt noch eine weitere Kehre nach oben. Wenn dort oben jemand steht und einen Stein herunterwirft … – Dann hat Dr. Hofer seinen Mörder vielleicht gar nicht gesehen. Er sollte hier auf jemanden warten, aber man hat schon auf ihn gewartet – eine Kehre höher.

Ich höre über uns einen Mann und eine Frau kichern und entspanne mich. »Es ist ein beliebter Treffpunkt für Liebespaare«, flüstere ich Vesna zu.

»Jetzt? Am Tag?«, sie bleibt weiter an den Felsen gepresst und hält mich am Arm fest.

»Nicht alle haben am Abend füreinander Zeit.«

»Man sollte wissen, ob Spurensicherung sagen kann, aus welcher Entfernung der Stein den Kopf getroffen hat«, überlegt Vesna leise. »Es muss Blut gegeben haben.« Langsam löst sie sich vom Felsen und schaut nach oben, ich trete neben sie.

Gemeinsam wandern wir die Kehre entlang nach oben, Ausblick auf den Süden von Wien, milchig verschwommen, gelblich-graues Licht.

Oben ein roter Mazda, die beiden Menschen sind nicht mehr zu sehen. Man sollte sie fragen, ob sie regelmäßig hierherkommen, ob sie Dr. Hofer gar kennen oder etwas beobachtet haben. Aber sie jetzt aus ihrem Auto zu holen …

»Entweder wir reden mit Polizei oder mit Gerda«, meint Vesna, als wir wieder hinuntergehen. »Sonst kommen wir nicht weiter.«

»Mit Gerda«, schlage ich vor.

Vesna nickt.

Wir suchen die Felswände und den Boden rund um die Stelle ohne Leitschienen ab. Vesna tritt ganz nahe an den Abgrund.

»Pass auf«, rufe ich, doch sie sieht bloß neugierig nach unten. Im Gegensatz zu mir ist sie schwindelfrei, aber ein plötzlicher Windstoß oder eben ein Stein genügt, und schon hab ich meine Putzfrau und Freundin verloren. »Komm her zu mir!«, rufe ich, zwischen all dem Geröll klingt es viel zu laut. Sie dreht sich überrascht um, gerät etwas aus dem Gleichgewicht, ich schreie auf, aber sie lacht bloß und geht mir entgegen: »Ist ja noch halber Meter bis zum Hang.«

Unter einem Hang stelle ich mir etwas anderes vor.

»Was ist?«, fragt Vesna, »hast du was entdeckt?«

Ich schüttle den Kopf, »Du warst bloß so gefährlich nahe …«

»Sei nicht so Angsthase. Wenn man hinunterschaut, ist interessant: Bis auf einen Ölfleck hat das Auto gar keine Spuren gemacht, die man noch sehen kann. Die Steine sind stärker.«

Gar keine Spuren finden wir auch entlang der Kehre, kein Wunder, die Ermittlungstechniker sind nicht so freundlich gewesen, etwas zu vergessen, das uns dann Wochen später auffallen könnte.

Ich höre eine Autotür und wieder leises Lachen. Wir steigen in unseren Wagen und fahren die Kehre nach oben. Das Liebespaar wirkt nicht eben so, als sei es erfreut, uns zu sehen. Die beiden sind zirka Mitte dreißig, vielleicht vierzig. Haben sie keine andere Möglichkeit, als sich hier zu treffen, oder finden sie es einfach schön zwischen den Steinen, im Hintergrund Wien und das dunstige Wiener Becken?

»Entschuldigung«, beginne ich, »wir wollen nicht lange stören, aber kennen Sie vielleicht diesen Mann?« Ich halte ihnen ein Foto von Dr. Hofer hin.

Sie sehen auf das Bild, dann schauen sie uns an. »Wer sind Sie? Polizei?«, fragt der Mann und fingert an seinem Gürtel herum.

Irgendjemand hat einmal den Begriff des »frisch gefickten Eichhörnchens« fallen lassen, muss wohl in der Redaktion gewesen sein. Genau so sehen die beiden aus. »Wie kommen Sie darauf?«, frage ich zurück.

»Ich kenne ihn nicht«, sagt die Frau mit den halblangen blonden Haaren. »Hab ihn noch nie gesehen.«

»Sie sind öfter hier«, behauptet Vesna, »er war es auch.«

Der Mann räuspert sich: »Kann sein, aber das ändert nichts daran, dass wir einander nicht kennen. Es ist unhöflich, so genau hinzusehen.«

»Das heißt: Man sieht die anderen gar nicht, auch wenn sie da sind?«, frage ich.

»So viele sind es nicht. Ja, so in etwa stimmt das aber«, murmelt die Frau.

»Er hatte einen beigen Mercedes«, helfe ich nach.

»Sorry, so einen kennen wir nicht«, sagt der Mann sichtlich ungeduldig.

»Es geht um einen Mord«, versucht es Vesna.

»Was? Hier?«

Danach ist aus den beiden schon gar nichts mehr herauszubekommen.

Wir treffen Gerda im Fitnessstudio, sie macht für Hiller eine Fotoserie, hat mir die Praktikantin in unserer Fotoredaktion erzählt und hinzugefügt: »Ihr geht es finanziell nicht besonders, glaube ich.«

Ob sie das neben ihrem Job in der Redaktion darf? Zusatzverdienste, die etwas mit der hauptberuflichen Tätigkeit zu tun haben, müssen von der Chefredaktion genehmigt werden. Aber: Was geht es mich an?

Gerda steht an der Fitness-Bar und versucht Hiller ins beste Licht zu rücken. Seine Angestellten sehen besser aus als er, da hilft alles nichts. Muskeln kann man züchten, aber gegen ein fliehendes Kinn kann man wenig tun.

Gerda ist nicht weiter überrascht, mich zu sehen. »Höchste Zeit, dass du wieder einmal trainierst«, sagt sie. Vesna sieht sich interessiert um.

»Für Privatdetektivin ist so ein Muskeltraining sehr gut«, flüstert sie mir zu, »aber viel zu teuer.«

Vielleicht kann ich meine Halbjahreskarte auf sie umschreiben lassen. Das wäre eine ausgezeichnete Idee: Ich wäre sie los, und Vesna hätte Freude damit.

»Eigentlich sind wir gekommen, um mit dir zu reden«, sage ich leise zu Gerda, als Hiller wie so oft telefonierend verschwindet.

Sie sieht erschrocken auf. »Gibt es etwas Neues?«

Vesna und ich nicken gleichzeitig.

»In einer halben Stunde bin ich fertig, ich wollte danach trainieren, aber sie haben ohnehin bis 22 Uhr geöffnet. Sollen wir hier reden?«

Ich sehe mich um und schüttle den Kopf, zu viele Menschen. »Was ist mit der Pool-Landschaft?«

Gerda nickt. »Da gibt es genug Plätze, wo man ungestört ist – vorausgesetzt, ihr habt einen Badeanzug dabei.«

»Habe ich immer mit«, sage ich und klopfe auf meine große Umhängetasche. Ist so eine Manie von mir, nur für den Fall, dass mir überraschend warmes, verlockendes Wasser begegnet.

»Und was ist mit mir?«, fragt Vesna.

»Man kann sich einen leihen«, erwidert Gerda. Sie scheint sich hier schon gut auszukennen.

Wir sitzen zu dritt in einem Whirlpool. Um uns herum sanftes Geplätscher, Halbdunkel und Musik, auf die ich allerdings verzichten könnte: Irgend so etwas Sphärisch-Esoterisches mit zu viel Panflöte und Harfe. Aber der Platz ist wie geschaffen für ein konspiratives Treffen. Gerda lacht, als ich das sage. »Du brauchst dich nur umzusehen, das get.moving ist Treffpunkt für viele Besprechungen, von denen niemand etwas wissen soll. Hierher kommen so einige, die ich schon für unsere Wirtschaftsseiten fotografiert habe, aber auch Künstler. Heute muss eben jeder auf sein Aussehen achten.«

»Fett und alt und krank ist out«, ätze ich. »Wegen der Fotos hier … Du weißt, dass du vom ›Magazin‹ eine Genehmigung haben musst.«

Gerda nickt. »Schwierigkeiten mit dem ›Magazin‹ könnte ich momentan nicht auch noch brauchen. Ich hab mich hinter unseren Herausgeber geklemmt.«

»Was?«, frage ich erstaunt. Unser Herausgeber ist einer der seltenen Typen in der Medienbranche, die man kaum jemals sieht und die auch nicht gesehen werden wollen. Manchmal haben wir schon gemutmaßt, es gebe ihn gar nicht und der Typ, der jährlich bei der Weihnachtsfeier das Büffet eröffnet, sei einfach ein gemieteter Schauspieler.

»Meine Tochter und seine Tochter gehen in dieselbe Klasse.«

»Der hat noch so junge Kinder?«

»Es ist seine zweite Ehe. – Es geht mir nicht so besonders … auch finanziell. Alles Geld aus der Praxis geht in die Hinterlassenschaft, die Fixkosten für unsere Wohnung und die Autos hat Helmut gezahlt, jetzt muss ich das mit meinem ›Magazin‹-Gehalt machen, und das geht sich kaum aus. Also brauche ich Nebenjobs. Und hier verbinde ich das Angenehme mit dem Nützlichen: Ich fotografiere für ein neues Prospekt und ich trainiere. Das tut mir gut.«

Wenn Oskar etwas zustoßen würde, ich könnte mich kaum in einem Fitnessstudio entspannen. Aber das ist wohl ein ganz anderer Fall.

»Wir wissen von der Detektivrechnung«, wirft Vesna ungeduldig ein.

»Was?«, sagt Gerda erschrocken.

Ich erzähle die ganze Geschichte: Wie ich sie und Peter zufällig in der Tiefgarage streiten gehört habe, wie wir hinter die Rechnung gekommen sind, dass wir wissen, dass Peter am fraglichen Tag zu ihrem Ex ins Auto gestiegen ist.

Gerda wird immer aufgeregter. Was tun, wenn sie einfach aus dem Wasser springt und davonläuft?

»Warum habt ihr mich nicht einfach gefragt? Ihr habt mich hintergangen«, faucht sie, »ihr habt mir hinterherspioniert, um nichts besser als mein Mann!«

»Wir haben gesagt, wir suchen nach dem, was passiert ist – und du hast das mit Detektivrechnung verschwiegen«, meint Vesna trocken.

»Du hast immer wieder Teile der Wahrheit verschwiegen«, ergänze ich.

»Ich hab nicht daran gedacht …«

Ich schüttle den Kopf, schön langsam werde auch ich wütend, was spielt diese Fotografin mit dem Fitnesswahn eigentlich mit uns für ein Spiel? »Kann ich mir nicht vorstellen. Du wolltest nicht noch mehr Indizien …«

»Das ist doch nicht wahr, dass Peter sich mit Helmut getroffen hat«, ruft sie verzweifelt.

Ich versuche im Halbdunkel in ihrem Gesicht zu lesen. Klingt, als würde sie davon nichts wissen, nichts wissen wollen.

»Ist es eben doch«, erwidere ich dann. »Es gibt einen zuverlässigen Zeugen dafür, einen Trafikanten. – Und damit ist auch klar, warum du dich an diesem Tag mit deinem Ex getroffen hast, oder? Du warst wütend über die Rechnung.«

»Ist das ein Wunder? Und«, fährt Gerda mit kippender Stimme fort, »ihr habt das sicher alles schon dem Leiter der Mordkommission erzählt, nicht wahr? Ist ja ein Freund von dir, Mira, oder?«

Ich schüttle den Kopf. »Wir müssen es irgendwann einmal tun, er wird ziemlich sauer sein, wenn er erfährt, was wir ihm alles verschwiegen haben, aber noch weiß er von uns nichts. Wobei ich natürlich nicht sagen kann, was die Polizei selbst herausgefunden hat. Die sind nicht gerade übel.«

»Aber haben nicht immer unsere Möglichkeiten«, ergänzt Vesna selbstbewusst.

Langes Schweigen im Whirlpool.

»Ich habe den Eindruck, Peter und du – ihr verdächtigt euch gegenseitig«, sage ich dann.

»Unsinn«, fährt Gerda auf. »Und was den Streit zwischen uns angeht: Ist es ein Wunder, wenn in einer Lage wie dieser nichts mehr gut läuft?«

»Seid ihr auseinander?«

»Wir haben uns nur seltener gesehen. – Es muss überhaupt nichts bedeuten, dass er sich mit Helmut getroffen hat.«

»Wie war das mit Rechnung?«, will Vesna wissen.

»Ich habe sie bezahlt«, erwidert Gerda.

»Warum du?«, frage ich erstaunt.

»Ich konnte doch nicht zulassen, dass Peter sie zahlt, dass er auch noch Kosten hat, nur weil mein Mann … mein Exmann sich so aufführt. Peter hat mich angerufen und mir gesagt, dass diese Rechnung gekommen sei. Und er hat mich gefragt, was wir tun sollen. Und ich habe gesagt, er soll mir die Rechnung bringen und ich gebe sie meiner Anwältin.«

»Das heißt, sie hat davon gewusst?«

»Klar.«

»Und sie hat nichts gesagt? Ich meine, die Rechnung muss am Tag vor dem Mord aufgetaucht sein.«

»Sie ist da, um mich zu verteidigen, und nicht, um mich in zusätzliche Schwierigkeiten zu bringen. Dr. Beer hat mir jedenfalls gesagt, dass es sinnlos sei, sich zu wehren, dass wir die Detektivrechnung zahlen müssten, bei einer schuldigen Scheidung könnten solche Kosten auf den schuldig geschiedenen Teil oder den Scheidungsgrund abgewälzt werden. Also habe ich die Rechnung genommen und sie bezahlt.«

»Wann?«

»Gleich.«

»Vor oder nach dem Mord?«

»Davor, glaube ich. Ja, davor – was macht das für einen Unterschied?«, fragt Gerda misstrauisch.

»Ich weiß auch nicht«, erwidere ich, »aber je mehr wir wissen, desto besser. Die Rechnung ist am Vortag des Mordes angekommen?«

»Ja. Ich meine, es ist unglaublich, er hat sie Peter nach Hause schicken lassen. Mein Ex hat natürlich nicht gewusst, dass Peter in einer offenen Beziehung lebt, er wollte auch Peters Ehe zerstören. Er hat immer wieder davon geredet, dass man der armen Frau die Augen öffnen müsse, das habe mit Ehrlichkeit zu tun.«

»Und jetzt ist er tot«, fügt Vesna trocken an.

»Seine Patienten und Sprechstundenhilfen sagen, dass er ein sehr guter und einfühlsamer Arzt war. Und ein Familienmensch«, ergänze ich.

Gerda seufzt. »Das habe ich auch gar nicht bestritten, vielleicht war das sogar Teil des Problems: Er hat sonst nichts gekannt. Er hatte keine Freunde, zumindest keine wirklichen, mit denen er hätte reden können, also war er nur auf mich konzentriert. Er ist nie fortgegangen, es hat ihn einfach nicht interessiert, und wenn ich andere Frauen klagen hörte, dass ihr Mann mit Freunden ausgehe oder Fußball spielen oder kegeln oder golfen, oder was weiß ich, dann habe ich mir immer gedacht, meine Güte, wäre das schön, wenn Helmut das auch täte. Er hat einfach nicht verstanden, dass ich über meinen Job auch neue Leute kennengelernt habe und mich mit denen hin und wieder, ohnehin nicht häufig, in der Freizeit getroffen habe. Wir sind immer … unterschiedlicher geworden. Er ist gleich geblieben, ich habe mich verändert.«

»Früher hat er Volleyball gespielt«, werfe ich ein.

Gerda sieht mich an: »Ihr habt wohl alles ausgeforscht, was? Dann wisst ihr aber vielleicht auch, wie lange das her ist. Und eines kann ich euch auch sagen: Ich war es nicht, die ihn daran gehindert hat, es weiterhin zu tun.«

»Die Praxis hat ihn aufgefressen, hat einer seiner Volleyballfreunde gesagt.«

»Und? Muss man sich von einer Praxis fressen lassen?«

Ich räuspere mich. »Philipp hat erzählt, dass er in letzter Zeit eine Freundin gehabt hat.«

Gerda lacht auf. »Helmut? So ein Unsinn! Das hätte ich wohl gewusst. Das hätte mir unter Umständen eine Menge Probleme erspart.«

Ich nicke. »Da ist was dran. Wir wissen inzwischen auch, dass Philipp gelogen haben muss, er kann sich nicht mit seinem Vater getroffen haben, zumindest nicht um die von ihm genannte Zeit, da hat ein Trafikant Peter und deinen Ex in einem anderen Bezirk gesehen.«

»Er will mich schützen und denkt sich Geschichten aus. – Ich sollte jetzt trainieren gehen.«

»Gleich«, verspreche ich. »Kennst du die rothaarige Sprechstundenhilfe Nicole Frohner?«

»Ja klar, sie macht einen sehr netten Eindruck – auch wenn ich nicht weiß, wie sie jetzt über mich denkt. Hängt wohl davon ab, was mein Ex ihr, außer dem, was im Brief gestanden ist, noch alles an Üblem über mich erzählt hat.«

»Philipp sagt, er habe diese Nicole und seinen Vater Händchen haltend und verliebt gesehen.«

»Und warum hat er davon im Scheidungsverfahren nichts gesagt? Das ist doch Unsinn«, seufzt Gerda.

»Er hat sie erst einige Tage nach der Scheidung gesehen, sagt er. Und dass er dir keinen zusätzlichen Kummer machen wollte.«

»Meine Güte, das wäre mir doch egal gewesen, ich hätte mich bestenfalls aufgeregt über den Heuchler. An der Sache ist sicher nichts dran, abgesehen davon, dass alle Sprechstundenhilfen ein bisschen verliebt waren in meinen Mann.«

»Wird schon stimmen«, nicke ich, »seltsam ist nur, dass dein Ex diese Nicole Frohner angeblich gekündigt haben soll.«

»Was? Warum? Er hat sie immer sehr geschätzt, sie hat vor Jahren ein

Medizinstudium angefangen und musste damit aufhören, weil ihre Eltern in Konkurs gegangen sind, wenn ich mich recht erinnere. Er hat überlegt, wie man ihr die Wiederaufnahme des Studiums ermöglichen könnte. Mein Mann mit ihr? Nie. Außerdem war sie ja viel zu jung für ihn, erst gegen dreißig, der Typ war er nicht.«

»Die ältere Sprechstundenhilfe, die mit den kurzen dunklen Haaren, hat etwas von einem lautstarken Streit zwischen den beiden erzählt, danach sei Nicole Frohner heulend davongelaufen und er habe sie gekündigt. Sie scheint ihre Kollegin nicht so besonders gemocht zu haben. Sie hat gemeint, irgendwie habe sie sich für etwas Besseres gehalten und nie so wirklich dazugepasst.«

Gerda schüttelt den Kopf: »Das sind doch bloß Eifersüchteleien zwischen den Sprechstundenhilfen, nicht mehr. Und Tessa Deichmann war schon immer eine Giftspritze – aber sehr gut in ihrem Beruf. Und sehr zuverlässig.«

»Deinem Mann ergeben«, präzisiere ich.

»Das auf alle Fälle. – Habt ihr mit Nicole Frohner gesprochen?«

»Noch nicht. Sie wird sicher, wie die anderen Praxismitarbeiter auch, von der Polizei vernommen worden sein.«

»Wenn sie dort tatsächlich nicht mehr gearbeitet hat ... Ich weiß nicht.«

»Wir werden es bald erfahren.«

»Soll ich ihre Adresse heraussuchen? Es würde mich schon interessieren, warum er sie gekündigt haben soll.«

»Ich habe die Adresse, zu mir war die Giftspritze recht freundlich.«

Gerda steigt abrupt aus dem Wasser und hüllt sich in ein dickes Frotteetuch. »Ihr habt wirklich gründlich ermittelt«, sagt sie. »Aber ich bitte euch: Lasst Peter und meine Kinder in Ruhe, es ist auch so schon schwer genug.«

Ich klettere die Marmorstufen hinauf, nach dem warmen, schmeichelnden Wasser schaudert mir vor Kälte. »Wirst du mit Peter über sein Treffen mit deinem Exmann reden?«

»Was glaubt ihr denn? Dass ich vor ihm Geheimnisse habe?«

Ich bin mit dem Auto auf dem Weg zurück in die Redaktion und formuliere im Geist einen Absatz für meine nächste Fitnessreportage. Sie soll auch eine Passage über Fitnesscenter und Sporteinrichtungen als Plätze zur informellen Geschäftsanbahnung enthalten. Und ich habe ein Interview mit der Vorsitzenden der Katholischen Frauen, die dem ganzen Fitness- und Wellness-Boom eher skeptisch gegenübersteht. Wieder eine Methode, um Frauen auf ihren Körper zu reduzieren und ansonsten ruhig zu stellen. Das hat schon was, auch wenn die vielen im get.moving schwitzenden Männer offenbar gerade dabei sind, auf dem Sektor Schönheitsstress aufzuholen.

Das Mobiltelefon. »Hallo Mira«, höre ich Oskar, ganz offensichtlich ist er nicht im Stress und bester Laune. »Wir sollten dringend einkaufen gehen.«

So etwas habe ich von ihm noch nie gehört, üblicherweise hat er für Einkaufen nicht wirklich was übrig – ganz anders als ich.

»Viel Zeit haben wir ja nicht mehr«, plaudert er weiter. »Ich stehe im Z & K, ich bin mit einem Klienten früher fertig geworden und dachte mir, wenn du vielleicht auch Zeit hast ... Weißt du, ein dunkler Anzug ist bei mir ohnehin angesagt, kein allzu feierlicher, eben einer, den ich später auch bei Gericht bei wichtigeren Verhandlungen tragen kann oder am Abend.«

»Ein dunkler Anzug?«, frage ich zurück, und mir schwant Übles.

»Na ja, wir werden nicht nackt gehen können bei der Hochzeit.«

Ich muss mir was einfallen lassen, um das Schlimmste zu verhindern. Das Z & K ist eines der traditionellen Nobelgeschäfte in Wien, alles, was man dort kaufen kann, finde ich nicht nur abartig teuer, sondern auch extrem öde.

Ich wende abrupt, höre ein paar unflexible Menschen hinter mir hupen und fahre in die Operngarage. Auch die ist mir üblicherweise zu teuer, aber was soll's.

Ich eile die Kärntner Straße entlang, umschiffe Touristengruppen und Performancekünstler, haste durch das chromglänzende Portal von Z & K – drinnen feierliche Ruhe und Verkäufer, die aussehen, als wollten sie zu einer Gala in der Staatsoper. Ich sehe mich gehetzt um. Einer dieser aufpolierten Herren kommt auf mich zu und fragt mit hochgezogener Augenbraue: »Kann ich Ihnen helfen?«

»Ich suche … jemanden.« Wie soll ich sonst sagen: meinen Freund? Dazu bin ich zu alt, außerdem, was gehen den meine Familienverhältnisse an? Meinen Verlobten? Wir haben uns zum Glück nicht formell verlobt, sonst würde ich beinahe schon in Geschäfte wie dieses hier passen. Oskar? Zu privat. Dort hinten steht er. Er dreht sich wie ein Tanzbär in Socken und Anzug vor dem eindrucksvollen Kristallspiegel. Hier ist wirklich an nichts gespart worden, aber warum auch, die Kunden zahlen es ja.

Er entdeckt mich, kommt mir einige Schritte entgegen. »Was sagst du?«, fragt er und dreht sich tatsächlich auch vor mir herum.

Ich will seine Euphorie nicht zerstören, aber aus der Nähe sieht er aus wie ein überdimensionaler Leichenbestatter.

»Irgendwie … zu schwarz«, sage ich und küsse ihn kurz. Das entzückt den Verkäufer, der neben ihm steht, sein grauer Schnurrbart vibriert.

»Gnädige Frau hat vielleicht Recht«, assistiert er mir.

Gnädige Frau, das hat mir gerade noch gefehlt. Ich brauche einen Ehevertrag mit Oskar, in dem er sich verpflichtet, mich nie in Gesellschaft zu verschleppen, wo solche Ausdrücke üblich sind.

Der Verkäufer redet unterdessen weiter: »Das Modell ist vielleicht etwas zu streng, ich habe da noch etwas anderes, muss aber erst sehen, ob ich es in Ihrer Größe …« Er verschwindet hinter Kleiderständern.

»Hätte es H & M nicht auch getan?«, frage ich Oskar.

»Das meinst du nicht ernst.«

»Halbernst schon, und deine Mutter weiß ohnehin nicht, was H & M ist, vielleicht hält sie es für einen Ableger von Z & K.«

»Unterschätze sie nicht. – Schau mal, den habe ich auch schon anprobiert.« Er zeigt mir einen anderen Anzug, ich sehe aufs Preisschild und falle beinahe um. Andererseits: Oskar kann sich das leisten.

Der Verkäufer kommt mit einem Anzug herbeigewieselt, schon im Gehen preist er seine Vorzüge, ein Gemisch aus Seide und Kammgarn und Alpaka, englische Verarbeitung – was immer das heißen soll –, »einfach perfekt für den eleganten Herrn«.

Das ist selbst Oskar zu viel, er hält das Modell etwas skeptisch von sich weg.

»Also los, eleganter Herr«, spöttle ich. Woraufhin der Verkäufer Oskar fragt: »Und für die gnädige Frau suchen wir auch etwas?«

Wer ist erstens »wir«? Und zweitens muss man sich nicht an Oskar wenden, man kann mich fragen, ich kann seit mehr als vierzig Jahren ganz gut selbst reden.

»Nein«, sage ich brüsk.

»Ja, bitte«, sagt Oskar gleichzeitig.

Ich schüttle den Kopf, und der Verkäufer sieht Oskar mitleidsvoll an. So etwas wie mich hat er sich wirklich nicht verdient, bedeutet der Blick.

»Ich dachte an ein helles Kostüm für dich«, meint Oskar sanft.

»Ich dachte an lässiges Leinen für uns beide«, blaffe ich zurück, »und so etwas kriegen wir hier sicher nicht.« Ist mir doch egal, was der Verkäufer von mir hält.

»Wäre mir auch recht«, murmelt Oskar. »Aber wir sollten meiner Mutter den Spaß nicht verderben. Ein Kostüm tut doch nicht weh, und du kannst es sicher hin und wieder brauchen.«

Der Verkäufer sieht auf meine nicht mehr ganz sauberen Jeans und fügt hinzu: »Sicher.«

Oskar verschwindet wieder in die Umkleidekabine.

»Wir haben selbstverständlich auch Leinenkostüme«, sagt der Verkäufer, als würde er meine Unfreundlichkeit gar nicht bemerken. »Soll ich Sie an eine Kollegin im ersten Stock ...? Ich denke, Frau Gertrud könnte Sie gut beraten.« Das klingt wie: Frau Gertrud ist eine, die mit dir schon fertig werden wird. Wahrscheinlich eine Freistilringerin im dezenten grauen Kleid mit flachen Schuhen.

Oskar erscheint wieder, und ich finde, dieser Anzug sieht exakt so aus wie der vorige, ich sehe sogar misstrauisch nach, ob er nicht zweimal denselben angezogen hat.

»Hast du eigentlich deine Eltern angerufen?«, fragt er, als der Verkäufer auf der Suche nach weiteren Unmöglichkeiten ist.

Ich schüttle den Kopf.

»Das solltest du aber dringend tun.«

»Mache ich heute am Abend.«

»Wie wäre es mit sofort?«

»Hier?«

»Warum nicht? Hier ist Ruhe genug, mehr Ruhe gibt es nirgendwo. Warum zögerst du das so hinaus? Oder sollen wir es ihnen lieber persönlich sagen? Wenn wir in einer Stunde losfahren …«

»Sicher nicht.«

»Dann ruf sie an. – Weißt du was, wir machen einen Deal: Wenn du deine Eltern jetzt auf der Stelle anrufst, dann suche ich nach einem dunklen, nicht zu fetzigen Leinenanzug, und du nimmst ein Leinenkostüm. Was hältst du davon?«

Ich überlege. Heißt es nicht, dass man in jeder Beziehung Kompromisse machen muss? Und solange es bloß um Kleidung oder einen Anruf geht … »Ich glaube nicht, dass sie da ein Leinenkostüm für mich haben – kann es auch ein Leinenanzug sein?«

»Dann schauen wir eben woanders. Aber … Kostüm wäre schon besser.«

Ich seufze und nicke und wähle. Oskar ruft währenddessen nach dem Verkäufer, er habe es sich anders überlegt, ob er ihm einen dunklen Leinenanzug anbieten könne?

Der Verkäufer wirft mir einen bösen Blick zu. Na bitte, es ist mir doch gelungen, ihn aus der Reserve zu locken. Fast zufrieden verziehe ich mich in ein Eck mit Hüten und lausche dem Freizeichen.

»Valensky?«, sagt meine Mutter, es klingt wie eine Frage.

»Hallo Mama.«

»Dass du dich wieder einmal meldest …« Das hört sich wie ein Vorwurf an, aber ich sollte wohl nicht in alles etwas hineininterpretieren.

»Ich hatte in letzter Zeit ziemlich zu tun, du kannst ja auch anrufen.«

»Ja, äh … Ich habe auch immer zu tun. Ich habe deinen Artikel über Terrorismus gelesen. Du bist aber nicht mit solchen Leuten in Kontakt, oder?«

Doch, Mama, ich bin eine der besten Freundinnen von Osama bin Laden. Ich kann es gerade noch hinunterschlucken.

»Weil das ist noch viel gefährlicher als deine kriminalistischen Aktionen«, fährt sie fort. Kein Wort darüber, ob ihr mein Leitartikel gefallen hat.

»Nein, ich habe nichts mit Terroristen zu tun, nur mit Terrorbekämpfern.«

»Na Gott sei Dank. – Und sonst, geht es dir gut?«

»Ja. Wir werden heiraten.«

Funkstille, dann: »Das ist … einer deiner Witze.«

»Ist es nicht. Oskar und ich werden heiraten. Und zwar schon in drei Wochen, am siebzehnten. Ohne großes Trara.«

Meine Mutter räuspert sich. »Bekommst du … ein Kind?«

»Mutter, ich bin dreiundvierzig. Und ich weiß schon ein paar Jahrzehnte lang, wie man es anstellt, damit man nicht schwanger wird. Nein, ich bekomme kein Kind. Ich dachte, du freust dich.«

»Ich freue mich auch, Oskar ist so ein netter Mann. Ich kann es bloß nicht glauben. – Und er heiratet dich? Und wieso sagst du das erst jetzt? Ihr habt das doch sicher schon lange geplant.«

»Haben wir nicht. Es ändert sich nichts, wir machen unsere Beziehung einfach offiziell, das ist alles.«

»Ich hole Papa.«

Nicht auch das noch.

»Wird auch Zeit, dass du das schlampige Verhältnis in Ordnung bringst«, brummt er anstelle einer Begrüßung. »Herzlichen Glückwunsch. Auch an Oskar. Ich weiß nicht, ob du ihn verdient hast.«

»Jedenfalls war es seine Idee, zu heiraten.« Stimmt zwar nicht ganz, aber wenn er die Idee nicht konsequent weiterverfolgt hätte …

»Wir werden natürlich die Kosten für die Hochzeitsfeier übernehmen, wie es sich gehört«, spricht Vater, der Charmebolzen. »Ich wünsche dir alles Gute.«

»Es wird ohnehin kein Riesenfest, wir feiern in einem Heurigen in den Weinbergen, ich koche teilweise selbst und …«

»Hättet ihr nicht herkommen und uns das persönlich sagen können, so wie es üblich ist?«

»Ich bin dreiundvierzig und Oskar achtundvierzig.«

»Das weiß ich. Aber du bist trotzdem unsere Tochter.«

»Er hätte formell bei dir um meine Hand anhalten sollen? Vater, über meine Hand und den Rest entscheide ich selber, und das schon eine ganze Zeit lang.«

»Der Form halber hätte es nicht geschadet«, setzt er nach.

»Oskar wäre ohnehin gerne zu euch gefahren, aber ich habe momentan so wenig Zeit.«

»Weiß es seine Mutter schon?«

»Ja, sie lässt euch herzlich grüßen.«

»Wann hat sie es erfahren?«

»Gestern Abend.«

»Und warum konntest du nicht gestern Abend anrufen?«

»Weil ich im Stress war, Vater. Wir werden eine schöne, entspannte Hochzeit feiern, okay?«

»Ja«, das klingt schon milder, »du bist eben unsere einzige Tochter.«

»Dann freut euch mit mir.«

»Tun wir, tun wir. Hinter mir steht deine Mutter und will unbedingt noch etwas sagen.«

»Werde glücklich, Maria«, sagt sie, und allein beim Namen schaudert mir. Zum Glück hat der Pfarrer in meiner Taufurkunde versehentlich »Mira« statt »Maria« geschrieben, aber wenn es festlich wird, besteht meine Mutter noch immer auf Maria, »dem heiligsten Namen unserer Gottesmutter«.

»In welcher Kirche werdet ihr eigentlich heiraten?«, fährt sie fort.

»Wir werden standesamtlich heiraten.«

»Ja, natürlich. Und in welcher Kirche?«

»In gar keiner, nur standesamtlich.«

»Dann … zählt das nicht vor Gott.«

»Aber immerhin vor den Menschen. Mama, wir sind eben nicht besonders katholisch. Und kannst du dir mich in einem langen weißen Kleid vorstellen?

»Es müsste ja kein langes Kleid sein …«

»Du wirst sehen, es wird ein wunderbares Fest.« Ein wenig habe ich das Gefühl, ich muss mich selbst davon überzeugen.

Oskar tanzt in einem schwarzen Leinenanzug zu mir herüber, ich habe einen Geistesblitz: »Mama, da ist Oskar, er will noch kurz mit dir reden, ciao, wir hören voneinander.«

Und schon drücke ich ihm das Mobiltelefon in die Hand und höre, wie er herumstottert, dass er sehr glücklich sei, mich zu heiraten, und dass er hoffe, dass sie damit einverstanden seien. Der Anzug steht ihm übrigens recht gut, muss ich zugeben.

»Sehr repräsentativ«, flüstert der Verkäufer.

Das sehe ich nicht so. Als Oskar wenig später die Verkäuferinnen im ersten Stock sieht, begreift er zum Glück sofort, dass das mit ihnen und mir und einem Z & K-Kostüm nichts werden kann. Vielleicht will er sich auch bloß weitere Peinlichkeiten ersparen. Jedenfalls verschieben wir mein Kostüm auf ein anderes Mal.

SMS-Signal, gerade als wir das Z & K verlassen wollen.

Ich denke an Vesna oder Gerda, aber es ist keine der beiden. Eine mir unbekannte Nummer. Ich sehe nach. »Kann ich dich sehen? Bruno.«

»Ah, das ist Vesna«, rufe ich zu Oskar hinüber, der gar nicht danach gefragt hat. Ich werde die SMS ignorieren, dann begreift Bruno schon. Eigentlich ein wenig feige von mir, aber … Es war ein sehr netter Abend, nur dann ist es eben falsch gelaufen. Nein, eigentlich ganz richtig gelaufen. Irgendwie habe ich ein schlechtes Gewissen ihm gegenüber. Er muss sich ganz schön dumm vorkommen. Zurückgewiesen … männlicher Stolz … Andererseits: Wie wäre es, wenn ich gerade mit jemandem sozusagen an der Bettkante stünde und der rennt dann mit einer fadenscheinigen Ausrede davon? Auch mein weiblicher Stolz hätte einen Kratzer. Wenn da nicht die Hochzeit wäre, würde ich ihn noch einmal treffen? Vielleicht. Um mich zu entschuldigen und … – Wofür sollte ich mich eigentlich entschuldigen? Um ihm zu erklären … Vielleicht auch nur, um mehr über Peter herauszukriegen.

»Was will sie?«, fragt Oskar.

»Ach, wir müssen nur unseren Putztermin verschieben«, sage ich so beiläufig als möglich.

Am nächsten Vormittag kommt Gerda an meinen Redaktionsschreibtisch und sieht sich um.

»Da hört niemand was«, sage ich leise, »zum Glück sind die anderen Schreibtische weit genug entfernt, und mein Dschungel hält auch einiges an Schallwellen ab, habe ich schon getestet.«

Sie seufzt und lässt sich auf den Sessel nieder. Sie hat tiefe Ringe unter den Augen.

»Ich war gestern noch in der Ordination«, erzählt sie. »Ziemlich schlimm, ich merke, wie feindselig sie sind. Ich weiß nicht, ob sie mich für die Mörderin halten, aber … Jedenfalls läuft alles weiter wie bisher, und ich habe mit dem Hinterlassenschaftsgericht vereinbart, einen zweiten Arzt zu suchen.«

Ich nicke.

»Ich habe mir die Personalunterlagen angesehen, diese Deichmann hat sich nicht getraut, mir zu widersprechen, auch wenn sie es gerne getan hätte. Und seltsam: Das Dienstverhältnis von Nicole Frohner wurde tatsächlich gekündigt, allerdings einvernehmlich. Eine Woche vor seinem Tod. Aber sie kann mit dem Mord nichts zu tun haben, sie ist sehr nett, beinahe etwas … harmlos, naiv oder so, wenn es ums praktische Leben geht. Ich glaube, sie ist sehr behütet aufgewachsen und dann kam plötzlich der Konkurs ihrer Eltern und alles war anders. Helmut hat sie wegen irgendetwas behandelt, ich glaube, es war eine verschleppte Bronchitis, damals hatte sie eine Halbtagsstelle bei dieser Textilkette, jetzt fällt mir der Name nicht ein, na du weißt schon, die es überall gibt, und sie hat nebenbei Nachhilfeunterricht gegeben. Aber was das Verhältnis mit meinem Mann angeht, da hat sich Philipp sicher getäuscht.«

»Hast du ihn danach gefragt?«

»Nein, habe ich nicht, es war mir irgendwie peinlich, und er ist ohnehin so durcheinander und aufgewühlt, auch wenn er auf stark und cool macht, das Ganze nimmt ihn schon sehr mit. Er war immer ein ausgezeichneter Schüler, die letzten Schularbeiten hat er alle verhaut.«

»Du solltest ihn trotzdem fragen.«

»Vielleicht. Ich habe jedenfalls die Deichmann nach dem angeblichen Streit meines Ex mit Nicole Frohner gefragt, aber sie hat gemeint, das seien Interna. – Sollte ich weiterhin etwas zu sagen haben, die werfe ich sicher raus.«

»Und die andere Sprechstundenhilfe?«

»Die hat bloß geschaut, als wenn es donnern würde. Ich habe sie dann später unter ihrer Privatnummer angerufen, und sie hat gesagt, sie habe damals nicht Dienst gehabt und ansonsten tue ihr alles so leid, was passiert ist.«

Vesna hat seit gestern genug Material gegen ihren Krankenstand-Schwindler beisammen. Kurz vor Mitternacht ist er Richtung Innenstadt aufgebrochen und war dort bis fast fünf in der Früh mit Freunden in einem Club. Vesna hat Fotos von vier verschiedenen Ausflügen ins Nachtleben, das reicht.

»Ist nicht in Ordnung, was er gemacht hat, trotzdem tut er mir fast leid«, meint sie, »jetzt wird er entlassen.«

Wir sind zur Wohnung von Nicole Frohner unterwegs, Vesna hat vor einer halben Stunde angerufen und dann mit der Entschuldigung »falsch verbunden« wieder aufgelegt. Zu diesem Zeitpunkt jedenfalls war sie daheim. Wir wollen sie überraschen. Revitalisierter Altbau in der Nähe der Universität, die Front aus der Gründerzeit ist stehen geblieben, die Wohnungen, die auf den Innenhof gehen, sind neu gebaut worden. Nicht ganz billig, überlege ich. Wir kommen mit zwei jungen Männern ins Stiegenhaus, finden das Türschild »Frohner« im zweiten Stock. Ich läute kurz, und es dauert nur wenige Augenblicke, bis uns eine schlanke rothaarige Frau um die dreißig öffnet.

»Ja?«, fragt sie ein wenig angespannt.

»Wir ermitteln im Mordfall Hofer«, sage ich, wie mit Vesna vereinbart.

»Die Polizei war doch schon da«, sagt Nicole Frohner, ihre Lippen werden schmal, ihr Gesicht verschließt sich.

Etwas hätten wir also schon einmal erfahren.

»Wir sind nicht von der Polizei, wir ermitteln privat, im Auftrag der Hinterlassenschaft.«

So etwas gibt es zwar nicht, aber es klingt einfach besser, als dass wir im Auftrag von Gerda kommen – bei all dem, was ihr Exmann seinen Mitarbeiterinnen erzählt hat.

»Kommen Sie herein«, sagt Nicole Frohner zögerlich. Sie trägt Jeans und ein blaues Sweatshirt, das mir zu warm für diese Jahreszeit erscheint.

Ich sehe mich um, die Wohnung ist sehr hell, viele Fenster auf den großen Innenhof.

»Hübsch haben Sie es hier«, sage ich. »Können Sie sich das leisten, wo Sie doch gekündigt worden sind?«

»Ich … Hat das etwas mit der Hinterlassenschaftssache zu tun?«

»Darüber dürfen wir nichts sagen«, wendet Vesna ein.

Das Vorzimmer geht in ein Wohnzimmer über, auf einem Regal stehen eine Menge Bilder. Jugendfotos mit Freundinnen, ein Foto, das offenbar Nicole als Kind mit ihren Eltern vor einer eindrucksvollen weißen Villa zeigt, eines, auf dem sie in einem knappen Kleid an einem Stein lehnt, fast wie ein Pin-Up vergangener Tage. Super Figur, muss man schon sagen. Das Gesicht allerdings wirkt auch auf dem Foto ein wenig angespannt. Ein Lächeln, als ob ihr jemand befohlen hätte: »Sag cheese!« Kein Bild von Gerdas Exmann oder einem anderen Mann.

»Was wollen Sie von mir?«

Ich sehe sie an. »Wir haben in der Ordination erfahren, dass Sie einen schlimmen Streit mit Dr. Hofer gehabt haben. Er habe sie gekündigt, und Sie seien heulend davongelaufen. Warum?«

»Das … das stimmt doch gar nicht.«

»Frau Deichmann hat es erzählt.«

»Die hat mich nie leiden können. Wissen Sie, ich habe angefangen, Medizin zu studieren. Und dann sind meine Eltern in Konkurs gegangen, und das ganze Geld war weg. Medizin kann man schwer studieren, wenn man nebenbei arbeiten muss. Ich hatte dann später die Chance, als Sprechstundenhilfe bei Dr. Hofer anzufangen, aber ich hatte immer im Kopf, doch noch einmal fertig zu studieren. Das hat mir die Deichmann übel genommen.«

»Warum?«, will Vesna wissen.

»Na weil sie den Eindruck hatte, dass mich Dr. Hofer deswegen bevorzugt.«

»Und hat das gestimmt?«

»Nein … ja, vielleicht manchmal. Weil ich eben von Dingen eine Ahnung hatte, die ihr fremd waren. Und wir konnten eben auf einer anderen fachlichen Ebene miteinander reden.«

Nach ein paar Semestern Medizinstudium. »Und warum hat er Ihnen dann gekündigt?«, werfe ich ein.

»Er hat mich nicht gekündigt, sondern ich habe ihn um eine einvernehmliche Kündigung gebeten. Ich wollte wieder studieren. Ich habe mir einiges zusammengespart, ich muss es noch einmal versuchen.«

»Und der Streit?«

»Den hat die Deichmann erfunden.«

»Die Wohnung wirkt nicht ganz billig.«

»Ja, ich weiß, das ist sie auch nicht. Die haben mir meine Eltern gekauft, als sie noch Geld hatten. Und ich brauche nur die Betriebskosten zu zahlen, so gesehen ist sie billiger als viele Mietwohnungen.«

»Wenn Sie die Wohnung verkaufen …«

»Vielleicht mache ich das auch, wenn ich muss. – War das alles?«

»Da gibt es noch etwas«, sage ich. »Ein Zeuge hat Sie gemeinsam mit Dr. Hofer gesehen. Händchen haltend. Es gibt Hinweise, dass Sie mit ihm ein Verhältnis gehabt haben.«

»Was?« Sie starrt uns aus ihren grünen Augen an. Aus Schreck, weil wir dahintergekommen sind? Fassungslos über diese Idee?

»Hatten Sie ein Verhältnis mit Dr. Hofer?«, fragt Vesna nach.

»Nein, natürlich nicht. Ich habe ihn sehr geschätzt, aber ein Verhältnis …«

»Haben Sie anderen Freund?«, fragt Vesna.

»Das geht Sie nun wirklich nichts an. Aber nein, habe ich nicht zur Zeit.«

Ich sehe Nicole Frohner an. Sie ist jung, aber nicht mehr zu jung, attraktiv, versteht ein bisschen etwas von Medizin und war eine eifrige Sprechstundenhilfe. Ich kann mir schon vorstellen, dass sich Dr. Hofer gerne mit ihr getröstet hat – zumindest wenn er wegen der Scheidung nicht ganz so zerstört war, wie er behauptet hat.

»Was halten Sie von Gerda Hofer?«, frage ich langsam.

»Ich kenne sie kaum.«

»Wie denken Sie über die Scheidung?«

Sie zögert. »Seine Frau … hat ihn sicher sehr verletzt, er war jemand, der sich auf andere Menschen verlassen können wollte. Das hatte damit zu tun, dass er so angestrengt gearbeitet hat. Und Loyalität war ihm sehr wichtig. Sehr, sehr wichtig. Sie hat ihn betrogen.«

»Die volle Schuld trifft also Gerda Hofer.«

»Ja … ich meine … ich weiß es natürlich nicht, vielleicht hat sie es auch nicht so leicht gehabt mit ihm und seinen Prinzipien. Richten Sie ihr bitte mein Beileid aus. – Wann ist übrigens das Begräbnis?«

»Die Leiche ist von der Gerichtsmedizin noch nicht freigegeben«, sage ich.

Sie sieht aus, als würde sie gleich in Ohnmacht fallen. Die Vorstellung einer Obduktion kann für eine Medizinstudentin doch nicht so schlimm sein, aber sie wirkt mir ohnehin etwas zu zart besaitet für so ein Studium.

»Wo waren Sie am Tag, als Dr. Hofer ermordet worden ist?«, fragt Vesna. »Nur Ordnung halber.«

»Ich …«, sie fängt sich wieder, »ich habe der Polizei schon eine Aufstellung gemacht, ich kann sie Ihnen ausdrucken.«

Sie geht zum Schreibtisch im Eck, ihr PC läuft, sie öffnet eine Datei und druckt sie aus.

»Wie lange waren Sie bei Dr. Hofer?«

»Zwei Jahre.«

»Und jetzt plötzlich wollen Sie weiterstudieren?«

»Viel länger kann ich nicht mehr warten, sonst bin ich zu alt. Und es wird immer schwieriger, einen Studienplatz zu bekommen. Ich hoffe, ich schaffe es.«

»Warum haben Sie nicht mit Oktober gekündigt, sondern schon im August?«

»Weil … Ich brauche doch Zeit, um mich wieder einzulesen, um zu lernen.«

Wir bedanken uns und verabschieden uns. Im Stiegenhaus sehen wir einander an. Eigentlich könnte man ihr glauben, aber …

»Irgendetwas ist«, sagt Vesna, und ich nicke.

# [ 10 ]

Ich sitze in der Redaktion, sehe die Post durch und überlege, ob die rothaarige Nicole die Wahrheit gesagt hat. Ihr Alibi für den Mordtag ist ganz gut, die Polizei hat es sicher überprüft.

Am Vormittag hat sie daheim gelernt, danach war sie im Lebensmittelgeschäft um die Ecke, dann wieder daheim. Am Nachmittag ist sie mit öffentlichen Verkehrsmitteln in die Shopping City gefahren, ein neues Outlet bietet Designerkleidung zu Billigstpreisen an. Sie hat um insgesamt 153 Euro Jeans, zwei Pullover, eine Jacke und ein Paar Schuhe gekauft. Rechnung mit Zeitangabe ist vorhanden: 18.21 Uhr. Theoretisch also möglich, dass sie ihren ehemaligen Chef und vielleicht auch Geliebten ermordet hat und dann zum Shoppen gefahren ist. Aber ohne Auto? Der Steinbruch sieht mir nicht eben nach einer guten öffentlichen Verkehrsanbindung aus. Zuckerbrot wird das überprüfen und auch, ob sie jemand im Bus zur Shopping City gesehen hat.

Wie ist Philipp ausgerechnet auf Nicole gekommen?

Ich blättere weiter in der Post. Ein paar Einladungen zu Pressekonferenzen, ein böser Leserbrief, in dem ein gewisser »Freund des Abendlandes« meint, ich würde den Terrorismus verharmlosen. Noch ein Brief ohne Absender. Ich öffne ihn und sehe ein Blatt Papier mit aufgeklebten bunten Buchstaben. Diese Leserbriefschreiber werden immer schrulliger.

Da steht: »HÖR AUF SONST STIRBST AUCH DU!«

Bezieht sich wohl eher doch nicht auf einen meiner Artikel. Ich überlege, ob ich das Schreiben der Polizei übergeben soll, und rufe erst einmal Vesna an. Irgendwie gelingt es diesem Drohbrief nicht, mir Angst einzujagen. Ich frage mich nur, wer ihn geschrieben haben kann.

Vesna meint, ich darf ihn nicht berühren.

»Und wie hätte ich ihn dann aus dem Kuvert nehmen sollen?«

»Mit einer Pinzette.«

»Und was, wenn ich vorher nicht weiß, dass es ein Drohbrief ist?«

»Greife ihn jetzt nicht mehr an. Wir haben ein Labor, mit dem wir arbeiten, kann ihn auf Fingerabdrücke untersuchen lassen. Auch Kuvert, da vergessen sie immer wieder drauf, Handschuhe zu tragen.«

Na ja, wenn sie meint.

Die nächsten Stunden habe ich nicht viel Zeit, mir Gedanken über den Brief oder über die ehemalige Sprechstundenhilfe zu machen. Oskar taucht überraschend mit einer Einladungskarte für die Hochzeit auf.

»Brauchen wir so etwas?«, frage ich.

»Meine Mutter ...«

Ich nicke ergeben, ich bin mit mir übereingekommen, bis zur Hochzeit – fast – alles zu akzeptieren, was seine Mutter will. Danach freilich ... Habe ich mir überhaupt schon überlegt, wie sie sich danach in unsere Beziehung einmischen könnte? Als Schwiegermutter? Die Märchen enden nicht zufällig immer mit der Hochzeit ... Bisher war ich seine Freundin, also nichts, was sie besonders viel anging, als Ehefrau aber ... Ich und Ehefrau – das passt irgendwie nicht.

Oskar wundert sich, dass er ohne jeden Kampf mein Einverständnis bekommt. »Ich finde sie eher ... einfallslos«, sagt er schließlich.

»Ich auch«, erwidere ich und meine: »Gehen wir heute Abend essen?«

»Heute kann ich nicht, ich muss mit dem Vorstand der Mobiltelefongesellschaft essen gehen, aber du könntest mitkommen.«

Ich lehne dankend ab, so ein ruhiger Abend zu Hause, nur Gismo und ich, das hat auch was. Den Drohbrief zeige ich Oskar nicht, wer weiß, ob er nicht ein Drama daraus macht.

»Wir brauchen eine Gästeliste«, erinnert er mich noch.

»Was? Die macht nicht deine Mutter?«, spöttle ich.

Oskar seufzt. »Ich weiß, dass das nicht ganz einfach ist für dich ...«

»Die Gästeliste?«

»Ach, du weißt schon.«

»Das Heiraten?«

»Die Umstände ...«

»Wir haben es ja bald überstanden.« Kann sein, dass er sich etwas Liebevolleres erwartet hat, aber er ist trotzdem irgendwie beruhigt.

»Ich muss weiter«, verabschiedet er sich und küsst mich leicht auf den Mund. Man kann sagen, was man will, die Chemie zwischen uns passt. Ob das auf Dauer ausreicht? Ob es so bleibt?

Während ich noch grüble, kommt Vesna, um sich den Drohbrief zu holen. Auch sie hat keine Idee, von wem er stammen könnte. Wir haben mit den potenziell Verdächtigen schon wochenlang zu tun gehabt, warum schreibt jemand ausgerechnet jetzt einen Drohbrief? Mit Nicole haben wir erst heute geredet.

»Wenn sie ihn heute abschickt, kann er nicht bereits angekommen sein«, sage ich zu Vesna. Sie dreht das Kuvert um, über den Fingern ein Papiertaschentuch. »Keine Marke!«, sagt sie triumphierend. Liebe Güte, das ist mir gar nicht aufgefallen.

»Das ist gut«, meint Vesna, »dann muss ihn jemand gebracht haben.«

Ich rufe unsere Sekretärin an.

Ja, sagt sie, da sei ein Brief ohne Absender für mich abgegeben worden, sie habe ihn zuerst gar nicht annehmen wollen, aber vielleicht wollte jemand das »Magazin« anonym mit Informationen versorgen, soll ja schon vorgekommen sein, und außerdem hätte der Bote sonst sicher Probleme bekommen.

»Wie hat der Bote ausgesehen?«

»Wie? Keine Ahnung, wie diese Fahrradboten eben alle aussehen, jung und schlank und mit einer dunklen Fahrradbrille und Helm.«

»Von welcher Firma war er?«

»Also darauf habe ich wirklich nicht geachtet. Die Zustellung war bezahlt. – Was ist mit dem Brief?«

»Nichts, ich habe mich nur gewundert. War es ein Mann oder eine Frau?«

»Ein Mann, würde ich sagen, aber eher zierlich. Wenn du mich so fragst, theoretisch könnte es auch eine Frau gewesen sein … mit wenig Oberweite, aber die Windjacke verdeckt ja so einiges.«

»Irgendwie passt der Text nicht zu der ehemaligen Sprechstundenhilfe«, sage ich zu Vesna.

Sie packt den Brief mit einer Sorgfalt ein, als wären es die Kronjuwelen.

Zwei Stunden später weiß ich, dass es nur eine Art von Fingerabdrücken auf dem Kuvert gibt, und die sind von unserer Sekretärin.

»Woher hast du ihre Fingerabdrücke?«, frage ich Vesna am Telefon.

»Ich habe ihr Blatt mit einer Adresse in die Hand gegeben und gefragt, ob sie mir sagen kann, wo das ist.«

»Es sind auch keine von dem Fahrradboten drauf?«

»Du bist gut«, lobt mich Vesna, »habe ich auch schon gedacht. Wahrscheinlich war er der Schreiber – oder sie. Oder er hat Handschuhe angehabt, hat ein Teil von Boten. Aber es war warm, da haben sie eher Handschuhe ohne Finger … Was ich noch tun kann: Botendienste anrufen und nachfragen. Und versuchen herauszufinden, woher die Buchstaben ausgeschnitten sind. Aber das braucht viel Zeit.«

»Hast du so etwas schon einmal gemacht?«

»Ich bin erst knappes Monat bei Detektiv. Aber ich habe eine Menge Fachliteratur. Und Fantasie.«

»Ich halte den Brief nicht für besonders wichtig.«

»Stimme ich zu«, sagt Vesna und legt dann rasch auf, ihr Chef ist ins Zimmer gekommen, und wie sehr er solche privaten Ermittlungen mag, sollte sie besser erst gar nicht herausfinden.

Am Abend kurve ich heim, und das Einzige, was ich mich frage, ist, was es heute im Fernsehen gibt. Ich finde einen Parkplatz in meiner Gasse und gehe durch die Toreinfahrt. Aus unserem winzigen Innenhof, der den Toiletten etwas Licht und Luft gibt und jetzt in erster Linie Abstellplatz für die paar Mülltonnen ist – hier riecht es vor allem im Sommer entsprechend –, höre ich etwas. Ein Maunzen. Die verdammte Glühbirne ist schon wieder kaputt. Gismo. Es klingt irgendwie anders, dumpf. Aber zu gut kann ich mich an den Abend erinnern, als ich Gismo zuerst im Stiegenhaus und dann auf der Straße gesucht habe. Und sie fand: leblos, im Rinnstein, voll Blut und Schmutz, von einem Auto angefahren, der Lenker war nicht einmal stehen geblieben. War ja nur eine Katze.

»Gismo?«, flüstere ich.

Wieder Maunzen. Verdammt. Es klingt nicht nach Gismo, aber im

Finstern … Und vielleicht steckt sie in einer Tonne oder in einer abgestellten Schachtel oder … Ich öffne die Tür zum Innenhof. In dem Dunkel sehe ich fast nichts. Ganz abgesehen davon, dass ich es hasse, wenn es so finster ist. Fünf Stockwerke ragen rundherum auf, die Mauern scheinen sich unter dem Dach fast zu berühren. Gefangen in einem dunklen, übel riechenden Turm. Niemand hat das Licht in seinem WC-Fenster an. Ich stoße mit dem Schienbein gegen eine Mülltonne und fluche.

»Gismo!«, sage ich jetzt schon fordernder. Diese Katze soll verdammt noch einmal herkommen.

Dann ein Rumpeln und ein Schlag, ich habe ihn nicht kommen sehen, natürlich nicht, wie auch, er trifft mich auf der Wange, ich taumle, falle, knalle mit dem Hinterkopf gegen eine Mülltonne, kann Plastik so hart sein? Mein Kopf kann das nicht aushalten, er ist eine Melone, die rasch platzt, ich sehe Rot und denke Matsch, und gleichzeitig rapple ich mich auf und will den Angreifer fassen, bekomme ihn an einem Arm oder Bein zu greifen, werde abgeschüttelt, ich heule auf, schrecklicher Widerhall im winzigen Hof, ich hätte früher schreien sollen, er läuft davon, ich hänge zwischen den Mülltonnen fest und denke aus irgendeinem Grund: Erstunken ist noch niemand, aber jemand hat mich geschlagen, erschlagen wurden schon viele, mir wird schlecht, und wieder Schritte, ich ducke mich, Lärm und eine Frauenstimme, sie soll aufhören zu schreien, das tut so weh im Kopf. Eine Taschenlampe. Ich blinzle, wie ertappt, in den Lichtkegel, schließe die Augen.

»Mein Gott!«, schreit die Hausbewohnerin aus dem ersten Stock, und mir ist so schlecht, dass ich mich am liebsten übergeben würde, aber ich kann nicht und murmle bloß: »Leuchten Sie bitte woandershin.«

Man hat natürlich die Polizei verständigt, ich wollte das nicht, aber so eine Hausgemeinschaft … Ich sitze im Wohnzimmer von Frau Gerber, und sie gibt stolz an, dass sie mich schreien gehört habe. Die Polizeibeamten nehmen alles zu Protokoll, vor allem aber Namen und Wohnadresse, das ist ja auch das Eindeutigste, das hier festgestellt werden kann. Die anderen paar Hausbewohner, unter ihnen der, den ich insgeheim den

Blockwart nenne – ein rüstiger Fünfundachtzigjähriger, der seit der Einsparung des Hausmeisters dessen Überwachungsagenden wahrnimmt, offiziell heißt er Hausvertrauensmann –, sind ebenso dabei wie das ältere Ehepaar, das erst vor kurzem eingezogen ist. Irgendwie kommt es mir vor, als wäre ich hier nicht das Opfer, sondern die Täterin – Störerin des Hausfriedens und der abendlichen Ordnung.

Ich wehre ab, als mir die beiden recht sympathischen Polizeibeamten am Ende der Amtshandlung nahelegen, einen Krankenwagen zu rufen. Ich habe auf der Wange und am Hinterkopf je eine Platzwunde, beide haben bereits aufgehört zu bluten. Ich will heim. – Hinauf in meine Wohnung? Und was, wenn ... So tapfer bin ich doch wieder nicht. Ich bitte die beiden Beamten, mich hinaufzubegleiten, für alle Fälle. Sie keuchen mindestens ebenso wie ich, als wir oben angelangt sind. Gismo brüllt wie immer, wenn ich komme, und ich bin erleichtert.

Ich sperre auf, Gismo sieht die beiden in Uniform irritiert an, faucht und bläst sich gleichzeitig auf doppelte Größe auf.

Ich versuche entschuldigend zu lächeln, aber daraus wird nicht viel, die Wunde auf dem Backenknochen schmerzt zu sehr. Die beiden bleiben in der Tür stehen, in Schach gehalten von meiner Katze, ich scheuche Gismo weg, sie verzieht sich knurrend auf den Vorzimmerkasten. Die Beamten machen einen großen Bogen darum herum und sehen in allen Räumen nach. Da ist niemand. Vom Drohbrief erzähle ich nichts, aber ich überlege: Gibt es einen Zusammenhang? Ist er doch ernster zu nehmen, als wir gedacht haben?

Die beiden lehnen Kaffee, Wasser oder etwas Besseres ab und fragen, ob ich wirklich allein bleiben wolle. Ich nicke. Das bringt das Innere meines Kopfes in ungeahnte Schwingungen, alles dreht sich. Sie merken zum Glück nichts davon und gehen mit der Zusage, mir ein Protokoll zukommen zu lassen.

Ich muss nachdenken. Falls ich dazu imstande bin. Ich schenke mir einen großen Whiskey ein und setze mich in die Küche. Dass ich trotz allem nicht den traditionellen Tropfen Wasser vergesse, werte ich als gutes Zeichen, so sehr kann mein Kopf also nicht gelitten haben.

Man wollte mich nicht töten, man wollte mir einen Denkzettel verpassen. Der Jameson geht warm in den Magen hinunter, mit dem Magen ist alles wieder in Ordnung, und solange ich den Kopf nicht bewege, ist mir auch nicht schwindlig. Also ein rein physikalisches Problem, Mira.

Ein Geräusch. Ich bin mir sicher, auf dem Gang vor meiner Wohnung ein Geräusch gehört zu haben. Ich muss verrückt gewesen sein, allein hierzubleiben. Sie hätten mich zu Oskar fahren können – oje, Oskar –, oder ich hätte ins Krankenhaus sollen oder ... Ich stehe auf und versuche lautlos zur Tür zu schleichen. Die Wunde am Hinterkopf pocht. Was ist, wenn sie platzt und ich in der Nacht verblute? Jetzt höre ich nichts mehr. Ich blinzle durch den Spion und denke an den Kriminalroman, in dem einer Frau durch den Spion hindurch ins Auge geschossen wird. Nichts. Halbdunkel. Wenn er sich ganz nah vor meine Tür gekauert hat ... Ich will nicht länger zittern, in einem Atemzug drehe ich den Schlüssel um und reiße die Tür auf und falle im Schwung fast über das Stiegengeländer. Niemand da.

Ich schleiche wieder nach drinnen, drehe zum ersten Mal, seit ich hier wohne, auch das obere Sicherheitsschloss um, der Kopf dröhnt, ich trinke das Glas Whiskey in einem Zug aus. Seltsamerweise spüre ich keine Wirkung, ich werde nicht betrunken, obwohl ich den ganzen Tag über nichts gegessen habe, ich werde aber auch nicht ruhiger.

Ich rufe Vesna an, und sie verspricht aufgeregt, sofort zu kommen.

Sie haben mich schon einmal verprügelt, in der Hauseinfahrt. Aber das ist Jahre her, und es war eine ganz andere Geschichte. Vielleicht sollte ich doch zu Oskar ziehen.

Noch bevor Vesna da sein kann, läutet es. Ich gehe nicht zur Gegensprechanlage, ich rufe Vesna an.

Nein, natürlich stehe sie nicht vor meiner Tür, sie sei auf dem Weg, aber sie brauche noch zehn Minuten.

Es läutet wieder. Ich gerate in Panik, aber solange ich ihn nicht ins Haus lasse ... Beim dritten Mal ist es das Telefon. »Zuckerbrot da, seien Sie so freundlich und lassen Sie mich endlich hinein.«

»Und woher sollte ich wissen, dass Sie es sind?«

»Wie schade, dass wir keine Kennmelodie haben«, ätzt er und fügt dann hinzu: »Tut mir leid, wie geht es Ihnen? Alles okay?«

Ich drücke den Summer.

Ich sehe erneut durch den Spion, es ist tatsächlich Zuckerbrot, der die letzten Stufen zu meiner Wohnung erklimmt, ziemlich rasch und ohne schwer zu atmen. Er schießt auch nicht durch den Spion auf mich, ich lasse ihn herein.

»Wollen Sie nicht zusperren?«, sagt er und starrt mir ins Gesicht. Ich muss doch schlimmer aussehen, als ich glaube.

»Mit dem Leiter der Mordkommission im Haus …«, versuche ich zu spotten. »Außerdem kommt Vesna gleich, ich konnte ja nicht ahnen, dass Sie …«

»Ab und zu funktioniert auch bei uns die Kommunikation«, erwidert Zuckerbrot. »Gut, ich gebe zu, es war ein Zufall. Ich war gerade wegen einer völlig anderen Sache im Bezirkskommissariat, als zwei Beamte darüber stritten, wie Valensky geschrieben wird, da bin ich natürlich hellhörig geworden.«

Ich führe ihn zu meinem großen Tisch im Wohnzimmer, räume Zeitungen und Werbeprospekte, Post, Papiertaschentücher, Kekse beiseite und bitte ihn, sich zu setzen.

»Was zu trinken?« Worüber soll ich mit ihm reden, wenn ich selbst noch keine Ahnung habe, was geschehen ist?

»Was haben Sie gerade getrunken?«

Eigentlich will ich Tee oder Kaffee oder so etwas sagen, aber offenbar arbeitet mein Hirn doch noch nicht ganz richtig, also sage ich: »Whiskey, irischen.«

»Her damit.«

Ab und zu erstaunt mich der Typ.

Ich hole die Flasche, mein Wasserkännchen, zwei Gläser und schenke nicht zu knapp ein. Er prostet mir zu, ich versuche wieder zu grinsen und bin mir nicht sicher, ob meine Wange reißt.

»Ich nehme einmal an, Sie haben mir eine ganze Menge verschwiegen«, sagt er nach einem großen Schluck.

Da läutet es wieder.

»Vesna«, sage ich, und er seufzt.

Eine Stunde später weiß Zuckerbrot von der Detektivrechnung, davon hat die Polizei tatsächlich nichts erfahren, und ich habe so gesehen wohl Glück, dass ich lädiert bin. Normalerweise zetert er etwas von Unterschlagung von Beweismitteln. Meine Cuts stimmen ihn deutlich milder.

Ich versuche ihm genug Whiskey einzuschenken, damit er uns mehr über den genauen Tathergang erzählt, aber er ist leider ziemlich trinkfest.

»Wir waren beim Steinbruch«, erzähle ich. »Und wir haben uns gedacht, theoretisch hätte man ja auch von der obersten Kehre einen Stein auf die darunter werfen können. Dr. Hofer hätte nicht einmal jemanden bemerkt, bevor er getroffen wurde.«

»Theoretisch ja«, sagt Zuckerbrot und wechselt das Thema: »Wer hat Sie niedergeschlagen?«

Ich schüttle vorsichtig den Kopf, das geht schon besser als vor einer Stunde. »Keine Ahnung, das habe ich schon Ihren Kollegen gesagt.« Die Sache mit dem Drohbrief behalten wir lieber für uns.

»Sagen Sie nicht, dass das nichts mit dem Arztmord zu tun hat«, meint Zuckerbrot. »Oder stecken Sie noch in einem anderen Schlamassel?«

»Ich stecke in gar keinem Schlamassel«, erwidere ich hoheitsvoll und denke mir, vielleicht abgesehen von der Hochzeit. »Ich glaube … irgendjemand wollte mir einen Denkzettel verpassen. Und er hat miaut, um mich anzulocken. Es kann also jemand sein, der weiß, dass ich eine Katze habe und mir Sorgen mache, wenn ich sie unten im Hof vermute, oder jemand, dem einfach nichts Besseres einfällt.«

Zuckerbrot nickt. »Die Glühbirne im Innenhof ist aus der Fassung geschraubt worden. Es war also keine ganz spontane Aktion.«

»Wenn Sie sagen, das mit Stein von oben war nur theoretisch … wie war es dann praktisch?«, hakt Vesna nach. Außer karibischem Rum mag sie keine harten Getränke, also trinkt sie Saft und ist stocknüchtern.

»Okay«, seufzt Zuckerbrot, »man hat ihn gegen die Felswand gestoßen, oder er ist ausgerutscht, aber dann wäre er wohl nicht mit solcher Wucht aufgeschlagen. Er hat sich das Genick gebrochen. Blut hat es nicht viel gegeben, der Täter oder die Täterin hat die Stelle einfach mit Geröll bedeckt, danach hat es zu regnen begonnen, aber auch der Regen kann nicht alle Spuren wegwaschen.«

»Warum hat man ihn stattdessen nicht hinuntergestoßen?«, fragt Vesna.

Zuckerbrot seufzt. »Darüber denken wir auch nach. Vielleicht wollte man ihn gar nicht töten. Vielleicht wollte man aber auch auf Nummer sicher gehen, dass er den Absturz nicht überlebt. Jedenfalls ist klar, dass die Detektivrechnung Gerda Hofer zusätzlich verdächtig macht. Sie profitiert vom Tod ihres Exmannes, und sie hatte allen Grund, wütend auf ihn zu sein.«

»Ist sie körperlich in der Lage, ihn mit solcher Wucht an die Felswand zu stoßen?«, werfe ich ein.

»Sie trainiert, das haben Sie mir selbst erzählt. Und wenn ihr Exmann darauf nicht gefasst war, unglücklich fällt … sicher, das geht schon. Außerdem wissen wir ja nicht, was sie vorgehabt hätte, falls Plan eins nicht klappt und er bloß verletzt ist. Noch eins mit einem Stein drauf, einer anderen Waffe, der vorgetäuschte Autounfall, den sie dann ja auch durchgezogen hat.«

Über Peter Königsberger will ich mit ihm so wenig wie möglich reden. Dass er die Rechnung bekommen hat, haben wir erzählt, nicht aber, dass Vesna einen Trafikanten ausfindig gemacht hat, der eine Menge Interessantes über den Drehbuchautor und den Arzt zu erzählen weiß. Einen kleinen Vorsprung wollen wir behalten, viel ist es ohnehin nicht. Im »Magazin« macht es sich besser, wir lösen den Mordfall, als wenn die Polizei es tut, eine Pressekonferenz gibt und alle Journalisten mit einem Mal auf demselben Wissensstand sind. Es ist ohnehin erstaunlich, dass noch nichts von dem Fall durchgesickert ist. Aber zuerst hieß es eben »Selbstmord«, das interessiert unsere Kriminalberichterstatter wenig. – Was tun wir, wenn es tatsächlich Gerda war? Wie soll ich im »Magazin« über die »Magazin«-Fotografin und Mörderin berichten? Unser Chefredakteur hätte, fürchte ich, nichts gegen alle saftigen Details. Mein Problem ist bloß: In gewisser Weise kann ich Gerda verstehen.

Zuckerbrot geht spät, und ich mache Vesna das Sofa im Wohnzimmer zurecht. Meine Angst ist weitgehend verflogen, ist daran der Whiskey schuld? Die beiden Wunden pochen, aber die Schläge waren nicht besonders wuchtig. Als Tatwerkzeug tippt Zuckerbrot auf einen Stock oder auf einen Golfschläger. Niemand hat den Angreifer fliehen gesehen. Hätte er einen langen Stock bei sich getragen, er wäre in der Gasse wohl aufgefallen ... Aber wer weiß. Oder er hat das Haus gar nicht verlassen und lauert noch immer im Keller. Nein, ich habe gehört, wie er durch die Einfahrt nach draußen gelaufen ist. Die Schritte waren nicht laut, eher dumpf. Lässt auf Turnschuhe schließen, aber so etwas trägt heute ein jeder.

Bruno hat schon wieder eine SMS geschickt: »Nur für den Fall, dass du die erste SMS nicht bekommen hast: Können wir uns sehen? Bruno (will dich nicht belästigen, haha)«. Mein Kopf schmerzt, ich nehme ein Aspirin und dann zur Sicherheit gleich noch zwei, das wird mich nicht umbringen. Die Wunde am Hinterkopf pocht noch etwas, dank meiner vielen Haare kann man sie wenigstens nicht sehen. Der Cut auf der Wange sieht hingegen eher abenteuerlich aus, nichts, was sich kaschieren ließe. Womöglich bleibt mir eine Narbe im Gesicht, ich hätte die Wunde vielleicht doch nähen lassen sollen.

Vesna ist ganz früh aufgestanden, hat bereits alle Küchenkästen geputzt und im Wohnzimmer den Boden aufgewischt. »Komme ich sonst momentan schlecht dazu«, meint sie, »und habe ich dir versprochen.«

Ein bisschen mehr oder weniger Staub ist momentan nicht mein vorrangiges Problem. Wir streichen das Frühstück, dopen uns bloß mit extrastarkem Kaffee, und ich bin Vesna dankbar, dass sie nicht fragt, ob ich überhaupt schon in der Lage sei, aus dem Haus zu gehen. Ich will es sein und basta.

Vor meiner Wohnungstür entdecke ich den nächsten Drohbrief. »DAS WAR NUR DIE ERSTE WARNUNG«, steht in bunten aufgeklebten Zeitungslettern zu lesen. Wie ist er ins Haus gekommen? Andererseits: Besonders schwierig ist das nicht. Man braucht nur zu warten, bis irgendein Hausbewohner aufschließt. Oder bis einem Zusteller geöffnet wird. Ganz abgesehen davon, dass die Türe hin und wieder ohnehin bloß angelehnt ist.

»Mutig«, sagt Vesna, »das kann leicht auffallen.«

Sie besteht darauf, bei allen Hausparteien zu klingeln und nachzufragen.

Aber niemand will jemand Fremden oder gar Verdächtigen gesehen haben. Mehr noch als gestern Abend habe ich heute das Gefühl, dass mich die meisten Mitbewohner als Störfaktor ansehen, denn durch mich kommen ja potenzielle Schläger und ähnliches Gesindel ins Haus.

Wir müssen mit Peter reden. Vesna und ich sind sicher, dass Zuckerbrot nicht nur Gerda, sondern auch ihn erneut ins Visier nehmen wird. Bloß: Wenn ich an Bruno denke, wird mir anders. Wenn er Peter von unserer Nacht erzählt hat und er das herumposaunt ... Aber was soll's.

Zu Hause erreichen wir ihn nicht. Ich will schon aufatmen, doch Vesna lässt nicht locker, und so finden wir nach einiger Zeit heraus, dass Peter Königsberger bei Dreharbeiten zur Serie »Vienna Airport« ist.

Wir fahren zum Set, der nicht am Flughafen, sondern in einer Seitenhalle des Westbahnhofs aufgebaut wurde, und beobachten die Szene: Kameras und auf wichtig herumlaufende Assistentinnen, ein paar an der Grenze zur Magersucht, Schauspieler, die auf ihre Szene warten, Regisseur, Regieassistent, Maskenbildner, eine Fotografin und etwas abseits Peter mit einem hageren Mann um die fünfzig. Alles ist in Bewegung, aufgeregt und aufregend, dabei wird momentan gar nicht gedreht, immer wieder bleiben Schaulustige stehen. Ich werde dem Chefredakteur eine Reportage über den Drehort Wien vorschlagen. Drehbücher zu schreiben, das wäre auch etwas für mich ... Ich stutze: Würde Peter sein gutes Leben wegen Gerda aufs Spiel setzen? Die Frage ist natürlich, wie er sein Leben selbst sieht. Begeht er einen Mord, nur um sie von ihrem Exmann zu befreien? Oder weil er wegen der Detektivrechnung wütend geworden ist? Andererseits: Es ist eine Tatsache, dass er zu Dr. Hofer ins Auto gestiegen ist.

Ich nicke Vesna zu, und wir gehen um den Set herum zu Peter Königsberger. Er spricht gerade mit einem hageren Mann um die sechzig und sieht uns irritiert an. Von seiner Freundlichkeit ist wenig geblieben.

»Können wir mit Ihnen reden?«, frage ich mit einem Seitenblick auf sein Visavis.

»Ich habe keine Zeit«, erwidert der Drehbuchautor knapp.

»Ich muss ohnehin zurück ins Studio«, meint der Hagere. »Und ihr

Autoren könnt euch ruhig ein wenig mehr um eure Fans kümmern«, fügt er noch hinzu und verschwindet.

Er hält uns für Fans. Auch kein Problem. Nur Vesna verzieht leicht das Gesicht.

»Was gibt es?«, fragt Peter kurz angebunden. Wahrscheinlich hat Gerda ihn informiert. Oder, schlimmer noch, Zuckerbrot war schon da.

»Wir wissen, dass Sie sich am Mordtag um halb fünf mit Dr. Hofer an der Ecke Zirkusgasse/Blumauergasse getroffen haben. Sie waren joggen, haben mit ihm gestritten, sind dann in sein Auto gestiegen und mit ihm weggefahren.« Ich sage es möglichst neutral.

Er starrt uns an, aber der Bericht geht zu sehr ins Detail, als dass er alles abstreiten könnte.

Ich fahre fort: »Am Vortag hat er Ihnen die Rechnung über die Detektivkosten in Höhe von 4.200 Euro zukommen lassen. Sie waren wütend …«

Er faucht: »Ich bin wütend auf Sie beide. Sie versprechen Gerda, ihr zu helfen, stattdessen spionieren sie hinter ihr und mir her. Glauben Sie, dass das Gerda hilft? Dass es das ist, was sie will?«

»Wir sollen herausfinden, was passiert ist«, meint Vesna trocken. »Und Sie sind leider Verdächtiger.«

»Wann haben Sie mit Gerda darüber gesprochen?«, frage ich.

»Gar nicht, was gibt es da zu besprechen? Ich will sie nicht noch mehr belasten, sie hat keine Ahnung, dass ich ihren Mann getroffen habe. Es war ja auch ganz anders. Ich habe ihr die Rechnung gegeben, aber ich wollte nicht, dass am Ende sie sie zahlt, sie ist ohnehin pleite, und von mir will sie kein Geld nehmen. Ich habe ihn dazu gebracht, sich mit mir an der Straßenecke zu treffen. Er hat mir versucht einzureden, dass ich ja nur eines von mehreren Verhältnissen seiner Frau gewesen sei. Und er hat gemeint, wer die Detektivrechnung begleiche, sei ihm egal, er werde für Verrat und Ehebruch jedenfalls nicht auch noch zahlen. Ich hatte den Eindruck, dass uns die ganze Straße zuhörte, also habe ich gesagt, ich fahre mit ihm mit, wir klären das ein für alle Mal.«

»Und Sie sind zum Steinbruch gefahren«, ergänzt Vesna.

»Sind wir nicht! Natürlich nicht! Er wollte nicht, dass ich mitfahre, aber ich habe mich einfach ins Auto gesetzt, was hätte er tun sollen? Er ist einige Straßen weitergefahren und hat mich ununterbrochen angebrüllt, dass ich sein Leben zerstört hätte, dass er sich das alles nicht bieten lasse, dass meine Frau vom Ehebruch erfahren solle, dass die Wahrheit ans Licht kommen müsse – irgendwann wurde es mir dann zu blöd, mit dem Typen konnte man wirklich nicht reden, und ich bin ausgestiegen und heimwärts gejoggt.«

»Und warum haben Sie das nicht längst der Polizei erzählt?«

Er sieht mich spöttisch an: »Warum wohl? Wer macht sich schon freiwillig verdächtig?«

»Warum haben Sie nicht einmal mit Gerda darüber geredet?«

Er schüttelt wütend den Kopf. »Zuerst war es ihr Schock über den Tod ihres Exmannes und dann …« Er flüstert es fast: »Sie … manchmal wirkt sie, als würde sie mich verdächtigen.«

»Hat sie Ihnen von unserem Treffen im get.moving erzählt?«

»Was? Sie haben mit ihr schon darüber geredet? Nein. Sie hat nichts erwähnt. Dabei waren wir gestern essen, und es hat so ausgesehen … Aber irgendwie ist es ihrem Mann wohl doch noch gelungen, unsere Beziehung zu torpedieren. Und Sie mit Ihren Nachforschungen sind mit schuld daran.«

»Dass Sie unter Verdacht stehen, ist klar, hängt nur davon ab, wie Sie damit umgehen. Wehleidigkeit ist nicht gut«, meint Vesna.

»Gerda braucht Sie, sie braucht Unterstützung und nicht Lügen und Halbwahrheiten«, füge ich hinzu. »Oder verdächtigen Sie zum Ausgleich Gerda?«

»Natürlich nicht! Bloß: Wer erzählt hier Halbwahrheiten?« Er schreit es etwas zu laut, um glaubwürdig zu sein. »Sie verdächtige ich nicht!«

So etwas Ähnliches hat er auch in der Tiefgarage vom »Magazin« gesagt, es ging um die Betonung – Sie nicht, aber: »Wen dann?«, frage ich.

Er sieht mich wütend an: »Auf Ihre Methoden können Gerda und ich verzichten, Ihnen geht es doch bloß um eine Reportage, Sie wollen wieder einmal als Mira Valensky, die große Kriminalreporterin dastehen, da ist Ihnen doch jedes Mittel recht! Glauben Sie, ich weiß nicht, mit welchen Methoden Sie mich ausspioniert haben? Für eine nette Info ist es für Sie kein Problem, jemanden zu verführen …«

»Wie bitte?«, fragt Vesna.

»Hat sie Ihnen wohl nicht erzählt, von wegen wer da was verschweigt. Hat sie nicht erzählt, dass sie sich an Bruno, meinen Partner, herangemacht hat, um mehr über mich zu erfahren? Er dachte an einen romantischen Abend, sie dachte an Infos und hat ihn dann gedemütigt zurückgelassen.«

Ich räuspere mich. »Unsinn. Wir haben uns zufällig getroffen und stundenlang sehr nett geplaudert. Und: Ich gehe, wann ich will. Ganz abgesehen davon, dass wir kaum über Sie geredet haben.«

»Gerade mit ihm, wo er Frauengeschichten ohnehin immer viel zu ernst nimmt.«

»Im Gegensatz zu Ihnen, was?«

»Seltsam, gerade wollten Sie mir noch unterstellen, Gerdas Mann ermordet zu haben.«

»Wollten wir nicht«, sagt Vesna mit einem neugierigen Seitenblick auf mich. »Wir fragen bloß. Und da sind noch zwei Fragen: Wenn Sie Gerda nicht verdächtigen, wen dann? Und: Wo waren Sie gestern um 21 Uhr?«

»Sie sind nicht von der Polizei, ich muss mir das nicht bieten lassen.«

Ich atme durch und versuche dann, spöttisch zu lächeln, meine Wange schmerzt. »Was ist bloß aus dem netten und zuvorkommenden Lover geworden? Offenbar haben Sie noch ganz andere Seiten.«

»Da kann keiner ruhig bleiben«, knurrt er. »Und übrigens: Gestern Abend war ich, wie schon gesagt, mit Gerda essen.«

»Dafür gibt es Zeugen?«

»Gerda, einige Ober, Gäste. Reicht das?«

»Ich denke, Sie misstrauen einander?«, fragt Vesna.

»Ich misstraue ihr NICHT! Ihre Kinder haben sich das mit dem Essen ausgedacht, sie wollten, dass ihre Mutter endlich wieder einmal einen entspannten Abend verbringt. Sie akzeptieren mich – irgendwie.«

Er nennt den Namen des Lokals, selbst die Adresse weiß er auswendig. Freilich, er könnte das Alibi auch inszeniert und einen Schläger geschickt haben. Etwas weit hergeholt, denke ich dann.

Vesna sieht das offenbar nicht so: »Ist interessant, dass Sie gar nicht gefragt haben, warum Mira so schrecklich aussieht.«

Oh, danke, nett formuliert.

Der Drehbuchautor wirkt verblüfft. »Ich … ich wollte nicht unhöflich sein und …«, an mich gewendet: »Was ist Ihnen zugestoßen?«

»Das kommt spät«, meint Vesna. – »Ich glaube, da braucht Sie einer.« Sie deutet auf einen Regieassistenten, der sich uns vorsichtig mit einem Skript in der Hand nähert.

»Gibt es Probleme?«, fragt der Regieassistent besorgt. Peter Königsberger lächelt beinahe sein altes fröhliches Lächeln. »Nein, nein, alles in Ordnung, ich komme schon.«

Wir sind noch nicht einmal aus der Bahnhofshalle draußen, als Vesna schon alles über diesen Bruno und Peters Anspielungen wissen will. Ich erzähle oberflächlich, kürze die letzten Szenen ein bisschen ab, trotzdem pfeift sie auf ihre unnachahmliche Art durch die Zähne. »Ist wahrscheinlich besser, du redest mit dem Typen, bevor er gekränkt weitertratscht, Mata Hari. Auch wenn die Sache für ihn nicht schmeichelnd ist, und Männer sind da kompliziert …«

So wie es aussieht, können wir Peter und Gerda streichen, was den Überfall auf mich angeht. Vesna will ihr Alibi jedenfalls sofort überprüfen, ich soll in der Zwischenzeit mit Bruno reden. Es gibt Dinge, die ich lieber täte. Ich schicke ihm eine SMS: »Jetzt habe ich Zeit, wo treffen wir uns?« Nicht besonders anregend, aber das soll es ja auch nicht sein. Ich muss ihm klarmachen, dass ich ihn nicht aushorchen wollte, dass ich sicher nicht zum Zweck weiterer Infos über seinen Partner mit ihm mitgegangen bin. In erster Linie aber muss ich ihn dazu bekommen, die ganze Sache einfach zu vergessen.

Gekränkte Eitelkeit ist mühsam. Wir sitzen in einem Café im ersten Bezirk, und Bruno tut so, als hätte ich ihn nach Wochen und Monaten voller Avancen schnöde weggestoßen. Irgendwie hat er sich da in etwas hineinfantasiert. Es war ein schöner Abend, dabei bleibe ich. Und er bleibt dabei, dass ich ihn erstens wohl nicht attraktiv genug fand und ihn zweitens ohnehin bloß aushorchen wollte.

»Hast du wirklich so wenig Selbstbewusstsein?«, frage ich.

»Vielleicht«, antwortet er und sieht weidwund drein.

»Du siehst gut aus, hast einen interessanten Beruf, du bist ein großartiger Gesprächspartner …«

»Und trotzdem bist du vor mir davongelaufen, als du alles wusstest, was ich dir sagen konnte.«

»Besonders viel habe ich aber nicht nach Peter gefragt, oder?«, werfe ich ein.

»Um mich in Sicherheit zu wiegen. Und dann noch die Sache mit deiner Hochzeit, die ich von Peter erfahren habe …«

Muss ich mich jetzt dafür auch noch rechtfertigen? Sorry, ich hab dich geküsst, obwohl ich bald heirate. Klingt wie ein Schnulzentitel. Ich bin wirklich froh, dass ich rechtzeitig die Kurve gekratzt habe. Egal, wie er das interpretiert.

Er räuspert sich. »Hat er von uns erfahren? Äh, schlägt er dich eigentlich?«

Zuerst verstehe ich nicht, dann muss ich trotz meines Cuts auf der Wange lachen, ich lache, bis mir die Tränen die Wange herunterrinnen, es tut weh, aber es tut auch enorm gut. »Oskar?«, keuche ich. »Oskar? Mich schlagen? Und was gibt es über ›uns‹ zu erfahren?«

»Jetzt lachst du mich auch noch aus, dabei ist Gewalt …«

Ich kann nicht anders, ich muss immer noch lachen: »Weiß ich, klar, aber Oskar …« Und plötzlich denke ich mir, dass auch ich mich viel zu sehr hineingesteigert habe – in vorhochzeitliche Zukunftsängste. Und dass alles gut wird.

In der Redaktion schummle ich mich mit gesenktem Kopf durch bis zu meinem Schreibtisch, ich kann auf Kommentare zu meinem vermöbelten Gesicht verzichten. Zum Glück habe ich nicht allzu viel zu tun, in erster Linie Routinearbeit. Vesna ruft an, um mir zu sagen, dass das Alibi von Peter und Gerda für gestern Abend wirklich wasserdicht ist. Fast wie inszeniert. Wer hat es arrangiert? Die Kinder.

Ich telefoniere mit Claudia, und sie murmelt mürrisch: »Sie haben doch gesagt, wir sollen uns um Mutter kümmern. Was ist daran wieder falsch?«

»Gar nichts.«

»Aber?«

»Kein Aber. War das mit dem Abendessen deine Idee?«

»Es war mehr die von Philipp, das heißt, er hat gemeint, man sollte Mutter einen schönen Abend machen. Ich bin dann auf die Idee mit dem Essen gekommen.«

Philipp bestätigt das weitgehend. »Sie hat es ja wirklich schwer, und der Typ ist ganz in Ordnung«, meint er.

»Und wo warst du gestern Abend?«

»Unterwegs, bei Freunden. Wir haben eine LAN-Party gemacht, da spielen alle an ihrem Computer ...«

»Ganz daneben bin ich auch nicht, ich weiß, was eine LAN-Party ist. Wie wäre es mit der Nummer eines Freundes, damit ich das überprüfen kann?«

Ich wundere mich, wie anstandslos ich diese Nummer bekomme. »Übrigens: Nicole Frohner bestreitet, ein Verhältnis mit deinem Vater gehabt zu haben.«

»Vielleicht will sie es lieber vergessen, kann ich verstehen.«

»Sie sagt, sie hat freiwillig gekündigt.«

»Vielleicht musste sie nicht mehr arbeiten, und er wollte sie aushalten? Sie verstehen schon. Außer Geld konnte sie doch von diesem Typen nichts wollen. Ich schwöre es, ich habe die beiden gesehen. Ich hätte sie fotografieren sollen, am besten beim Ficken.«

Mir geht der Knabe auf die Nerven.

Ich gehe gerade die Einladungsliste für die Hochzeit durch, jetzt sind es doch rund fünfzig Gäste geworden, mehr Freunde als Verwandte zum Glück. Oskar und ich sind einer Meinung: dass wir niemanden nur der Konvention wegen einladen wollen – abgesehen von der Verwandtschaft.

Droch biegt Äste zur Seite, rollt an meinem Ficus vorbei zu mir.

»Irgendwann einmal frisst dich dein Grünzeug auf«, sagt er. Er war die letzten Tage mit unserem Bundespräsidenten auf Staatsbesuch in Usbekistan. Ich wusste gar nicht, dass er schon wieder zurück ist.

»Und was ist das?«, sagt er und hebt eine Muster-Einladungskarte von meinem Schreibtisch. »Nein. Glaube ich nicht!«

Ich nicke. »Wir werden heiraten.« Ich versuche, möglichst ausdruckslos dreinzuschauen.

»Und an mir wolltest du die Hochzeit vorbeischummeln?«

»Nein, es war eher eine spontane Idee.« Eine besoffene, um genau zu sein, Droch würde die Geschichte gefallen, vielleicht erzähle ich sie ihm irgendwann einmal. Jetzt macht er jedenfalls auf zynisch und meint: »Wohl das Gegenprogramm zur gescheiterten Ehe unserer Fotografin? Mädchen, wo nimmst du bloß deinen Optimismus her? Als ob Beziehungen auf Dauer gut gehen könnten.« Dann erst sieht er meine Verletzung auf der Wange und sagt besorgt: »Und worauf hast du dich da schon wieder eingelassen?«

Ich grinse, das geht schon wieder, hat vielleicht auch mit den drei Aspirin zu tun, die ich mir vor kurzem wieder verordnet habe. »Oskar war es jedenfalls nicht.«

»Bis zum Heiraten wird alles wieder gut, heißt es. Aber ob sich das ausgeht …«

Daran habe ich überhaupt noch nicht gedacht. Was wird Oskars Mutter zu meinem Gesicht sagen?

»Du bist übrigens natürlich eingeladen. Du sollst mein Trauzeuge sein, okay?« Ist mir gerade so eingefallen.

»Ich weiß nicht …«

»Aber ich weiß.«

»Was sagt Oskar …?«

»Der hat noch keine Ahnung, aber er freut sich sicher.«

»Freuen über so einen Cut?« Droch sieht mich entgeistert an.

So kann man aneinander vorbeireden. »Ich hab gemeint, er freut sich sicher über dich als Trauzeugen. Ja?«

»Nur wenn du mir erzählst, wie es zu diesem Ding auf deinem Gesicht gekommen ist – und alles andere, was ich in diesem Zusammenhang noch nicht weiß.«

Und da ich finde, das kann sich nicht auf Bruno und meine Beinahe-Verirrung beziehen, erzähle ich und fange mit den Drohbriefen an.

# [ 11 ]

Die nächsten Tage ist Vesna so etwas wie mein Bodyguard. Oskar besteht darauf, und mir ist es auch ganz recht. Seine Mutter hat eine furchtbare Idee: Ich soll bei der Hochzeit einen Hut mit Tüllschleier aufsetzen, damit niemand meine Blessur sieht. Ich habe sie per Zufall bei Oskar in der Kanzlei getroffen. Sie hat mich angestarrt, als wäre ich eine amtsbekannte Schlägerin und nicht das Opfer, das zwei auf den Kopf bekommen hat. Aber sie hat nichts Einschlägiges gesagt. Zumindest zu mir nicht. Und Oskar weiß ja, worauf er sich mit mir einlässt. Hoffentlich.

Mein anonymer Verfolger meldet sich nur noch einmal, und zwar telefonisch. Mit extrem verstellter Stimme sagt jemand: »Lass die Sache in Ruhe, sonst erlebst du die Hochzeit nicht.« Ich glaube, die Stimme wurde elektronisch verändert. Es war nicht einmal zu erkennen, ob eine Frau oder ein Mann geredet hat. Ich habe Zuckerbrot informiert, aber das Telefonat war zu kurz, man konnte den Anrufer nicht ermitteln.

Ich könnte immer noch ganz gut ohne Hochzeit leben. Aber ich gebe zu, zumindest die Vorbereitung des Büffets macht mir Freude. Ich treffe mich mit Manninger in seinem Lokal im Weinviertel, wir sitzen an einem der sorgfältig restaurierten Holztische im Schankraum, besprechen Gericht für Gericht.

»Dass du einmal heiratest, hätte ich mir auch nicht gedacht«, sagt er zwischen seinem Rezept für ein Wildkarpfentartar und meinem Rezept für ein Paradeiserbrot. Ich lächle und ich bestehe darauf, einige Speisen selbst zuzubereiten. Schließlich will ich auch gelobt werden. Eigentlich traue ich mir etwas viel zu, immerhin ist Manninger einer der heimischen Kochstars, ob ich da mithalten kann? Ach was, darum geht es doch gar nicht. Kochen macht mir Spaß. Ich mache die Dinge eben auf meine Art. Und damals in seiner Küche, da hat mir Billy Winter einiges beigebracht …

Von Manningers »Apfelbaum« zu Eva Berthold in Treberndorf ist es nicht weit. Die Winzerin ist wie meist in Eile, verspricht, den Wein pünktlich zum Hochzeitsbüffet zu liefern, will sich den, den ich heute für mich daheim – für uns daheim – mitnehme, nicht zahlen lassen. »Dann gib das Geld deiner Tochter«, sage ich und lege einen Hunderter auf den großen Küchentisch. Ist ohnehin deutlich weniger, als sie sonst dafür bekäme. Als ich mit einer Menge Wein im Kofferraum zurück Richtung Wien kurve, senkt sich über die Hügel die Dämmerung. Ich habe die Fenster offen, fahre langsam und nehme Nebenstraßen. Ich rieche das üppige Grün, spüre die Wärme, die der Boden tagsüber gespeichert hat, in den Weingärten färben sich die Trauben schon rot. Vielleicht sollten wir uns doch in dieser Gegend ein Haus kaufen, überlege ich.

Aber ich meine es nicht ernst. Seit dem letzten Jahr weiß ich, dass das Landleben auf Dauer nichts ist für mich. Nicht nur weil in der Stadt niemand beim Joggen von einem Hochstand aus erschossen werden kann.

Nun bin ich endlich unterwegs, um mir ein Hochzeitskostüm zu kaufen. Oskar hat keine Zeit, aber Vesna soll mich als Kindermädchen und Shoppingassistenz begleiten. Ich trabe durch die Kärntner Straße, Vesna wartet am Stock-im-Eisen-Platz, der ist wie immer so mit Touristen überfüllt, dass ich sie nicht sehe. Ich stelle mich auf die Zehenspitzen. Das Mobiltelefon läutet. Gerda. In den letzten Tagen hat es kaum Neuigkeiten gegeben. Dr. Weißgerber und sie haben eine sehr nette junge Ärztin gefunden, die jetzt in der Praxis mitarbeitet.

»Es gibt eine Lebensversicherung«, sagt Gerda anstelle einer Begrüßung am Telefon.

Ich kratze an meiner Narbe auf der Wange herum, das sollte ich nicht tun. Rundum hat sich inzwischen alles dunkellila bis hagelgelb verfärbt.

»Er hat sie seltsamerweise weder bei seinen Versicherungsunterlagen gehabt – da haben wir ja gleich alles durchgesehen – noch bei seinem Notar.«

»Wer ist begünstigt?«

Sie hustet. »Ich. Eine halbe Million Euro.«

»Und du hast nichts davon gewusst?«

»Nein. Ich schwöre es. Er war in finanziellen Dingen immer eher ein Eigenbrötler. Ich habe ihn da auch nicht viel gefragt.«

Eine enorm dicke Frau in kurzen Hosen rempelt mich an und sagt: »Sorry.«

»Wo war die Police?«

»Die haben wir nach wie vor nicht entdeckt. Und das bei seinem ausgeprägten Ordnungssinn … Aber die Versicherungsgesellschaft hat einen Überweisungsschein über die fällige Prämie in die Ordination geschickt, so sind wir dahintergekommen.«

Ich weiß nicht, ob ich ihr gratulieren soll.

»Ich habe Zuckerbrot angerufen. Ich weiß, dass das wieder ein Punkt gegen mich ist.«

»Eine halbe Million Euro ist eine Menge Geld. Und ein Motiv.«

Gerda seufzt: »Das ist mir klar. Und mir ist auch klar, dass er bloß nicht mehr dazu gekommen ist, die begünstigte Person auf der Police zu ändern. Er hätte mir mit Sicherheit keinen Cent vermachen wollen.«

»So gesehen: Glück gehabt«, sage ich und denke mir: Ein guter Grund, ihn vor der gerichtlichen Vermögensaufteilung ums Eck zu bringen.

»Die Versicherung zahlt sowieso nicht, solange ich unter Verdacht stehe.«

»Du musst weiter nach der Police suchen, vielleicht hilft uns der Ort weiter, an dem wir sie finden. Vielleicht hat er eine Notiz gemacht. Etwas, das dich entlastet. Ich werde fragen, ob Vesna helfen kann.«

»Ist sie da? Gib sie mir, vielleicht fällt ihr etwas ein, gehört ja zu ihrem Job.«

Ich weiß nicht, was Privatdetektiven um so viel mehr als mir zu verschwundenen Policen einfallen sollte. »Sie ist nicht da«, sage ich bloß.

»Du sollst nicht alleine unterwegs sein.«

»Mein Bodyguard kommt gleich, ich helfe euch suchen, vielleicht geht es sich heute noch aus«, erwidere ich, lege auf und bleibe gedankenversunken im Tourismusgewusel stehen.

Ich glaube auch, dass er Gerda keinen Cent hinterlassen wollte. Am nächstliegenden wäre es also gewesen, die Police auf die Kinder umschreiben zu lassen. Dafür wäre bloß ein rascher Besuch bei seinem Versicherungsberater notwendig gewesen. Ist aber offenbar nicht geschehen. Man muss mit ihm sprechen. Aber was, wenn Hofer eine andere Frau als Begünstigte eintragen lassen wollte? Damit hätte er wohl sicherheitshalber gewartet, bis auch die Vermögensaufteilung vorbei ist. Nur keinen Staub aufwirbeln, wer weiß, welche Meldepflichten Versicherungsgesellschaften haben. Oder was sonst durchsickert. Er hat ja nicht vermuten können, dass er das nicht mehr erlebt. Also könnte er die Police so lange versteckt haben.

Beinahe hätte ich übersehen, wie sich mir ein Mann im Rückwärtsgang gefährlich nähert.

»He!«, sage ich.

Er dreht sich empört um, die Kamera noch immer am Auge. Dann entdeckt er das Farbenspiel auf meiner Wange und macht den Mund auf. Offenbar glaubt er, dass Zusammenstöße zwischen Stephansplatz und Stock-im-Eisen-Platz gefährlicher sein können als gedacht. »Scusi«, sagt er, macht eine kleine Verbeugung und verzieht sich rasch.

Vielleicht hat Gerda die Police ohnehin, und sie führt uns nur an der Nase herum, tut so, als hätte sie von nichts gewusst. Der Überweisungsschein ist an die Ordination gegangen, also kann ihn der Hinterlassenschaftsverwalter gesehen haben, und sie musste jetzt damit rausrücken, überrascht tun … Und was ist mit Nicole Frohner? Vielleicht liegt die Police bei ihr. Wenn sie doch ein Verhältnis mit ihrem Dr. Hofer gehabt hat … Aber wie passt das mit der Kündigung zusammen? Ich bin mir fast sicher, dass die Kündigung nicht von ihr ausgegangen ist. Warum sollte sich die andere Sprechstundenhilfe den Streit zwischen ihr und Dr. Hofer ausgedacht haben? Aber warum lügt Nicole Frohner?

Er könnte die Police auch in einen Safe gelegt haben. Der Safe in seiner Bank ist von der Hinterlassenschaft bereits geöffnet worden, da war nichts dabei. Man müsste nach Schlüsseln in der Ordination Ausschau halten, aber auch die ist ja schon durchsucht worden.

Jetzt sehe ich Vesna auf mich zusteuern, sie umkreist den Fremdenführer, der mit einem schwarzen Regenschirm in den blauen Himmel sticht, kollidiert beinahe mit einigen Japanern, die mit offenem Mund hinüber zum Turm des Stephansdoms starren.

Ich berichte ihr kurz, und zumindest in einem Punkt sind wir uns sicher: Dr. Hofer hatte nicht vor, Gerda das Geld aus der Lebensversicherung zukommen zu lassen.

Dann gehen wir auf die Jagd nach einem Hochzeitskostüm für mich und einem Trauzeuginnenkostüm für sie, sie soll Oskar beistehen, oder wie immer das heißt. Wir sind beide etwas abgelenkt, spekulieren immer wieder über Orte, an denen man auf die Police stoßen könnte, ich bemühe mich, ein Kostüm zu finden, in dem ich nicht allzu lächerlich aussehe, das aber »dem Anlass gerecht wird«, wie es meine Mutter wortgleich mit Oskars Mutter ausgedrückt hat.

Schließlich landen wir nach Stunden doch bei H & M– und da gibt es genau das, was ich gesucht habe: ein naturfarbenes ungefüttertes Leinenkostüm mit einem lang geschnittenen Rock und einer leicht taillierten Jacke. Und Vesna findet ein sensationelles rotes Leinenkleid – ich bin richtig neidisch, aber mir hätte es ohnehin nicht gepasst, ihre Figur habe ich nun einmal nicht, da kann man nichts machen. Bei Campari Soda in einer kleinen Bar schnipple ich aus meinem Kostüm die Etiketten heraus. Muss ja niemand wissen, woher wir das gute Stück haben. Wir kichern und freuen uns über den Coup. Die Schuhe, die ich schließlich dazu kaufe, kosten mehr als doppelt so viel wie das Kostüm, aber insgesamt haben wir sehr günstig eingekauft.

Wir beschließen, gleich jetzt zu Gerda zu fahren und ihr bei der Suche nach der Police zu helfen.

»Man glaubt mir nicht«, meint sie dumpf. »Und ich kann nichts dagegen tun. Ich weiß nicht, ob ich mir glauben würde. Es ist alles … wie inszeniert.«

»Und wenn …«, beginne ich, »und wenn es dein Exmann inszeniert hat? Quasi als Abschiedsgeschenk?«

Gerda schüttelt den Kopf. »Er versteckt die Police, bricht sich das Genick, setzt sich in sein Auto und fährt den Abgrund hinunter, nur um seiner Exfrau zu schaden? Ist leider physisch nicht möglich, sonst hätte ich es ihm glatt zugetraut.«

Philipp hat sich in seinem Zimmer verbarrikadiert und spielt wieder einmal am Computer. »Er hört überhaupt nicht auf mich. Wenn es so weitergeht«, klagt Gerda, »wird er die Klasse wiederholen müssen. Dabei war er ganz ohne Streberei immer einer der Besten.«

»Ist klar, dass ihn das alles mitnimmt«, meine ich.

Gerda wirft mir einen seltsamen Blick zu. »Ja, das ist wohl ganz normal. – Wem sagst du das?«, versucht sie dann ein Lächeln. »Ich hab gestern eine halbe Stunde ohne Film fotografiert. Wenn ich mich nicht bald wieder besser konzentrieren kann …«

Wir suchen systematisch Raum für Raum ab, und es ist erstaunlich, wie wenige Spuren ihr Exmann hinterlassen hat. Seine Kleidung hat Gerda einer Hilfsorganisation gegeben, alles Berufliche ist in der Ordination. Und wenn sie die Police schon lange beseitigt hat? Lieber eine halbe Million weniger, als wegen Mordes überführt zu werden? Aber ich sage natürlich nichts. Man muss nur alles in Betracht ziehen.

In einer Lade in Gerdas Arbeitszimmer entdecken wir alte Fotos. Auf einem strahlt Gerda in die Kamera, sie wirkt kaum älter, als Philipp heute ist, an ihrer Seite ein gut aussehender brünetter junger Mann, beide im Skioverall vor blitzblauem Himmel, zwei, die die Welt erobern wollen.

Gerda nimmt mir das Foto aus der Hand. »Das war bei einem unserer ersten gemeinsamen Ausflüge«, sagt sie nachdenklich, »irgendwann einmal muss ich ihn geliebt haben. Und er mich auch.«

Als wir beim Kaffee sitzen, kommt Philipp aus dem Zimmer, um sich aus dem Kühlschrank ein Red Bull zu holen.

»Das Zeug ist so giftig«, jammert Gerda.

»Und schmeckt ekelhaft«, ergänze ich.

Philipp ignoriert uns alte Weiber einfach, aber in der Türe dreht er sich um und fragt mich: »Haben Sie eigentlich mein Alibi gecheckt für den Abend, wo ihnen jemand das Ding verpasst hat?« Er deutet auf meine Wange.

»Philipp!«, sagt Gerda scharf. »Jetzt reicht es.«

»Sei lieber vorsichtig, Mutter, Valensky und Co. sind hinter allen her.« Damit geht er. Gerda beginnt sich wortreich zu entschuldigen, wir bremsen sie.

»Stimmt ja«, sagt Vesna.

Eine Stunde später liefert sie mich bei Oskar ab. Diese dauernde Betreuung geht mir inzwischen ziemlich auf die Nerven. Wenigstens ins Weinviertel bin ich allein entkommen. Während Oskar in der Küche herumhantiert und uns die »besten Steaks zwischen da und Texas« verspricht, denke ich noch einmal über Philipp nach. Warum möchte er, dass ich sein Alibi überprüfe? Oder wollte er sich nur wieder einmal wichtig machen? Jedenfalls: Der Check kann nicht schaden. Ich krame in meiner Tasche nach dem Zettel mit Namen und Telefonnummer seines Freundes und finde ihn zwischen vielen Dingen, die ich längst wegwerfen könnte. Eine so große Tasche hat Vor- und Nachteile, aber die Vorteile überwiegen – egal, was Spötter wie Droch dazu sagen.

Ich rufe diesen Michi an, wie die meisten Kids hat er das Mobiltelefon ständig neben sich und geht sofort dran. Bei der LAN-Party, wann sei Philipp da gekommen?

»He, was soll das? Sind Sie von der Polizei?«

»Bin ich nicht, nur eine Privatermittlerin.«

Das macht auf ihn sichtlich Eindruck. Also angefangen habe man um zehn am Abend, man spiele im Internet, und ab dieser Zeit seien dann schön langsam die besseren Typen online.

»Und wann ist Philipp gekommen?«

»Kurz vorher, denke ich einmal.«

»Denkst du oder weißt du?«

Funkstille. »Weiß ich. Meine Freundin hat nämlich schon gemeint, der verspätet sich sicher wieder, der hat überhaupt kein Zeitgefühl. Aber kurz vor zehn war er da.«

»Und war irgendetwas besonders an ihm?«

»Was soll besonders an ihm gewesen sein?«

»War ja nur so eine Frage. Wenn dir etwas einfällt …«

»Ja klar, ich kenn mich aus, dann melde ich mich. – Hat er was mit dem Tod seines Vaters zu tun?«

»Quatsch. Ich geb dir meine Nummer.«

Am Herd zischt es, ein verführerischer Duft zieht zu mir herüber. Es sieht so aus, als wollte Philipp, dass ich weiß, dass sein Alibi nichts taugt. Will er noch immer seine Mutter schützen? Oder ist er viel raffinierter, als wir gedacht haben?

Ich wähle seine Nummer. »Du bist erst kurz vor zehn zur LAN-Party gekommen«, sage ich ohne Einleitung.

»Ich dachte … es ist etwas vor neun gewesen. Wer weiß, ob Michi richtig auf die Uhr gesehen hat.« Es scheint ihm komplett gleichgültig zu sein. »Vielleicht habe ich auch die Zeit übersehen«, fährt er fort, »das kann mir schon mal passieren. Danach war ich jedenfalls bei Michi, und bei ihm habe ich auch gepennt.«

Okay, ich werde mich von dir nicht ablenken lassen. Außerdem sind die Steaks jetzt fertig.

Am nächsten Morgen trotte ich zu meinem Wagen. Der Chefredakteur hat mich dazu verdonnert, Eds sexualwissenschaftliche Reportage zu überarbeiten: »Wo Sie doch so an dem Thema interessiert waren.« Ich habe gestern nur einen raschen Blick auf den Text geworfen, und was ich gelesen habe, lässt sich so zusammenfassen: null Prozent Wissenschaft, hundert Prozent schmierig-spekulative Sexgeschichte, verbrämt durch eine eher seltsame Diplomarbeit. Ich habe nichts gegen eine saftige Geschichte, aber die Heuchelei, mit der man so tut, als ginge es bloß um die Rettung des Studienfachs Sexualwissenschaften und um ein empörendes Beispiel für Kürzungen im Universitätsbudget, nervt.

Ich steige ein, starte. Irgendein Idiot hat mir wieder einmal einen Werbezettel hinter den Scheibenwischer geklemmt. Ich schaue genauer. Diese Buchstaben kenne ich. Ich springe aus dem Auto, sehe mich um. – Wen will ich entdecken? Da ist nichts und niemand Verdächtiger. Nur Menschen am Morgen eines Arbeitstages.

Ich setze mich wieder ins Auto und lese: »ICH HABE DIE POLICE HEUTE 16 UHR STEINBRUCH ALLEINE«.

Ich überlege: Wer weiß von der Sache mit der Police? Eigentlich kann mir die Police egal sein, die Versicherung hat das Original. Aber ich habe das Spiel satt. Ich muss Vesna erreichen. So dumm, allein hinzufahren, bin ich nicht. Vielleicht werde ich beobachtet. Also telefoniere ich erst einmal nicht, sondern fahre in die Redaktion.

»Man will dir Falle stellen«, sagt Vesna aufgeregt, als ich sie von der Redaktion aus anrufe.

»Das ist gut möglich, aber du wirst mitkommen und ich werde vorsichtig sein, und irgendwie glaube ich nicht, dass wir es mit dem Mörder zu tun haben.«

»Mit Mörderin?«

»Weder noch. Natürlich kann ich mich täuschen, aber … Ich will rausfinden, was das mit den Drohbriefen soll.«

»Du bist sicher, dass du das möchtest? Denk an deinen Kopf.«

»Ja.«

»Okay.«

Vorsichtshalber treffen wir uns nicht, sondern hecken am Telefon einen Schlachtplan aus. Und ich gebe ihr sämtliche Nummern von Zuckerbrot.

Wenn ich an den Abgrund im Steinbruch denke … Egal, ich habe mich entschieden. Die Drohbriefe gehen mir auf die Nerven. Und dass mich Oskar und Vesna rund um die Uhr vor einem neuerlichen Angriff beschützen wollen, auch. Und: Seltsamerweise will ich die Sache noch vor der Hochzeit geklärt haben. Mir kommt eine Idee, etwas, woran ich noch nicht gedacht habe: Bruno. Kann jemand so durchknallen, nur weil er abgewiesen wurde? Was für ein Wort: »abgewiesen«. Aber egal, ich werde mir ansehen, wer oder was da kommt.

Trotzdem bin ich den Rest des Tages ziemlich nervös. Ich mache Ed zur Schnecke und spiele mich als Moralapostelin auf, höre mich schrecklich an. Ich weiß ja, dass er bloß das geliefert hat, was der Chefredakteur will – vielleicht etwas ungeschickt, aber doch bemüht. Woher hat er bloß die Liste sexueller Perversionen? Kotesser. Mir wird gleich übel.

Ich könnte Zuckerbrot noch anrufen, er arbeitet gut und diskret. Und was, wenn er seine Leute nicht ganz unter Kontrolle hat? Habe ich schon erlebt.

Ich schreibe einen Zettel, den ich ganz unten in meine oberste Schreibtischschublade lege: »Für Oskar. Ich liebe dich. Und falls mir etwas zustößt, denke daran: So wird es immer bleiben.« Ganz schön melodramatisch, aber heute Abend werde ich den Zettel ohnehin wieder herausholen und in kleine Schnipsel zerreißen. Oder spätestens morgen früh. Und dann werde ich auch wissen, wer mir die anonymen Briefe geschrieben hat. Bruno … der ist deutlich kräftiger als ich. Aber was sollte er für einen Grund haben, mich hinunterzustoßen? Gekränkter männlicher Stolz?

Eine SMS von Vesna: »Bin im Steinbruch, alles ruhig und okay.«

Ich fahre los. Wir haben beschlossen, lieber nicht mehr miteinander zu telefonieren. Vesna hat den Bus ins Niemandsland südlich von Wien genommen, soll mit einer Kamera im Gebüsch bei der obersten Kehre warten und nur dann eingreifen, wenn es sich nicht vermeiden lässt.

Ich biege von der Landesstraße Richtung Steinbruch ab und versuche zu erkennen, ob da noch jemand ist. Eine Brille wäre jetzt tatsächlich nicht schlecht. Oder noch besser ein gutes Fernglas. Kann man sich so etwas zur Hochzeit wünschen?

Ich gebe zu, jetzt würde ich am liebsten wieder umdrehen. Ist doch alles Wahnsinn. Ich kann meine netten Reportagen schreiben, wenn ich will, sogar Seriöses über Terrorismus, böse Fundis und böse Amerikaner, aber das ist alles so weit weg. In sechs Tagen feiern wir ein großartiges Gartenfest. Sogar das Wetter soll schön bleiben, warum also nicht heiraten?

Heute knallt die Sonne auf den Steinbruch, die braun-grauen Felsblöcke wirken beinahe weiß, weiß und heiß, denke ich, während ich trotz allem weiterfahre. Jetzt nehme ich die Sackgasse, die den Steinbruch hinaufführt. Eine Kehre, die zweite Kehre. Ich schraube mich nach oben, zu weit nach oben, um noch fallen zu dürfen. Am Horizont sehe ich Weinhügel und eine Kirche. Was ist das für ein Ort? Ich sollte es wissen. Auf der anderen Seite verschwommen die Hochhäuser, die aus einem dunstverschmolzenen Wien herauszuwachsen scheinen.

Ist Vesna wirklich da? Ich sehe nichts. Soll ich auch nicht. Ich spüre sie nicht. Kann man einen anderen Menschen wirklich spüren? Jedenfalls wäre es mir momentan sehr recht, aber da ist nichts. Nur mein Atem. Einige magere Büsche auch bei der zweiten Kehre. Hinter jedem kann einer lauern. Wer sagt, dass es nur einer ist? Sie könnten zu zweit sein. Gerda und Peter, die alles geschickt geplant haben. Hier war es, hier soll ich stehen bleiben. Ich parke das Auto und sehe nach oben. Von dort könnte man Steine auf mich werfen. Was soll das Ganze bringen? Doch dann atme ich durch und steige aus. Vorsichtig. Ich bleibe ganz nahe am Felsen. Irgendwo da hat man Dr. Hofer dagegengeschleudert. Mikroskopische Blutspuren, die kein Regen abwaschen kann. Wie tief geht es nach unten? Ich will es nicht wissen und rechne trotzdem. Zehn, zwanzig, dreißig Meter. Beinahe senkrecht. Und voller spitzer Steine. Eine neue SMS. Ich muss sie ansehen, aber ich muss auch wachsam bleiben. Ich schrecke zusammen. Da war ein Geräusch. Aber es ist nur ein Vogel, der aufflattert.

»Ist da jemand?«, sage ich halblaut. Es klingt wie Krächzen.

Plötzlich eine Lawine, eine Steinlawine von oben, ich drücke mich an den Felsen, die Lawine geht ein Stück neben mir nieder, ich merke, dass meine rechte Handfläche blutet, aber nur, weil ich die Hand zu fest um einen Stein gekrallt habe. Es war eine Falle, doch man hat mich ein Stückchen weiter links vermutet, ich habe Glück gehabt, ich höre ein Keuchen. Vesna. Ich hätte sie oben nicht allein lassen dürfen. Sie hätte bloß fotografieren sollen. Vielleicht hat sie geglaubt, die Steine, ich bin … Ich springe ins Auto, ein zweites Mal lasse ich sie nicht im Stich, ich will die Kehre nach oben rasen, verdammt noch einmal, fast säuft mir das Auto ab, von Rasen keinen Spur, ich muss in den zweiten Gang zurückschalten, dann in den ersten.

Ein Mann auf einem Mountainbike, Vesna will ihm nach, ihr ist nichts geschehen, ich stelle mein Auto quer, da kommt keiner mehr vorbei. Ich renne los, der Mountainbiker hat eine Schimütze auf, die nur die Augen frei lässt. Wenn er bewaffnet ist … Er schaut hektisch von mir zum Auto und dann zum Abgrund.

»Nein!«, schreie ich, und da ist auch schon Vesna und wirft sich von hinten auf ihn. Er fällt mit dem Rad um, wehrt sich kaum mehr, und noch bevor ich ihm die Mütze vom Gesicht ziehe, weiß ich, wer es ist: Philipp.

Lass es nicht wahr sein, denke ich.

Gemeinsam verfrachten wir ihn in meinen Wagen, irgendwie zwängen wir auch das Rad noch hinein, es ragt zur Hälfte aus dem Kofferraum, aber darauf kann ich jetzt keine Rücksicht nehmen. Philipp scheint den Widerstand aufgegeben zu haben. Vesna hält ihn trotzdem fest, während ich die Kehren nach unten fahre. »Er ist von oben gekommen«, sagt sie. »Daran hat keiner gedacht, Mountainbike. Er hat nach unten gelauscht, und dann hast du gerufen, und er hat die Steine nach unten getreten, so schnell, ich konnte nichts tun.«

Am Fuß des Steinbruchs halte ich an, drehe mich um und sage: »Jetzt erzähle.«

Er schüttelt bloß den Kopf und wirkt mit einem Mal um keinen Tag älter als sechzehn.

»Ich sage nichts ohne meinen Anwalt.«

»Vergiss den Unsinn«, erwidere ich. »Wir sind nicht von der Polizei. Oder willst du deiner Mutter noch mehr Schwierigkeiten machen?«

»Ich?« Er versucht spöttisch zu lachen, es wird aber nicht viel daraus. »Er hat ihr Probleme gemacht.«

Ich muss nicht fragen, wer »er« ist.

»Und deswegen hast du versucht, mich zu erschlagen«, meine ich trocken. »Irgendwie blicke ich da nicht ganz durch.«

»Ich hab doch nicht versucht, Sie zu erschlagen. Es war bloß wieder eine Warnung. Damit ihr euch nicht dauernd auf sie konzentriert. Sie hat doch mit dem Mord nichts zu tun.«

Die Steinlawine ist tatsächlich zwei Meter neben mir heruntergekracht. Zufall? Absicht? »Du konntest nicht wissen, wo ich stehe.«

»Konnte ich doch, ich hab ja gewartet, bis Sie etwas gesagt haben.«

Ich denke an meine Angst und werde wütend. »Und selbst wenn – was soll das? Was sollen die Drohbriefe? Und du warst es auch, der mich niedergeschlagen hat. Glaubst du, du kommst da so einfach davon?«

Er schüttelt den Kopf, das wirkt gar nicht mehr verstockt, sondern irgendwie müde. »Sie haben es nicht kapiert. Meine Mutter hat niemanden, der sie schützt. Zuerst habe ich mir gedacht, Sie machen das, aber dann … Sie haben doch keine Ahnung, durch welche Hölle sie in den letzten Jahren gegangen ist«, heult er auf.

»Jahre ist übertrieben«, kontert Vesna. »Und jetzt will ich volles Geständnis. Ohne irgendeine Lüge.«

Philipp richtet sich auf. »Aber nur, wenn meine Mutter nichts davon erfährt.«

»Du spinnst wohl«, fahre ich auf.

»Man wird sehen«, sagt Vesna.

»Du wolltest entdeckt werden, nicht wahr?«, versuche ich es psychologisch. Aber so etwas hat mir noch nie gelegen.

»Blödsinn, wer will entdeckt werden?«

»Warum hast du dann gefragt, ob ich schon dein Alibi gecheckt habe, obwohl du wusstest, dass du keines hast?«

Er sieht mich wütend an. »Weil Sie da in der Küche gesessen sind und so getan haben, als wollten Sie meiner Mutter helfen. Und dann noch das ganze Getue wegen einem Red Bull. Und die Sache mit der Police: Ist doch klar, dass das meine Mutter noch verdächtiger macht. Aber ihr seid alle auf dem Holzweg!«

»Dann sage uns richtigen Weg«, meint Vesna.

»Was weiß ich. Sie war es jedenfalls nicht.« Das klingt, als müsste er sich selbst davon überzeugen. – Und was, wenn er uns nur eine gelungene Vorstellung liefert? Wenn er selbst …

»Was ist mit der Police?«, frage ich.

»Keine Ahnung, aber mir war klar, wenn ich ›Police‹ sage, dann kommen Sie her.«

»Und warum musste ich herkommen?«

»Weil ich Sie erschrecken wollte, weil ich nicht will, dass Sie weiter Ihre Nase in die Sache stecken.«

»Ich dachte, du willst, dass auf deine Mutter kein Verdacht mehr fällt? Also wäre es doch gut, wenn wir den Mörder finden, oder?«

»Ich will, dass ihr sie in Ruhe lasst und uns auch«, sagt er fast weinerlich. »Ich will, dass es wieder so ist wie früher.«

»Was heißt das?«

Er zieht ein böses Gesicht. »Nichts. Damals war ich ein Kind.«

»Also noch einmal«, probiere ich es. »Du hast die Drohbriefe geschrieben. Und du hast mir aufgelauert und mir eins über den Schädel gegeben. Womit übrigens? Das ist schwere Körperverletzung. Du hast dafür gesorgt, dass deine Mutter für diesen Abend ein wasserdichtes Alibi hat.«

»Ich wollte, dass ihr endlich nach anderen Verdächtigen sucht«, sagt er, und es klingt traurig. »Es war ein abgebrochener Eishockeyschläger. Und … ich wollte Sie nicht verletzen, es war nur so … Ich weiß nicht, was ich wollte, ich bin da gestanden … Sie waren so nah, und wenn Sie mich gesehen hätten … Und danach sind Sie gegen die Tonne geknallt, und ich habe nicht gewusst, was ich tun soll.«

»Du bist davongelaufen.«

»Ja, aber erst, als Sie mich festhalten wollten. Da hab ich mir gedacht, so schlimm kann es nicht sein, ich hab ja auch gar nicht richtig fest zugeschlagen.«

»Mir hat es gereicht«, knurre ich. »Du hast dich am Mordtag nicht mit deinem Vater getroffen, richtig?« Das sage ich beinahe flehentlich.

»Doch.«

»Es geht sich nicht aus.«

»Ich hab kein Zeitgefühl, da können Sie viele fragen.«

»Quatsch: Dein Vater hat sich zuerst mit deiner Mutter getroffen, danach, um 16.20 Uhr, mit Peter Königsberger. Der gibt an, dass er um spätestens 16.30 Uhr wieder aus dem Auto gestiegen ist, dein Vater ist um zirka 17 Uhr im Steinbruch ums Leben gekommen. Da geht sich kein weiteres Treffen mehr aus, im Gegenteil, es war alles ziemlich knapp.«

»Dann … war es vielleicht nach dem Treffen mit meiner Mutter und vor dem mit Peter.«

»Vergiss es. Und du hast auch erfunden, dass dein Vater mit der Sprechstundenhilfe ein Verhältnis gehabt hat. Weißt du, was es uns an Zeit kostet, solchen falschen Spuren nachzugehen?«

»Nein«, schreit er auf, »das habe ich nicht erfunden, das ist es ja, ihr glaubt mir gar nichts, deswegen habe ich euch herausfordern müssen.«

Ich räuspere mich: »Weißt du, es ist sehr schwer, jemandem zu glauben, der lügt und die Wahrheit sagt.« Und nachdem ich es ausgesprochen habe, ist mir klar: Genau das ist der Punkt.

Philipp schweigt. Wir schweigen auch. Vor uns kommt ein Hase hinter einem Busch hervor, setzt sich auf, schnuppert in die Luft, saust Richtung Feldweg davon.

Von ferne hört man den Lärm der Autobahn.

Ein Flugzeug über uns.

Vesna scharrt mit der linken Schuhspitze.

»Bringen Sie mich zur Polizei«, sagt Philipp dann. »Ich war es.«

Wieder Schweigen. Ich denke an nichts, sehe die Sonne hinter einer kleinen Wolke verschwinden und wiederkommen.

»Wir bringen dich nach Hause«, erwidere ich dann. »Warum glaubst du, dass es deine Mutter war?«

Philipp schüttelt nur den Kopf.

Wir laden ihn und sein Mountainbike vor der Wohnung der Hofers ab. Er sieht zu Boden, nimmt dann das Rad, sucht nach seinem Haustorschlüssel, sperrt auf, schiebt das Rad hinein, die schwere Tür fällt hinter ihm zu.

»Es ist richtige Entscheidung.«, sagt Vesna.

Aber sicher sind wir uns beide nicht.

## [ 12 ]

Ich stehe in der Küche und löse Wachteln aus. Dazu schneidet man mit einer scharfen Schere das Rückgrat der kleinen Vögel heraus und legt sie dann flach auf ein Brett. Kleine, blasse Leichen. Ihr Skelett ist so zart, dass man kein Messer, nicht einmal besonders kräftige Hände braucht, um den Brustknorpel zu brechen. Ich fühle die winzigen Rippen der Wachtel, fingere sie vorsichtig heraus, dann die Schulterblätter, die Hüftknochen. Nur die Schenkelknochen lasse ich ihr, neunundzwanzig ausgelöste Wachteln liegen nun sorgsam geschichtet in einer Schüssel, nun wartet die letzte darauf, entbeint zu werden.

Ich koche für meine Hochzeit. Mit Kardamomfarce gefüllte Wachteln. Morgen soll das sein, was meine Mutter »deinen großen Tag« genannt hat. Vater und Mutter sind bereits angereist, sie wohnen zum Glück im Hotel. Manche Dinge bekommen eine Eigendynamik, die niemand mehr aufhalten kann. Gerade noch bin ich mit Gerda und ihren Freundinnen auf den Stühlen einer Bar gestanden, und wir haben zu viel Chardonnay auf die Liebe und das Ende einer langen Beziehung getrunken.

Wir haben Gerda nichts davon gesagt, was Philipp getan hat. Ich weiß, wir hätten zumindest mit seiner Tante, der Psychologin, reden sollen. Aber selbst wenn er der Mörder ist: Will ich, dass er in eine Jugendstrafanstalt kommt? Und sollte Gerda es gewesen sein: Niemand darf über Leben und Tod eines anderen entscheiden, aber wem nützt es, wenn sie im Gefängnis landet? In diesem Fall ist eine Wiederholungstat wohl ausgeschlossen, und sie selbst ist es, die mit den Folgen, mit den Bildern und Erinnerungen leben muss.

Die Versicherungsgesellschaft, bei der Dr. Hofer die Lebensversicherung abgeschlossen hat, wollte, dass Vesna für sie ermittelt. Vesna hat abgelehnt.

Ich knacke den letzten Brustkorb, taste nach den letzten Knöchelchen, die Hände sind klebrig von Haut und Blut und Fleisch. Ich wasche sie mir gründlich mit Seife und warmem Wasser.

Die Putenbrust habe ich schon durchfaschiert und kalt gestellt. Jetzt hole ich sie wieder heraus und mische das Faschierte mit zwei Eiern, viel Kardamom aus der Mühle, Pfeffer, Salz, etwas Paprikapulver für die Farbe, viel Obers, geschnittenem Petersil und drei Eiswürfeln. Schnell muss das gehen, bei einer Farce ist es wichtig, dass sie kalt bleibt. In meinem Cutter wird die Farce nun verbunden: immer wieder nur zwei, drei Esslöffel und noch Obers dazu, kurz durchmixen, sofort wieder kalt stellen und die nächsten zwei, drei Löffel in den Cutter. Die mechanische Tätigkeit macht mich ruhig.

In zwei Stunden werde ich zur Generalprobe der Hochzeit erwartet. Die Mütter haben darauf bestanden. Mütter, und wozu sie imstande sind. Ob meine Mutter je eine Scheidung erwogen hat? Wie hätte Vater sich verhalten, wenn sie ein Verhältnis gehabt hätte? Aber so etwas kommt mir ausgeschlossen vor. Meine Mutter ein Verhältnis? Vielleicht ist es Philipp ähnlich gegangen. Oder denken die Kids da heute ganz anders? Und wie wäre ich mit einem Vater umgegangen, der plötzlich alles tut, um meine Mutter zu ruinieren?

Ich koste die cremige Farce und bin zufrieden.

Der Bauchraum jeder Wachtel wird mit Farce gefüllt, mit der Öffnung nach unten setze ich sie dicht nebeneinander auf ein befettetes Backblech. Geduckt hocken sie da, kahl wie nach einem Giftgasangriff. Ich sollte wirklich positivere Gedanken haben. Vor einer Hochzeit – vor meiner Hochzeit. Wir haben die Kühlanlage im Heurigenlokal reaktiviert, dort werden die Wachteln ebenso die Nacht verbringen wie die Hühnerteile, die ich nach einem karibischen Rezept von Rosemary gebeizt habe. Morgen werden sie von Manningers Crew fertig gebraten. Ich denke an Rosemarys Sohn Thomas, den ehemaligen Weltklasseläufer und Rezeptionisten auf der kleinen Karibikinsel St. Jacobs. Jetzt ist er Resident Manager im Pleasures, ich sollte ihm zumindest eine Mail schicken. Er war der Einzige, mit dem ich Oskar je betrogen habe. – Was ist Betrug? Es hatte nichts mit Oskar und mir zu tun, sondern mit dieser ganz speziellen Nacht und irgendeiner Sehnsucht.

Wie war das mit Oskar und der Anwältin Angelika Beer? Ihre Affäre in Frankfurt hat länger als eine Nacht gedauert. Angelika Beer wird übrigens morgen zur Hochzeit kommen. Kein Problem für mich, zumindest rede ich mir das ein.

Ich öffne meinen randvollen Kühlschrank und koste von den vorbereiteten Sarde in saor, einer venetischen Spezialität und einem von Oskars Lieblingsgerichten: gebratene Sardinen in einer Sauce aus gedünsteter Zwiebel, Rosinen, Prosecco, Essig, Lorbeerblatt und Pinienkernen. Passt. Schmeckt nach dem Veneto.

Ich gehe zu meinem Computer, schicke Thomas tatsächlich eine Mail und denke mir, warum sollte ich nicht zum Flughafen fahren und jetzt sofort in die Karibik fliegen? Wer könnte mich hindern? Was würde geschehen? Wäre Oskar imstande, sich so gegen mich zu wenden, wie es Dr. Hofer getan hat, der treu sorgende Familienvater und hingebungsvolle Arzt? Es hat wohl eine Zeit gegeben, in der auch Gerda nicht für möglich gehalten hat, dass ihre Beziehung einmal in die Brüche gehen könnte.

Vielleicht sollte ich einfach aufhören, alles wissen zu wollen. Ich seufze und kehre zu näher liegenden Überlegungen zurück. Wie bringe ich Wachteln, Hühner, Sarde in saor und zwei große Formen mit Vitello tonnato so in meinem kleinen Fiat unter, dass alles gut beim Heurigen ankommt?

Generalprobe der Hochzeit. Du liebe Güte. Jedenfalls kein Grund, mich umzuziehen, finde ich. Die Mütter werden da sein, Manninger soll um diese Zeit liefern, Vesna kommt, Droch findet, er schafft seinen Part als Trauzeuge ohne vorherige Übungen, und Oskar schlichtet wahrscheinlich jetzt gerade mit Eva Berthold Wein ein. Es schmeichelt mir, wie sehr er sich über die Hochzeit zu freuen scheint. Oder ist das etwa schon das erste Zeichen dafür, dass er anders ist, als ich geglaubt habe? Dass ihm solche Formalakte doch ziemlich wichtig sind?

Ich schüttle den Kopf. Ich werde mich im Laufe der Jahre verändern, er wird es auch tun. Und trotzdem bleiben wir irgendwie immer die, die wir sind. Die Frage ist nur: Werden wir in dieselbe Richtung gehen?

Gismo ist aufgewacht und brüllt hinter der Schlafzimmertüre. Ich habe sie zusammen mit vielen Wachtelknochen eingesperrt, sie nervt zu sehr, wenn ich koche. Was wird mit ihr werden? Noch haben wir die Wohnungsfrage nicht gelöst, es ist einfach keine Zeit dafür gewesen.

Im Vorzimmerspiegel betrachte ich die Verletzung im Gesicht. Die Schwellung ist in den letzten Tagen merklich zurückgegangen, und von weitem könnte man die Farbe meiner Wange auch schon für eine mutige Rouge-Kreation halten. Den Riss aber werde ich wohl noch eine ganze Zeit lang haben.

Vielleicht sollte ich doch meine Jeans wechseln, die Kocherei hat ihnen nicht wirklich gutgetan. Außerdem sollte ich dringend ein paar Kilo abnehmen. Auch nichts Neues. Wer weiß, ob ich nicht doch noch beginne mich im get.moving herumzutreiben. Zwecks immer möglicher Veränderung. Ich könnte ja nicht nur die anderen, sondern auch mich selbst überraschen. Das ist immerhin eine nette Zukunftsperspektive. Ich schneide mir vor dem Vorzimmerspiegel eine Grimasse, befreie Gismo, sie hat in der Zwischenzeit das Schlafzimmer in ein Wachtelbeinhaus verwandelt. Entweder mag sie die zarten Knochen nicht, oder sie war einfach sauer, dass ich sie eingesperrt habe. Man wird sehen: Wenn sie bloß beleidigt war, sind die Knochen weg, wenn ich wieder zurück bin. Ich habe ohnehin keine Zeit, also lasse ich das Schlachtfeld, wie es ist, nehme bequeme Leinenhosen aus dem Schrank und mache mich mit einigen Kilo Hühnerteilen auf den Weg Richtung Auto. Drei Mal muss ich die Stiegen hinauf und hinunter, bis ich alles verstaut habe.

Erschöpft falle ich danach auf den Fahrersitz und gebe Gas.

Dass zwei Mütter so viel bewegen können. Manninger trägt mit einem Helfer Speisen in den Kühlraum, Oskar muss Tische hin und her schieben. Ein Putztrupp ist dabei, das gesamte Heurigenlokal in neuem Glanz erstrahlen zu lassen, der Gärtner liefert riesige Palmen an, meine Mutter wollte Oleander, aber die blühen jetzt nicht mehr, und etwas internationales Flair kann nicht schaden, haben Oskar und ich entschieden. Vesna wurde dazu verdonnert, meinem Vater Gesellschaft zu leisten, sie debattiert mit ihm über den Bosnien-Krieg. Sie war live dabei, aber natürlich hat er Recht, immerhin war er vor seiner Pensionierung Landesrat und muss sich daher mit Politik besser auskennen als eine Putzfrau und Privatdetektivanwärterin.

Ich soll den Tischplan überprüfen. Dabei, gebe ich zu, ist es mir herzlich egal, wer neben wem sitzt. Es soll ein lockeres Gartenfest werden, und da braucht es keine Sitzordnung.

»Sei nicht so bockig«, sagt meine Mutter.

Oskars Mutter lächelt etwas schmallippig: »Aber sie ist eine reizende Braut!«

Ich renne davon.

Als die Palmen geparkt, die Tische angeordnet, die Speisen eingeräumt und Vaters Kriegstheorien noch immer nicht am Ende sind, werden wir zusammengetrommelt. Nun werde man gemeinsam noch einmal alles durchgehen.

Interessanterweise scheint nicht Oskars Mutter, sondern meine das Kommando übernommen zu haben. Seit Jahrzehnten steht die zierliche Frau unsicher im Schatten meines Vaters. Aber nun ... Vielleicht ist es in Wirklichkeit nicht mein, sondern ihr »großer Tag«. Sie hält einen großen Block randvoll mit Notizen in der Hand.

»Also«, beginnt sie, »wir sind um 14 Uhr am Standesamt. Wenn alles gut geht, fahren wir von dort um 14.30 Uhr weg – wollt ihr nicht doch noch eine Kutsche, Oskar? Maria?«

»Mira«, brumme ich, »nein, wollen wir nicht.« Friedlicher füge ich hinzu: »Denk dran, was passieren kann, wenn die Pferde durchgehen.« Ich sehe Vesna grinsen.

»Gut, also: Wir sind dann um 15 Uhr hier. – Oskar, mein Lieber, hast du daran gedacht, deinen Wagen waschen zu lassen?«, fährt sie fort.

Oskar nickt brav. Zum Glück kommt mein kleiner alter Fiat für einen Hochzeitszug nicht in Frage. Ich lasse ihn nur waschen, wenn mich wieder einmal jemand gefragt hat, welche Farbe er eigentlich hat.

»Wir« – damit meint sie Oskars Mutter und sich selbst – »werden beim Eingang stehen, die Gäste begrüßen, sie einweisen und zu ihren Plätzen bitten. Inzwischen geht Herr Manninger mit seinen Leuten herum und serviert erste Häppchen und Prosecco, Bier, Mineralwasser.«

Und wie ich da so sitze, schweifen meine Gedanken ab, und ich sehe mich an einem Pool, ganz allein, nur ein großes Glas Weißwein neben mir. Und plötzlich taucht Philipp wie ein U-Boot aus dem Wasser auf und will mich … Ich schrecke hoch, ich muss eingenickt sein, kein Wunder, geschlafen habe ich wenig, die Kocherei braucht ihre Zeit.

»Also, gehen wir«, höre ich meine Mutter sagen und denke dankbar: Jetzt ist es vorbei. Aber keine Rede davon, wir müssen uns ansehen, wo der Tisch für die Geschenke steht. Geschenke … Ich liebe Geschenke und bin kindisch gespannt, mir fällt die Szene aus »High Society« ein, das Reporterpaar steht an einem überfüllten Hochzeitsgeschenketisch des High-Society-Paares und singt: »Who wants to be a millionaire?« Halblaut trällere ich: »I don't, i don't.« Ich sollte wirklich etwas schlafen. Der Heurige liegt wunderschön inmitten von ansteigenden Weingärten, das muss ich zugeben. Und das warme Wetter ist für Mitte September ein Geschenk.

Die Mütter führen uns weiter, haben einen geheimnisvollen Gesichtsausdruck und meinen, sie hätten noch eine besondere Überraschung für uns, aber eine, über die man heute schon reden müsse, wegen der Planung.

Oskar und ich sehen uns an. Einklang, wir könnten ohne die Überraschung leben.

»Wir haben …«, beginnt meine Mutter geheimnisvoll, »… an etwas gedacht, das wir alle vergessen hatten.«

Okay, und das wäre?

»Einen Fotografen!«

Ich schüttle den Kopf, es bringen ohnehin ein paar unserer Freunde ihre Kamera mit, das reicht.

Die Mütter gehen weiter, das Grundstück des Heurigenlokals endet mit einer Geländestufe, einem Felsen, in den eine kleine, verwitterte Kellertür hineinführt.

»Hier ist der beste Platz für die Hochzeitsfotos«, meint Oskars Mutter, leicht außer Atem. »Wir mussten es euch schon heute sagen, wegen des Make-ups und wegen des Ablaufs. Es geht um das richtige Licht, sanftes, nicht zu grelles Licht hat uns Braunrath gesagt, er ist einer der besten Fotografen, wir …«

Ich sehe Oskar an, schüttle weiter wie wild den Kopf: Wir beide mit entrückt-blödsinnigem Lächeln, Weichzeichner – über solche Fotos in den Auslagen diverser Geschäfte mache ich mich seit Jahrzehnten lustig.

Oskar sieht auch nicht eben glücklich drein. Vesna starrt auf den Felsen, als hätte sie eine Erscheinung. Ich sehe sie an. Fotos. Felsen. Steinbruch. Liebespaare. Wie kann man nur so vernagelt sein?

»Das Foto! Das war am Steinbruch!«, rufe ich.

Vesna nickt bloß.

»Wir müssen ganz dringend weg«, sage ich zu den Müttern und versuche zu lächeln.

»Soll ich mitkommen?«, meint Oskar, aber ich lasse den Armen im Stich und meine nur, wir seien sicher bald zurück.

Unter dem Protest der Mütter rennen wir davon, Slalom durch die Tische, zum Auto, Oskar trotz allem hinter uns drein.

»Was ist los?«, fragt er keuchend.

»Ich komme wieder«, beruhige ich ihn und küsse ihn leicht auf den Mund. Dann sehe ich ihn Rückspiegel immer kleiner werden.

»Hinter Foto von Nicole Frohner war der Steinbruch«, sagt Vesna. Ich nicke und ergänze:

»Die Shopping City Süd ist nicht so weit vom Steinbruch entfernt. Sie hat ihn hingelockt. Aber warum? Weil er sie verlassen hat? Weil er sie gekündigt hat? Weil sie wollte, dass er die Police auf ihren Namen schreibt? Sie hatte kein Geld und wollte studieren.«

»Ich weiß nicht«, mein Vesna, »ein Schritt nach dem anderen. Ist wahrscheinlich, dass er das Foto gemacht hat.«

»Wenn es digital ist, dann ist es vielleicht noch im Computer oder auf einer CD.«

Ich wähle Gerdas Nummer.

»Was ist mit dem Computer deines Ex? Hast du ihn noch?«

»Was ist los?«

»Später.«

»Nein, der Computer ist bei der Polizei.«

»CDs?«

»Auch.«

Verdammt. Andererseits: Hätte er das Bild daheim von der Kamera geladen und gespeichert? Gerda ist Fotografin und kennt sich mit Bilddateien zu gut aus, sie hätte es finden können. Die Computer in der Ordination. Die sind offenbar nicht beschlagnahmt, ich habe sie gesehen, wahrscheinlich hat man sie nur nach einem Abschiedsbrief oder irgendwelchen vordergründigen Indizien durchsucht. Hätte man das Bild gefunden, wäre manches wohl anders gelaufen bei den Ermittlungen.

Ich fluche und kurve dreimal um den Block, ehe ich einen Parkplatz finde. Noch immer steht auf dem Schild: »Dr. Helmut Hofer, Facharzt für Allgemeinmedizin«. Wir läuten, der Summer ertönt, wir hetzen in den ersten Stock, sehen einander an. Ruhig bleiben und improvisieren.

Wir haben Glück, es ist bloß die blonde Sprechstundenhilfe da. »Eigentlich ist keine Ordinationszeit mehr«, beginnt sie.

»Meine Freundin hat schon wieder solche Bauchschmerzen, erinnern Sie sich?«, frage ich sie.

Sie nickt zögernd. Im Wartezimmer sitzen noch drei Leute.

»Ich halte keine Menschen aus«, stöhnt Vesna.

Was soll das?

»Sie müssen aber noch etwas warten, nehmen Sie bitte Platz.«

»Kann ich … vielleicht schon in einen Behandlungsraum? Meine Freundin passt auf mich auf.«

»Soll ich Ihnen nicht doch lieber einen Krankenwagen rufen? Oder ich sehe nach, ob Sie Dr. Weißgerber vielleicht vorziehen kann.«

»Nein«, stöhnt Vesna, »besser, ich fange mich ein wenig, das sind so Anfälle, wissen Sie. Ist nicht Zimmer mit Ruhe und Liege wo frei?«

»Ja, das zweite Behandlungszimmer, das hat jetzt Frau Dr. Zeilinger übernommen, aber die ist nicht mehr da.«

»Danke«, sagt Vesna und strebt mit gekrümmtem Rücken auf die Tür zu, neben der ein provisorisches Pappschild mit der Aufschrift »Dr. Zeilinger« angebracht ist. Die Sprechstundenhilfe starrt uns ratlos nach.

»Ich passe auf sie auf, wenn es kritisch wird, rufe ich Sie sofort«, flüstere ich der Sprechstundenhilfe zu, »aber es wird schon gehen, meine Freundin ist zäh.«

Vesna hat die Tür geöffnet, ich eile ihr nach, wir schließen die Tür hinter uns.

Der Computerbildschirm ist dunkel, mit einigem Pech braucht man ein Passwort. Und: Wir haben keine Ahnung, wie lange wir Zeit haben.

Ich streife an der Maus. Glück gehabt. Der Bildschirm war bloß im Standby-Modus – wenn ich auf den Knopf gedrückt hätte, hätte ich den Computer ausgeschaltet. Vesna ist in der Nähe der Tür stehen geblieben und lauscht.

Ich gehe in den Explorer und dann auf »Suchen« – jetzt kommt es mir sehr zugute, dass ich immer wieder Dateien falsch ablege und später suchen muss. Ich gebe »*.jpg« ein und beobachte, wie die Festplatte durchsucht wird. In rasender Geschwindigkeit rennen Dateinamen an mir vorbei.

Vesna zuckt zusammen.

Kommt jemand?

»Ist weitergegangen«, flüstert sie dann, »hast du es?«

Die ersten gefundenen Dateinamen erscheinen auf dem Bildschirm. Er hat zum Glück nicht viele Fotos gespeichert. Ein paar sind mit »Ärztekongress 04« benannt und fortlaufend nummeriert. Ich kann mir nicht alle ansehen, so viel Zeit ist nicht, also lasse ich die einmal beiseite. Zwei heißen »Wohnung1« und »Wohnung2«, interessant, vielleicht Bilder von der Wohnung, die er, für Gerda überraschend, aber wohl doch geplant, gemietet hat. Aber ich darf keine Zeit verschwenden. Die anderen Fotos haben keinen Namen, nur eine Nummer. Wenn ich die alle einzeln öffnen muss … Aber stopp, es geht anders. Ich gehe auf »Ansicht« und klicke »Miniaturansicht« an. Eine Datei nach der anderen verwandelt sich in ein kleines Bildchen.

»Komm her«, flüstere ich Vesna zu.

Sieben Fotos hat Dr. Hofer von seiner Sprechstundenhilfe im Steinbruch gespeichert. Ins Regal hat sich Nicole das gestellt, auf dem sie am meisten anhat. Der Drucker ist eingeschaltet. Ich drucke das uns bereits bekannte Foto aus sowie zwei, auf denen sie, nackt über einen Felsen gebeugt, dem Betrachter zulächelt.

Vesna steht wieder an der Türe und lauscht. Ich falte die Ausdrucke, stecke sie in meine Tasche und sehe noch nach dem Dateipfad. Dr. Hofer hat sie unter »Krankheitsverläufe zur wissenschaftlichen Bearbeitung« gespeichert, da schaut so schnell keiner rein. Die Bilder sind zwei Monate alt.

Vesna gibt mir aufgeregt ein Zeichen. Ich springe auf, der Bildschirm ist zum Glück von der Tür aus nicht zu sehen. Vesna öffnet die Tür, stößt beinahe mit der Sprechstundenhilfe zusammen.

»Sie können jetzt zu Dr. Weißgerber.«

»Wir haben anders überlegt. Ich muss ins Krankenhaus«, sagt Vesna und stürmt mit einer in den Magen gepressten Faust davon. Ich hinter ihr drein.

Vesna fährt. Ich versuche Zuckerbrot zu erreichen. Er hebt nicht ab, unter keiner Nummer. Es ist halb acht am Abend, irgendwo muss er doch sein, verdammt noch mal. Droch. Vielleicht weiß er, wo sein Freund steckt.

Üblicherweise hat er sein Mobiltelefon außerhalb der Dienstzeit ausgeschaltet, ich probiere es trotzdem – und lande auf der Mailbox. Ich atme durch und wähle seine Privatnummer.

»Droch«, sagt eine Frauenstimme.

»Mira Valensky vom ›Magazin‹, kann ich Ihren Mann sprechen?«

»Ich weiß nicht, ob ich ihn stören kann.«

»Es ist dringend, bitte.«

»Er hat auch eine Privatsphäre – und er muss sich entspannen.«

Was er nicht alles muss. »Sagen Sie ihm, dass ich dran bin!« Das war schon eher ein Befehl als eine Bitte, aber darauf reagiert sie offenbar und meint, sie werde nachsehen, einen Moment.

»Droch«, sage ich erleichtert, als ich seine Stimme höre. »Wir brauchen Zuckerbrot, und zwar so schnell wie möglich. Wir wissen, wer die Mörderin ist, aber wenn ihre Kollegin etwas gemerkt haben sollte und sie anruft …«

»Ich dachte, du bist bei der Hochzeitsprobe.«

»Bin ich nicht. Bitte, such Zuckerbrot!«

»Okay, aber du unternimmst inzwischen nichts.«

»Er soll sich sofort bei mir melden.«

»Du solltest in Oskars Armen liegen … Mach ja keinen Unsinn.«

»Schnell«, flehe ich. Ich bin mir nicht sicher, ob ich alle Fotodateien zugemacht habe. Wenn wir der blonden Sprechstundenhilfe verdächtig vorgekommen sind und sie im Behandlungsraum nachsieht und sich der Bildschirm noch nicht abgeschaltet hat und da die Bilder von Nicole sind – sie könnte sie anrufen. Und dadurch warnen. Auch wenn das gar nicht ihre Absicht wäre.

»Wir können nicht warten«, sagt Vesna und fährt, so schnell es der Abendverkehr erlaubt, in Richtung Universität.

Ich will nicht am Haustor läuten, besser, man überrascht sie in der Wohnung. Aber bis jemand kommt und uns ins Haus lässt …

Vesna macht kurzen Prozess und drückt auf die Klingelknöpfe von drei verschiedenen Wohnparteien.

Wir hören »Wer ist da?« und »Ja?«. Und Vesna sagt mit starkem Akzent: »Bitte reinlassen, bin Putzfrau«, und überraschenderweise lässt man uns hinein.

Ich deute zum Lift. Wir steigen ein und merken, dass eine Wohnungstür im Erdgeschoss aufgeht. »Hallo?«, ruft jemand hinter uns her.

Zweiter Stock, gleich vis-a-vis vom Lift ist ihre Wohnung, ich hole tief Luft und läute. Schritte hinter der Tür. Was, wenn sie nicht allein ist?

Nicole Frohner trägt einen bequemen Jogginganzug aus grauem Velours, sie sieht jung und verletzlich aus. Wir sagen nichts, sondern treten einfach ein, sie weicht zurück.

»Was wollen Sie?«

Ich krame die Fotos aus meiner Handtasche und halte sie ihr wortlos hin. Sie nimmt die Blätter, starrt eines nach dem anderen an, sie flattern zu Boden.

»Dr. Hofer hat Sie im Steinbruch fotografiert. Vor zwei Monaten. Sie waren gemeinsam dort. Ein Platz für Liebespaare. Aber dann … war alles auf einmal ganz anders«, sage ich mit belegter Stimme.

Die ehemalige Sprechstundenhilfe schaut mich an, dann Vesna. »Wir haben gestritten. Ich wollte schon zur Polizei ... aber ... Ich wollte ihn doch nicht umbringen«, flüstert sie.

Ich nehme sie am Arm, führe sie ins Wohnzimmer, wir setzen uns.

»Erzählen Sie«, sage ich. »Seit wann waren Sie ein Paar?«

Sie nickt. »Nicht sehr lange, ich habe ihn immer gerne gemocht, er war ein so guter Arzt mit so viel Verantwortungsbewusstsein. Er hat immer wieder davon gesprochen, dass er einen Weg finden wird, damit ich mein Studium fertig machen kann. Es ist während dieser schrecklichen Scheidung passiert. Er hat mir so leidgetan. Er war am Boden, alles, was er versucht hat, um seine Familie und seine Ehe zu retten, ist gescheitert. Am Abend ist er in der Ordination sitzen geblieben und hat ins Leere gestarrt. Irgendwann einmal habe ich meinen Mut zusammengenommen und gesagt, es geht doch weiter, das Leben. Da hat er aufgeschaut und gelächelt. Ganz traurig. Und so hat alles begonnen. Ich meine, er war immer der, auf den man sich verlassen konnte. Und plötzlich hat er mich gebraucht, ich war ... stolz darauf. Wir waren sehr vorsichtig, natürlich. Denn wenn jemand dahintergekommen wäre, hätte das auf die Scheidung schlimme Auswirkungen gehabt.«

»Und es hat Sie nicht gestört, dass seine Frau allein schuldig geschieden wurde?«

Nicole reibt sich die Hände, als ob ihr kalt wäre. »Nein, zu Beginn nicht. Helmut hat mir das erklärt, sie hat ja die Ehe zerstört, nicht er. Ich hab ... Ich hab mich nur gewundert, warum er so vehement die Scheidung gewollt hat, aber er hat gesagt, wenn etwas vorbei sei, gebe es kein Zurück mehr. Sie hatte ihn verraten. Und er war eben sehr aufgewühlt in dieser Zeit.«

»Und dann?«

»Dann war die Scheidung vorbei. Ich habe aufgeatmet, mir gedacht, langsam können wir anfangen uns in der Öffentlichkeit zu zeigen. Aber er wollte noch warten, bis auch die Vermögensaufteilung durch ist. Es war mir nicht wichtig, ich war verliebt und ... eben geschmeichelt, wissen Sie, so ein großartiger Arzt, dass der etwas an mir findet ...« Sie sieht mich mit großen Augen an. »Ich war stolz darauf, ihn trösten zu können. Es war in gewisser Weise aufregend. Und dann ...« Sie schüttelt den Kopf.

»Soll ich Ihnen etwas zu trinken holen?«, frage ich.

Vesna sieht mich wütend an, aber Nicole Frohner schüttelt ohnehin den Kopf. »Dann hat er mir erzählt, dass bald die Rechnung über die Detektivkosten kommen wird, der Detektiv sollte sie direkt an ihren Liebhaber schicken, damit seiner Frau die Augen geöffnet würden. Und er hat mir die Police einer Lebensversicherung gegeben, die auf seine Frau gelautet hat. Ich sollte sie verstecken. Er wollte sie auf mich umschreiben, sobald die Vermögensaufteilung durch sei, niemand wisse von ihr und seine Frau solle keinen Groschen kriegen, hat er gesagt. Ich wollte das nicht. Sie hatte mir schon in den Wochen davor angefangen leidzutun. Ich kenne es ja, wie es ist, ganz auf sich gestellt zu sein und ohne einen Cent. Ich habe zu ihm gesagt, das soll er bitte nicht tun, er soll doch den Detektiv selbst zahlen, er kann sich das doch leisten und ich will keine Lebensversicherung von ihm, er soll sie bitte wieder mitnehmen. Er hat mich zuerst nicht ernst genommen und es noch einmal versucht, aber ich habe nicht nachgegeben. Und dann ist er sehr laut geworden und hat geschrien, dass ich ihm jetzt auch in den Rücken falle, aber er hätte sich das ja denken können, wahrscheinlich hätte ich ohnehin schon alles mit seiner Frau besprochen und so weiter.« Sie seufzt. »Ich habe geweint und gemeint, natürlich hätte ich das nicht und ich wolle ihm auch nicht in den Rücken fallen, aber er solle doch etwas großzügig sein. Mehr hat es nicht gebraucht. ›Du bist auf ihrer Seite‹, hat er geschrien und ist davongelaufen. Das war hier, in diesem Zimmer. Er ist rausgerannt, und ich habe mich nicht getraut, hinter ihm herzulaufen, schon wegen der Nachbarn.«

»Und dann haben Sie gekündigt?«, fragt Vesna.

»Nein, das konnte ich mir doch gar nicht leisten. Ich bin am nächsten Tag ganz normal in die Ordination, solange die anderen da waren, haben wir ja ohnehin immer so getan, als wäre nichts, das war ich also gewohnt. In der Pause bin ich dann hinauf ins Büro. Da ist er gestanden und hat gemeint, ob ich wieder zur Vernunft gekommen sei. Ich habe gesagt, dass mir unser Streit sehr leidtue, nur bitte, das mit der Police solle er sich überlegen. Da hat er wieder zu schreien begonnen, als ob weit und breit niemand wäre, der uns hören könnte. So eine wie mich brauche er nicht, hat er gesagt, ich sei undankbar und illoyal, dabei habe er das alles ja nur für mich getan und ich hätte mich mit seinen Feinden verbündet. Er hat gesagt, er kündigt mich, mit so einer könne er nicht arbeiten. Da habe ich ihn auch angeschrien. Und bin dann davongerannt. Er hat mir per Boten eine einvernehmliche Vertragskündigung zukommen lassen, mit einem Post-it drauf, auf dem stand: ›Damit du siehst, dass ich doch großzügig bin.‹ Ich habe die Kündigung sofort unterschrieben und dem Boten gleich wieder mitgegeben. Ich hab nicht gewusst, wie es weitergehen soll.« Sie starrt aus dem Fenster, hinauf zum Himmel, als könnte sie so plötzlich ganz weit weg sein und nie mehr wiederkommen müssen.

»Und dann?«, fragt Vesna.

Nicole Frohner zuckt zusammen. »Nach einigen Tagen hatte ich mich etwas beruhigt und dachte, so soll er mir nun doch nicht davonkommen. Ich brauchte einen Job, ich war eine gute Sprechstundenhilfe, zumindest eine Abfertigung sollte er mir zahlen oder mich an einen Kollegen vermitteln. Also habe ich ihn angerufen, und als er beides nicht wollte, habe ich ihm damit gedroht, dass ich unser Verhältnis öffentlich mache. Er war es, der den Steinbruch als Treffpunkt vorgeschlagen hat. Wir haben uns öfter dort getroffen.« Jetzt starrt sie auf den Boden. Gefangen.

»Ich wollte ihn doch nicht umbringen! Er hat mir vorgeworfen, dass ich ihn erpressen will, dabei wollte ich doch von ihm kein Geld, zumindest nicht so direkt, und er hat gesagt: ›Wer nicht für mich ist, ist gegen mich.‹ Ich hab ihm widersprochen, obwohl ich wusste, dass er das nicht ertragen hat. Und irgendwann hat er mich an den Schultern gepackt, und ich hab mich gefürchtet, hinter mir der Abgrund, und ich war auch so enttäuscht, ich hab ihn weggestoßen, er ist … ausgerutscht und mit dem Kopf so unglücklich gegen die Felsen gefallen, dass er … Er war sofort tot. Davon verstehe ich etwas.«

»Und warum haben Sie ihn dann ins Auto gesetzt?«, frage ich.

»Ich weiß es nicht. Ich wollte alles vertuschen, es war eine Kurzschlusshandlung, ich konnte überhaupt nicht klar denken, nur daran, dass er tot war. Ich habe das Auto Richtung Abgrund gelenkt und ihn hineingesetzt und die Handbremse gelöst und angeschoben …«

»Und die ganze Zeit war niemand da?«, fragt Vesna leise.

»Ich habe gar nicht darauf geachtet, erst zum Schluss. Nein, da war niemand.«

»Und Ihr Alibi?«

Sie lächelt müde. »Ich habe seit Jahren kein eigenes Auto mehr, also kenne ich mich mit den öffentlichen Verkehrsmitteln gut aus. Auf der Landstraße führt eine Buslinie vorbei, die Endstation ist bei der Shopping City. Ich bin dorthin gefahren und habe eingekauft.«

»An Alibi konnten Sie also schon denken«, stellt Vesna fest.

»Nein! – Ja, vielleicht, irgendwie, das läuft ab wie ein Film, ich weiß nicht ... Ich habe nicht an ein Alibi gedacht, ich konnte doch gar nicht denken, kann es bis jetzt nicht, auch nicht mehr schlafen. Ich wollte doch nichts anderes als Menschen heilen. Und jetzt habe ich einen ...« Sie sieht uns an und erhebt sich, Vesna und ich springen alarmiert auf.

»Ich hole nur etwas«, sagt sie und geht wie eine Schlafwandlerin zu einer Tür. Wir bleiben an ihrer Seite, kommen in einen winzigen Schlafraum. Rosa Tapete. Sie öffnet ihren Kasten. Was, wenn sie eine Pistole hat? Vesna scheint Ähnliches zu denken, sie packt ihren Arm und sagt: »Was ist es? Ich suche!«

»Da, unter den Pullovern«, sagt die Sprechstundenhilfe.

Vesna zieht die Police einer Lebensversicherung hervor, sorgfältig geschützt in einer Klarsichthülle.

»Ich wollte sie seiner Frau geben, aber ich habe nicht gewusst, wie.« Sie weint und kann damit nicht mehr aufhören.

Ich schnappe die Police, wir führen Nicole ins Wohnzimmer zurück, ich sehe Vesna an. Wir müssen sie in die Sicherheitsdirektion bringen. »Hat sie das verdient?«, flüstere ich Vesna zu.

»Ich weiß nicht«, antwortet sie.

Und dann läutet mein Telefon, und Zuckerbrot hat uns die Entscheidung abgenommen. »Mein Hochzeitsgeschenk«, erkläre ich mit belegter Stimme, und wir gehen hinunter zu meinem Auto.

Die erste Nachthälfte verbringen wir in der Sicherheitsdirektion, warten, geben unsere Aussagen zu Protokoll, warten wieder, bis wir unterschreiben können.

Dazwischen rufe ich Oskar an und erzähle ihm alles. Er seufzt. »Wenigstens habt ihr den Felsen schon heute entdeckt und nicht erst morgen. Ich kann mir das bildhaft vorstellen: Wir beide in Pose für das Hochzeitsfoto, Vesna irgendwo in der Nähe, und dann klingelt es bei euch, und weg seid ihr.«

»Was du mir zutraust«, sage ich und versuche, empört zu klingen.

Wäre natürlich auch eine Möglichkeit gewesen, überlege ich, nachdem ich Vesna heimgebracht habe. Allerdings: Zu dem Zeitpunkt, wo die Hochzeitsfotos gemacht werden, ist die Trauung ohnehin schon vorüber. Zu spät für eine Flucht also. Unsinn. Ich füttere Gismo. Wer weiß, wie lange wir beide hier noch wohnen dürfen.

# [ 13 ]

Der Saal ist nicht besonders romantisch, Teil eines miefigen Amtsgebäudes, aber alle sind sie gekommen, Zuckerbrot und Manninger, auch Gerda – wir haben noch in der Nacht telefoniert, von dem, was Philipp getan hat, wird sie aber nie erfahren. Und auch Peter Königsberger, wieder ganz sonnig und freundlich, die Winzerin Eva Berthold samt Tochter Martina, Billy und Daniel, Angelika Beer in einem etwas zu eleganten figurbetonten Kostüm, natürlich Droch und Vesna und viele andere, die mich und Oskar durch die letzten Jahrzehnte begleitet haben. Sie sitzen hinter uns. Oskar und ich stehen in der Mitte. »Wie bei einer Gerichtsverhandlung«, hat er mir zugeraunt, bevor es losgegangen ist, »aber da kenne ich mich wenigstens aus.« Neben mir Droch, neben Oskar Vesna in ihrem sensationellen roten Outfit. Ich hingegen fühle mich trotz allem etwas verkleidet, doch der Gedanke, dass wir den mütterlichen Ambitionen ein Schnippchen geschlagen und mein Hochzeitskostüm bei H & M gekauft haben, tut gut. Man hat mir Blumen in die Hand gedrückt, ich drehe das Grünzeug in meinen Händen und denke, vielleicht fragt der rotgesichtige Standesbeamte jetzt nach einem Ehehindernis, und wer eines kenne, der möge jetzt sprechen oder für immer schweigen – aber das gibt es wohl bloß in amerikanischen Filmen.

Ich mag Oskar wirklich, denke ich mir, aber er ist eben nicht das Einzige in meinem Leben, das ich liebe.

Ich konzentriere mich und merke, dass der Standesbeamte nach den unumgänglichen Begrüßungsfloskeln begonnen hat, eine Rede zu halten. Wir hatten eine schlichte Trauung ohne jede Ansprache vereinbart. Mir war klar, dass ihm das ebenso wenig gefallen hat, wie dass wir unseren jeweiligen Namen behalten wollten. Jedenfalls ist er schon dabei, über die Liebe und den Frühling des Lebens, in dem sie wachse wie eine junge Pflanze zum Licht, zu schwadronieren. Du liebe Güte, ich bin dreiundvierzig und Oskar noch um fünf Jahre älter. Das scheint dem Beamten auch gerade zu dämmern, wohl auch weil aus den hinteren Reihen unterdrücktes Kichern zu hören ist – ich werde herausfinden, wer das war … Also kratzt er die Kurve: »Dieser junge Frühling, der in den Sommer übergeht, in dem alles reift, und wenn auch schon bald der Herbst des Lebens naht, in dem man erntet …« Er stockt, fängt sich wieder: »äh … reif noch immer der Liebe begegnen kann und einander wie Trauben, die genossen werden können als Frucht und Wein, und wenn sie dann im Herbst des Lebens …« Ich muss mich beherrschen. Ich darf Oskar nicht ansehen, sonst beginne ich zu lachen. Schau geradeaus, Mira, im Sommer oder doch schon im Herbst des Lebens, gleich hört er auf, denk an die Mütter. Da merke ich ein leises Zucken neben mir, ein unterdrücktes Schütteln, ich kann nicht anders, nur ganz vorsichtig spähe ich hinüber, aber leider späht Oskar zurück, und es ist vorbei, und wir versuchen in uns hineinzukichern, aber es geht nicht, es wird ein Lachen, gegen so etwas kann man nicht an, wir lachen laut, und ich höre, wie Vesna mitlacht, dann immer mehr von unseren Freunden hinter uns, und selbst Droch, den ich oft lächeln, aber noch nie laut lachen gesehen habe, lacht, dass ihm Tränen über die Wangen kullern. Der arme Standesbeamte vor uns ist verstummt.

»Danke«, prustet ihm Oskar zu, »das war wundervoll«, und hilft ihm dann flüsternd wieder auf die Sprünge: »Die Sache mit den Ringen!« Der Standesbeamte nickt. Er und die beiden Mütter sind die Einzigen, die nicht wenigstens schmunzeln. Selbst mein Vater grinst, und Angelika Beer lächelt, vielleicht ist sie gar nicht so übel.

Ich freue mich auf das Gartenfest und das Büffet und: Warum soll man nicht einmal etwas riskieren?

Gegen Abend, als alle zufrieden, der eine oder die andere auch nicht mehr ganz nüchtern, auf den Bänken die letzten Sonnenstrahlen genießen, sitzen Oskar und ich in einem Weingarten hinter dem Heurigen im Gras.

»Wenn es sonst niemand tut, entführe ich die Braut eben selbst«, hat er vor einer Viertelstunde geflüstert und mir unter seiner Jacke eine eingewickelte Kardamomwachtel und eine Flasche Riesling gezeigt. Außerdem hat er etwas von einem Geschenk gemurmelt. Ich war leicht zu überreden.

Und als wir die Wachtel verzehrt und Wein aus der Flasche getrunken haben, rückt Oskar mit seinem Hochzeitsgeschenk heraus.

Zwei eng beschriebene Blätter Papier. Ein Ehevertrag. Wenig romantisch. Ich nehme noch einen Schluck.

»Nicht dass du mich falsch verstehst«, murmelt er, »aber gerade nach dieser Sache mit Gerda … Du brauchst Sicherheit.«

»Bei mir ist es egal«, antworte ich etwas desillusioniert, ich weiß nicht, was ich mir erwartet habe, so ein Ehevertrag ist ja wirklich eine hochvernünftige Sache, »ich hab ohnehin kein Geld, auch keine Vermögenswerte. Aber für dich ist es sicher … besser so. Ja. Sehr vernünftig.«

»Schau doch einmal genau hin«, sagt er und streichelt meine Hand.

»Wo?«

Er zeigt mir die Zeile, ich lese, schaue dann auf zu ihm, er strahlt wie der Weihnachtsmann.

»Waaas?«, frage ich etwas blöde, ich kann es nicht glauben.

»Du hast doch einen Vermögenswert. Ich habe deine Wohnung für dich gekauft, du brauchst nur noch zu unterschreiben. Und meine hab ich für mich gekauft.« Er macht eine Pause. »Wir können uns jeden Tag neu entscheiden, wo wir leben wollen. Und außerdem kannst du deine Wohnung ja immer noch vermieten. Ist gar kein übles Objekt …«

»Und deine erst … Das, was die Immobilienhaie eine Luxusokkasion nennen.«

Wir werden sehen.

# [ Danke! ]

An meine Schwester Elisabeth für ihr Vertrauen, ihre Anmerkungen als fundierte Kinder- und Jugendpsychologin – und dafür, dass es sie gibt.

An meinen ehemaligen Schwager Kurt für eine Menge Anregungen.

An die Anwaltskanzlei Dr. Helene Klaar und ihren Mitarbeiter Mag. Norbert Marschall, den ich bei Fachfragen immer wieder heimgesucht habe. Dr. Helene Klaar hat übrigens einen großartigen Scheidungsratgeber für Frauen geschrieben.

An meinen Mann Ernest dafür, dass er es jetzt schon elf Jahre mit mir aushält und außerdem für mich ebendiesen Scheidungsratgeber gekauft hat, woraufhin unsere gemeinsame Freundin und »Leporello«-Buchhändlerin Rotraud Schöberl fast dem Herzinfarkt nahe war. Zum Glück konnte Ernest ihr klarmachen, dass ich das Buch bloß zu Recherchezwecken brauchte.

Auch Rotraud Schöberl möchte ich auf diesem Weg nicht nur für ihre Sorge um unsere Beziehung, sondern auch für ihre jahrelange engagierte Begleitung als die Fachfrau in Sachen Krimis danken.
www.leporello.at

An Manfred Buchinger, seine Frau Renske und das ganze Team von Buchingers Gasthaus »Zur Alten Schule«. Er ist bei der Entstehung meiner Krimis ein ganz wichtiger Gesprächspartner. Nicht nur beim Kochen hat er unkonventionelle Ideen. Ich bin stolz, noch immer bei ihm in der

Küche stehen zu dürfen, und gratuliere ihm ganz herzlich zur Auszeichnung »Wirt des Jahres 2007« in »Wo isst Österreich?«
www.buchingers.at

An Helmut Fürthauer und Helmut Dimko für ihre Erfahrung und Geduld, die nicht nur für meine Drehbücher nötig war. Von ihnen hab ich auch für meine Kriminalromane sehr viel gelernt.

An das Winzerehepaar Gerda und Joschi Döllinger und Maria für Freundschaft, ständige Gesprächsbereitschaft und so viel guten Wein.
www.doellinger.at

An Romana Bartl, meine Freundin und Ausnahmeerscheinung in der Werbe-, PR- und Öffentlichkeitsarbeitsszene für viele Gespräche und Mails und ihr Interesse an meinen Krimis, obwohl sie Krimis an sich gar nicht mag.

An die vielen Frauen und Männer, die mir im letzten Jahr eine Menge über Scheidungen und ihre oft unglaubliche Eigendynamik erzählt haben.

An das Verlagsteam von Folio, es tut einfach gut, mit Freunden zu arbeiten. Ganz besonderen Dank an meine Lektorin Eva-Maria Widmair, unterstützt durch Marialuise Thurner, für ihre genaue und hingebungsvolle Arbeit. Bin ich froh, dass meine Manuskripte nicht unlektoriert veröffentlicht werden!
www.folioverlag.com

Zum Schluss ist es mir noch wichtig, klarzustellen, dass ich mich in meinem Kriminalroman auf einen völlig fiktiven Fall beziehe. Der geschilderte Verlauf und die Mechanismen von Scheidungen allerdings sind leider nur allzu häufig Realität.

MIRA VALENSKYS
ZEHNTER FALL
Eva Rossmann
Russen kommen
Ein Mira-Valensky-Krimi
Folio Verlag
Das Geld der neuen Russen wollen viele. Doch alte Ängste sitzen tief. Eva Rossmann greift aufs Neue brisante Themen auf und wirft kritische wie ironische Blicke auf russische Investoren in Europa.
Eva Rossmann: Russen kommen
Gebunden, 280 S., € 19,50
ISBN 978-3-85256-444-9
WWW.FOLIOVERLAG.COM
folio
WIEN · BOZEN